阳光少年励志书系(第二辑)

让孩子
养成责任感的
故事全集

总 主 编 ◎高长梅　张采鑫

本书主编 ◎于　松

花山文艺出版社

图书在版编目(CIP)数据

让孩子养成责任感的故事全集 / 高长梅, 张采鑫主编. -- 石家庄 : 花山文艺出版社, 2009.03(2021.8 重印)

（阳光少年励志书系. 第 2 辑）

ISBN 978-7-80755-530-8

Ⅰ.①让… Ⅱ.①高… ②张… Ⅲ.①故事 – 作品集 – 世界 Ⅳ.①I14

中国版本图书馆 CIP 数据核字（2009）第 010464 号

丛 书 名：阳光少年励志书系（第 2 辑）
总 主 编：高长梅　张采鑫
书　　　名：**让孩子养成责任感的故事全集**
本书主编：于　松

策　　　划：张采鑫
责任编辑：于怀新
责任校对：贾　伟
特约编辑：李文生
装帧设计：大象设计工作室
出版发行：花山文艺出版社（邮政编码：050061）
　　　　　（河北省石家庄市友谊北大街 330 号）
销售热线：0311-88643221
传　　真：0311-88643234
印　　刷：永清县晔盛亚胶印有限公司
经　　销：新华书店
开　　本：720×1020　1/16
字　　数：295 千字
印　　张：21.5
版　　次：2009 年 3 月第 1 版
　　　　　2021 年 8 月第 2 次印刷
书　　号：ISBN 978-7-80755-530-8
定　　价：78.00 元

Mu Lu · 目录

几年前，美国著名心理学博士艾尔森对世界100名各个领域中的杰出人士做了问卷调查，结果让他十分惊讶——其中61名杰出人士承认，他们所从事的职业并不是他们内心最喜欢做的，至少不是他们心目中最理想的。而这些杰出人士竟然在自己并非喜欢的领域里取得了那样辉煌的业绩，他们除了聪颖和勤奋之外，究竟靠的是什么呢？艾尔森深入调查之后发现，原来这一切都是责任感创造的奇迹。

一份责任感，就如同一粒奇妙的种子，会让自己的人生结出许多意想不到的甜美果实。

古希腊雕刻家菲迪亚斯被委任雕刻一座雕像。当菲迪亚斯完成雕像后要求支付薪酬时，雅典市的会计官却以任何人都没看见菲迪亚斯的工作过程为由拒绝支付薪水。菲迪亚斯反驳说："你错了，上帝看见了！上帝在把这项工作委派给我的时候，他就一直在旁边注视着我的劳动！他知道我是如何一点一滴地完成这座雕像的。"

要想对别人负责，首先要学会对自己负责，无论做什么，人都要对得起自己的良心，只有这样才能拥有幸福成功的人生。

目录·*Mu Lu*

第3辑 处在那个位置上 坚守责任，因为你

1968年墨西哥奥运会比赛中，坦桑尼亚的约翰亚卡威在赛跑中不慎跌倒了，但他没有放弃，而是拖着流血的腿，一瘸一拐地跑着。直到当晚7点30分，约翰才最后一个人跑到终点，这时看台上只剩下不到1000名观众。之后有人问他："为何你不放弃比赛呢？"他回答道："国家派我由非洲绕行了3000多公里来此参加比赛，不是仅为起跑而已——乃是要我完成整个赛程！"约翰亚卡威用自己的行动告诉了世界，人生最重要的不是获得多大的成就，而是要勇敢的肩负起自己的责任。

第4辑 难忘亲恩，负起 人世间最温馨的使命

一个男孩14岁生日的那天，妈妈郑重地向他提出了一个要求：以后在公共汽车上，如果两人只有一个座位，那么，请让座给我。男孩很吃惊，但是妈妈的话触动了他的内心，他含泪答应了妈妈的要求。当男孩面对妈妈的熟人炫耀的话语，他用出乎妈妈意料的沉稳给予了妈妈最温馨的安慰。由此，男孩也学会了给妈妈让座，学会了肩负起守护亲情的责任。

也许因为习惯了幸福的感觉，所以才把父母的关爱当成了生活的一种理所当然。亲恩难忘，当父母担负起抚养我们的责任之时，千万不要忘记好好地爱他们也是我们一生的使命。

Mu Lu · 目录

第5辑

认真负责到每一个细节

触摸极致，把事情

男孩租住在加州汉瑟太太的家中。汉瑟太太特地告诉他，摆设的那些花瓶都是老汉瑟先生亲手在工厂烧制并送给她的，底部还刻有他俩的名字。好奇的男孩将大花瓶倒过来，希望能看到这份爱情的印记，谁知大花瓶里的小花瓶掉出来摔了个粉碎。在男孩将花瓶碎片放到门口垃圾袋里之后，汉瑟太太却要求他把花瓶碎片拣出来重新装袋。原来，汉瑟太太是担心藏在垃圾中的花瓶碎片会伤到清洁工的手。

把事情负责到每一个细节之上，拥有强烈责任感的心灵都会在世间永远光彩夺目，收获更多人的尊重。

第6辑

勇于承担，学会

为自己的过失买单

吉米·卡特就任美国总统期间，在营救美国驻别国大使馆人质的事件中，因计划不够周密而使得救援行动失败，美国民众因此对政府表示出了极大的不满和埋怨。卡特当即通过电视向全国人民发表郑重声明："一切责任在我。"仅仅因为这句言简意赅的话，仅仅因为对过失责任的承担，卡特总统的支持率骤然上升了10%以上。

面对自己的过失，要勇于承担责任。犯了错误并不可怕，可怕的是不懂得为自己的过失买单。

目 录 · *Mu Lu*

第7辑 生命之责，让人生如鲜花一样绽放

一名公交车司机行车途中突发心脏病，在生命的最后一分钟里，做了三件事：把车缓缓地停在马路边，并用生命的最后力气拉下了手动刹车闸；把车门打开，让乘客安全地下了车；将发动机熄火，确保了车和乘客以及行人的安全。他做完这三件事，安详地趴在方向盘上停止了呼吸。这名司机叫黄志全，所有的大连人都记住了他的名字。

一个人如果能承担起生命的责任，对自己负责，对他人负责，那么他的人生一定能如花儿一样绚烂绽放。

第8辑 甩开借口，人生容不得半点不负责任

1982年5月28日，一列旅客列车从东北驶向关内的途中，因为一名铁路工人擅自离开岗位，没有把放在轨道上的起道机拿下来，造成了一起震惊中外的列车翻车事故。这次事故致使10节车厢报废，3名旅客丧生，还给国家造成了119万元的经济损失。

每个人的肩上都背负着这样那样的责任，而每一份责任都承载着生命中不同的重量。人生容不得半点不负责任，责任一丝一毫的缺失，都会给生命的画卷带去无法抹去的污迹。

Mu Lu · 目 录

目录·*Mu Lu*

第11辑 天平上人人平等 责任无界，在职责的

三国时，诸葛亮命马谡守街亭，马谡不听王平的建议，扎营于山上。司马懿看出破绽，用计大败马谡。丢失街亭，使诸葛亮的此次北伐断了进退咽喉，被迫悄悄撤军。事后，诸葛亮大哭，痛悔自己在用人方面的失误，挥泪斩了马谡后，又上书自贬三级，以右将军身分行丞相之职，担负起了自己的责任。

在职责的天平上人人都是平等的，没有人可以随便逃避自己的责任，无论谁犯了错误，都得接受惩罚。

第12辑 走向成功，用责任感书写人生传奇

沃尔顿为了赚取就读耶鲁大学的学费，利用假期为房主迈克尔粉刷房屋。沃尔顿对待工作一丝不苟，认真负责。就在即将完工的时候，由于他被绊了个跟跄，雪白的墙壁上被倒下来的门沾上了红印。但修补过后，沃尔顿仍不满意，最终决定把房子重新粉刷一遍。迈克尔十分欣赏拥有强烈责任感的沃尔顿。在迈克尔的帮助下，沃尔顿顺利读完了大学，并通过努力，一跃成为了世界上最大的沃尔玛零售公司的董事长。

责任是一种机遇，把学习和工作看作是自己神圣的使命，用积极的态度去面对它，勇敢地去承担它，便能看到成功的曙光。

Mu Lu · 目录

20世纪初的一位美国意大利移民叫弗兰克，经过艰苦的积累开办了一家小银行，但一次银行抢劫导致了他破产。当他决定向储户偿还那笔天文数字般的存款时，所有的人都劝他："你为什么要这样做呢？这件事你是没有责任的。"但他回答："是的，在法律上也许我没有责任，但在道义上，我有责任，我应该还钱。"他用30年时间偿还了所有的存款。

职责是生命中最耀眼的阳光，当你勇于担起那份责任之时，美丽的心灵也会在世间闪耀最美的光辉。

天下兴亡，匹夫有责。古往今来，在我们中华民族发展的每一个阶段，都有数不尽的有识之士为了国家和民族的命运而不懈奋斗。他们或运筹帷幄、或指点江山、或鞠躬尽瘁、或埋头苦干，无不心忧天下，敢为人先。历史的风雨尽管浩瀚汹涌，不能冲淡人们对英雄的敬仰；岁月的河流尽管绵长蜿蜒，无法流走人们对英雄的怀念。他们用一颗火热的赤子之心，担起了天下兴亡的责任，在天地之间唱响了一曲英雄的赞歌。

我从不肯妄弃一张纸、
总是留着——留着
叠成一只只很小的船儿、
从舟上抛下在海里、
有的被大风吹卷到舟中的窗里、
有的被海浪打湿、沾在船头上、
我仍是不灰心的每天叠着、
总希望有一只能流到我要它到的地方去、
                            ——冰 心

第 一 辑

无限可能，
强烈的责任感是创造奇迹的种子

几年前，美国著名心理学博士艾尔森对世界 100 名各个领域中的杰出人士做了问卷调查，结果让他十分惊讶——其中 61 名杰出人士承认，他们所从事的职业并不是他们内心最喜欢做的，至少不是他们心目中最理想的。而这些杰出人士竟然在自己并非喜欢的领域里取得了那样辉煌的业绩，他们除了聪颖和勤奋之外，究竟靠的是什么呢？艾尔森深入调查之后发现，原来这一切都是责任感创造的奇迹。

一份责任感，就如同一粒奇妙的种子，会让自己的人生结出许多意想不到的甜美果实。

坚守责任的力量

当时，随时可能尸骨无还，我也非常恐惧，但我知道，我有责任去救他，我必须这么做。

这是一个民间登山队，他们要对世界第一高峰——珠穆朗玛峰发起冲击。虽然人类攀登珠峰已经不止一次了，但这是他们第一次攀登世界最高峰。队员们既激动又信心十足，他们有决心征服珠穆朗玛峰。

经过考察后，他们选择自己状态很好、天气也很好的一天出发了。攀登很顺利，队员们互相照应，没有出现什么问题；高原缺氧的情况也基本能够适应，在预定时间，他们到达了1号营地。大家都很高兴，因为有了一个良好的开始，就等于成功了一半。

第二天，天气突然发生了变化，风很大，还下着雪。登山队长征求大家的意见，要不要回去，因为要确保大家的生命安全。生命只有一次，登山却还有机会。但是大家都建议继续攀登，登山本来就是对生命极限的一种挑战。

于是，登山队继续向上攀登。尽管环境很恶劣，但是队员们征服自然、征服珠穆朗玛峰的信心却十足，大家小心翼翼地向上攀登。"队长，你看！"一个队员大喊，大家寻声望去，在离他们很远的地方发生了雪崩。虽然很远，但雪崩的巨大冲击力波及了登山队，一名队员突然滑向另一边的山崖，还好，在快落下山崖的那一刻，他的冰锥紧紧地插进了雪层里，他没有滑落下去。但他随时有可能被雪崩的冲击力推下去。

形势严峻,如果其他队员来营救山崖边的队员,有可能雪崩的冲击力会将别的队员冲下山崖;如果不救,这名队员将在生死边缘徘徊。

队长说:"还是我来吧,我有经验,你们帮我。大家把冰锥都死死地插进雪层里,然后用绳子绑住我。""这很危险,队长。"队员们说。"已经没有犹豫的时间了,快!"队长下了死命令。大家迅速动起手来,队长系着绳子滑向悬崖边,他死命地拉住了抱住冰锥的队员,其他队员则使劲把他俩往上拉。就在下一轮雪崩冲击到来之前,队长救出了这名队员。

全队沸腾了,经过了生死的考验,大家变得更坚强了。

最终,登山队征服了珠峰。他们把队旗插在山峰的那一刻,也把他们的荣誉和责任留在了世界上最纯净的地方。

后来,队长说:"当时,随时可能尸骨无还,我也非常恐惧,但我知道,我有责任去救他,我必须这么做。责任的力量太大了,它战胜了死亡和恐惧。真的。"

责任不仅让人勇敢,责任还能战胜死亡和恐惧。面对责任,我们无从逃避,只有勇敢地迎上前去。能够这样挑战生命困难的人,他就是一个坚强的人。

责任悟语

生命是蕴涵无穷能量的深井;用真情与爱浇注的责任心,是井里源源不断的生命之泉。能汲取生命之泉的人,不仅能经受住大自然的考验,更能靠自己的力量战胜死亡和恐惧! (朱小华)

责任感创造奇迹

男孩临走时也告诉女孩："请你相信我，我一定会回来。"

　　一名身绑炸药的歹徒闯入校园，挟持了两名学生。经过警方的调查，这个人曾在采石场工作多年，精通爆破技术，后来改行经商。一个月前他被自己最好的朋友李某骗得倾家荡产，精神受到刺激。歹徒身上绑的是挤压式炸药，这就意味着如果他被警方击中倒地就会引起炸药爆炸。

　　警方派出了谈判专家与歹徒谈判。待歹徒的情绪稍稍稳定后，两名特警悄无声息地迅速向他身后接近。眼看即将大功告成，在这节骨眼儿上，被挟持的女生忽然向歹徒提出要上厕所，另一名男生也跟着说要上厕所。歹徒先是一愣，顿时警觉起来。他环顾四周，立即发现了身后的一切，他下意识地拉紧了手中炸药

的引信，大骂道："骗子，你们全都是骗子！"气氛骤然紧张。

片刻之后，歹徒忽然又大笑起来，一跺脚："好，我同意你们上厕所，但是只能一个一个轮流去，如果有一个不回来的话，剩下的人就给我陪葬！"

两个孩子相视片刻，男孩首先开口，对女孩说："我是男子汉，你先去吧。"女孩仿佛得到解放，转身就走，刚走出两三步，忽又停住，回头告诉男孩："请你相信我，我一定会回来。"声音很小，却字字清晰。男孩冲她点了点头："我相信你。"

几分钟后，女孩上完厕所后主动回来了。歹徒大感意外，有些沮丧，只好把男孩放出去。男孩临走时也告诉女孩："请你相信我，我一定会回来。"

男孩上完厕所，正往回走，围观人群中忽然跑出一个女人，一把将他抱住，放声痛哭。男孩叫了一声"妈"。歹徒清楚地看到了这一幕，掩饰不住得意之色，手拉引信仰天狂笑。

女孩绝望地闭上眼睛。没料到，那个母亲擦干眼泪，松开手，拍了拍男孩的肩膀："儿子，你是男子汉，有警察叔叔在，咱什么都不怕！"男孩继续向歹徒走去。

出人意料的是，几分钟后，歹徒举起了双手，向警察投降。歹徒说："自从那次被朋友欺骗之后，我就开始怀疑全世界，再也不相信任何人。但是今天，当我看到两个孩子彼此以生命相托时，我突然发现，我错了！"

责任悟语

遭遇挫折的歹徒，在男孩和女孩身上见到了责任的阳光，于是重拾了对生命的信任。责任心召唤着希望和爱，可以让身处严冬的人们感受春日的阳光，懂得什么是责任带来的温暖！ （朱小华）

微笑面对困境

在困难面前微笑，不仅仅是一种勇气，还是对亲人和家庭的一种责任和义务。

母亲带着儿子去爬山。在山顶，儿子指着那穿梭的缆车说，我也想去坐坐。好的，母亲朝儿子笑，不过你先等等。母亲早就准备好了，母亲有恐高症，她从包里摸出药和水。儿子问，妈妈，你在吃啥？一颗糖，母亲说。儿子也想吃，母亲笑着回答，那是妈妈的专用糖。儿子也笑了。

交了钱，两人上了缆车。缆车飞快动起来，儿子唱起快乐的歌，母亲却紧闭着眼。

突然缆车轻轻震了一下，然后停下来。儿子问，怎么不动了？

缆车停下来的位置是在两个山头的正中间，下面是陡峭的悬崖，太阳散发着湿热的光，整根缆索上就只有他们一辆车。母亲朝前面看了看，有几个细小的身影在那边忙碌着，凭感觉，她知道是出了意外。她看着儿子，儿子似乎没有感觉到危险的到来，母亲放心地笑了。隔了一会儿，儿子好奇地问，怎么车子还没有动呢？母亲笑了笑，她说叔叔阿姨让你多看会儿风景呢，儿子，你看对面的山多漂亮。儿子的眼睛亮了，儿子说他从没有看过这么漂亮的山。

母亲从包里取出了电话，母亲说你想不想爸爸。儿子点点头，母亲拨通了丈夫的电话，然后把电话递过去。父亲说，你们还好吗？儿子说，我们在看风景呢，很好看。父亲说，回来吃午饭吗？儿子看着母亲，母亲把电话拿过来说，儿子想去吃肯德基。父亲说那好，早点儿回来，想你们了。

挂了电话，儿子又问，车子什么时候会开呢？母亲笑了，她说，叔叔阿姨们正在休息呢，要去惊扰他们吗？儿子摇摇头。这才乖，要不我们玩剪刀、石头、布，谁输了谁就唱歌。

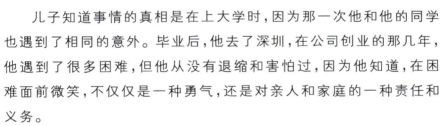

儿子对游戏产生了兴趣，可是他老是输，输了就得唱歌，后来他困了，就倒在母亲的怀里睡着了。

等他再醒来的时候，他已经在家里的小床上了，那时时针已经指向第二天的清晨了。

儿子知道事情的真相是在上大学时，因为那一次他和他的同学也遇到了相同的意外。毕业后，他去了深圳，在公司创业的那几年，他遇到了很多困难，但他从没有退缩和害怕过，因为他知道，在困难面前微笑，不仅仅是一种勇气，还是对亲人和家庭的一种责任和义务。

🌸 王国军

责任悟语

　　有时候，碰到挫折和困难，好像被全世界抛弃了，而身边那不离不弃的仍是母亲带着爱的责任。这份责任让母亲成为世界上最爱说谎的人：好吃的食物永远不爱吃；心里满是牵挂，嘴边却永远是"不用惦记"！有母亲的爱，我们必能学会用最灿烂的微笑面对困难！

（朱小华）

贫困不是理由

面对褒扬与质疑,李小萍依然平静,解释说——我觉得诚信和自立是自己的责任,虽然我暂时贫困,可是我没有任何理由逃避这种责任。

她只是个普通的农家女孩。

去年的高考,她考了 683 分的好成绩,超出重点录取分数线近 100 分。喜讯传来,一家人却陷入愁云惨雾之中:女孩一家 5 口,奶奶年事已高,母亲体弱多病,弟弟正上初中,全家的生活重担都压在父亲身上。父亲已经年过五旬,照顾几亩薄地,农闲时去附近煤矿挖煤,每天上午 7 点半下矿,工作到下午 4 点半才能出来吃饭;可即便如此,每月也只有几百元的微薄收入。为了供两个孩子读书,家里早已债台高筑,面对高额学费,如何去筹?

当地媒体报道了女孩面临的窘境,引起了著名音乐人高晓松的关注。他决定资助女孩,并很快联系上她,在电话里郑重承诺:"我在电视上看到了你的情况,决定资助你。"善良的他怕伤害女孩的自尊,特意又补充了一句,"不是因为你贫困,而是因为你有才华。"

这对一筹莫展的李家而言,无异于喜从天降,女孩连声道谢。最后两人约定,女孩一旦拿到录取通知书就马上通知他,他会把学费汇过去。

半个月后,女孩致电高晓松的秘书:"请转告高叔叔,我被浙江大学录取了。"当高晓松第二天准备汇款时,那女孩又打电话来了:"高叔叔,非常感谢您的好意,可是我不能接受您的资助了。两天前,一位好心的伯伯已经资助了我大学4年的学费。昨天给您打电话,是因为我答应过您,被录取后一定要通知您。"

当时高晓松非常惊讶,也被女孩的诚实深深打动。他仍然想帮助她,于是说:"我知道杭州的物价很高,既然有人帮你出了学费,那我就负担你4年的生活费吧,每月500元,你看怎么样?""谢谢您!不过,我的生活费那位伯伯也资助了。希望您能帮助别的比我更需要帮助的孩子。"女孩真诚地说。

其实,女孩完全可以接受第二笔资助,也没有人会去查证。这笔钱,可以还债,可以让父母家人过得宽裕一点儿,可以给弟弟买一个新书包,可以让自己的大学生活滋润一点儿,可是她不假思索地放弃了,选择了诚信和善良,她再次让高晓松感到震撼。

这位内心富有的贫家女孩名叫李小萍,家在四川内江市的农村。

此事传出之后,引发了一场不小的争议。很多人为她的所作所为感动,由衷地敬佩;也有人说她傻,以她的境况,同时接受两笔捐助也不违背情理啊? 面对褒扬与质疑,李小萍依然平静,她解释说——我觉得诚信和自立是自己的责任,虽然我暂时贫困,可是我没有任何理由逃避这种责任。

一位普通的中学生,简单的一句话,会令多少人感到汗颜?

姜钦峰

责任悟语

"诚信和自立是我的责任,虽然我暂时贫困,但没有理由逃避这种责任。"贫困女孩李小萍,用她的行动给大家上了一堂生动的道德课,这堂课的主题就叫做"责任感"! 如果我们都自觉地用诚信与自立构建我们的人生,这个社会就会因责任感的叠加而变得无比美好!

(朱小华)

因 为 责 任

因为责任，因为信任，她由一个不合格的护士成为一名最优秀的医生。

在火车上，一位孕妇临盆，列车员广播通知，紧急寻找妇产科医生。这时，一位妇女站出来，说她是妇产科的。女列车长赶紧将她带进用床单隔开的病房中。毛巾、热水、剪刀、钳子什么都到位了，只等最关键时刻的到来。产妇由于难产而非常痛苦地尖叫着。那位妇产科的妇女非常着急，将列车长拉到产房外，说明产妇的紧急情况，并告诉列车长，她其实只是妇产科的护士，并且由于一次医疗事故已被医院开除。今天这个产妇的情况不好，人命关天，她自知没有能力处理，建议立即送往医院抢救。

列车行驶在京广线上，距最近的一站还要行驶一个多小时。列车长郑重地对她说："你虽然只是护士，但在这趟列车上，你就是医生，你就是专家，我们相信你。"

列车长的话感染了护士，她准备了一下就走向产房，进门时又问："如果万不得已，是保小孩还是大人？"

"我们相信你。"护士明白了，她坚定地走进产房。列车长轻轻地安慰产妇，说现在正由一名专家在给她手术，请产妇安静下来好好配合。

出乎意料，那名护士几乎单独完成了她有生以来最为成功的手术，婴儿的啼声宣告了母子平安。

那对母子是幸福的，因为遇到了热心人；但那位护士更是幸福的，她不仅挽救了两个生命,而且找回了自己的信心与尊严。因为责任,因为信任,她由一个不合格的护士成为一名最优秀的医生。

　　每个人都有责任感,每个人都会为不辱使命而努力。责任能激发人的潜能,也能唤醒人的良知。给人责任,也就是给了信任和真诚;有了责任,也就成就了尊严和使命。

李中声

责任悟语

　　蝴蝶在蜕变之前,是一枚丑陋的虫蛹,要经历无数的失败和挫折。因为承担责任的勇气与能力,让它完成了蜕变,挣脱丑陋的过去,赢得美丽的新生!我们每个人都曾是一枚未蜕变的虫蛹,经历的风雨越多,蜕变后的翅膀才越有力,飞越的天空才更宽广!

(朱小华)

艾米的圣诞愿望

"每个人,"他说,"都希望得到别人的尊重、理解和关爱。我们有责任去实现这个最美丽的愿望。"

　　艾米·哈根多思从教室拐角处一瘸一拐地穿过走廊,迎面撞上了一个正从五楼冲下来的高大男孩。

"小心点，小不点！"男孩盯着艾米轻蔑地大叫道。接着，男孩得意地笑着，学着艾米的样子，撑住他的右腿一瘸一拐地走了。

艾米厌恶地闭上了眼睛。

"别理他。"她边告诫自己，边朝教室走去。

但直到晚上，男孩那副讥笑的表情仍在影响着她的情绪。这已经不是第一次了。从艾米上学开始，几乎每一天都有人那样取笑她。孩子们笑她讲话结结巴巴，走路一瘸一拐。对此，艾米烦恼极了。有时，即使全班人都在，她也觉得孤立无援。

那天回到家，艾米坐在饭桌旁一言不发。妈妈知道学校里肯定又出事了。她决定和女儿分享一些有趣的消息。

"电台要举行一次圣诞愿望比赛，"她说，"写一个愿望给圣诞老人，就可能得奖，我想此刻坐在饭桌旁的那个金黄色鬈发的小女孩也许该试试。"

艾米笑了。这个比赛听起来像是很好玩，她开始盘算圣诞节到底许个什么愿好。

突然，一个念头浮上了脑海，艾米眉开眼笑。她开始给圣诞老人写信。

亲爱的圣诞老人：

　　我叫艾米，今年9岁。我在学校有个麻烦，你能帮我吗？他们都笑话我走路和说话的样子。我患了脑瘫，我真希望能拥有没有被取笑的一天，您能帮我实现我的愿望吗？

爱你的艾米

举办圣诞愿望比赛活动的电台，收到了从全国各地寄来的成堆成堆的信。

当艾米的信送到电台时，台长仔细地读了一遍又一遍。他认为，应该让全城的人都知道这个特别的女孩和她不寻常的愿望。于是，台长拨通了当地报社的电话。

第二天,艾米的照片和她给圣诞老人的信被登在《新闻岗哨报》的醒目位置,故事很快传遍了全国,报纸、电台和电视台都争相报道这位小姑娘的故事。她只想要一个简单但极不寻常的礼物——没有被取笑的一天。

一时间,邮递员频繁光顾艾米家的小屋。每天,她和家人都会收到很多的来信,它们带来串串节日的祝福和鼓励的话语。

在那个难以忘怀的圣诞节,几乎有 20 万人从世界各地为艾米送来了友谊和支持。艾米和家人逐一详阅他们的信件。其中,许多来信的人也是残疾人,有些人小时候也曾被人取笑过。艾米高兴地看到世界上到处是互相关爱的人,从此,她不再感到孤单。

许多人还谢谢艾米勇敢地站出来为他们讲话;更多的人鼓励艾米抬起头,把取笑抛在脑后。

艾米真的如愿了,那一天,没有一个人取笑她。

那年,艾米家所在市的市长把 12 月 21 日命名为艾米·哈根多思日。市长说艾米的这个愿望给人们最深刻的做人的道理。

"每个人,"他说,"都希望得到别人的尊重、理解和关爱。我们有责任去实现这个最美丽的愿望。"

责任悟语

在这个精彩、丰富的世界里,有着各种不同的人,他们并不都是和我们一样的。我们有责任送给别人尊重、理解和爱,就像他们希望的那样。只有充满责任感的爱才会让我们生活的世界和谐温馨!

(朱小华)

责　任

想想自己，比比别人，对待员工的奖金福利，我们肩头的责任，真比泰山还重！

这是一家生产圣诞礼品的外贸企业。员工们从公司办公室里传出的消息得知，今年不但要提前放假，而且全年的奖金能不能发也是个问题。消息的传播，使公司内外的空气顷刻紧张骚动起来，人们交头接耳，议论纷纷。

面对着"山雨欲来风满楼"的情景，公司领导层持两种意见。一种认为今年生产形势不好，还说什么奖金和福利，大河无水小河难满啊！另一种则持不同态度，极力主张企业越在困难的时候，越要关心员工的生活，无论怎样，不能在员工的饭碗里扣粮。公司董事长非常赞同后者的意见。

就在大家争论激烈的时候，为了破解这个难题，领导层的会议连夜召开了。董事长语气慎重地说："辛辛苦苦长期在公司里上班的员工，他们生活的指望，全锁在公司的链条上，往年这根链条运转都很好，今年绝不能因生产不景气而使链条运行受障碍。企业再困难，也不得在关系到员工切身利益的问题上失去我们的诚信。"总经理则锁着眉头说："员工的福利我也知道，但公司里没有钱，那是个实际的问题。'巧媳妇也难做无米之炊'啊！""对！我们就是要面对这个实际问题，顾全大局,走出一条应对的路子来。不然,我们就要失去人心了。"董事长掷地有声地说了此话后,还加重语气补充说:"我们要勒紧裤带,宁愿股东不分红,也要先把员工的福利工作做好。年初招工难的问题,不是给我们在对待员工的工资福利问题上敲响了警钟吗?!"

在这个会议上,董事长还讲了个例子。他说:"员工的年终奖,就像我们小时候,父母给我们压岁钱一样,要是有一年父母不给压岁钱,我们的心情怎样呢?今年如果扣了员工的年终奖,他们又是怎样想法呢?"讲到这个问题时,董事长的眼圈有点儿红了。他说自己在20年前,也帮人家打工,在年关的时候,因拿不到全数的工资,当时,他伤心地哭了。想想自己,比比别人,对待员工的奖金福利,我们肩头的责任,真比泰山还重!

领导层的会议,一直开到拂晓,员工们也彻夜无眠,在等待着会议的消息。

第二天,公司员工大会也接着召开了。此时,员工们面面相觑,在发呆,在期待。会上,董事长以十分洪亮的声音,通报了厂方的决定:今年放假虽早,但每个员工的年终奖不低于去年的标准;另外,厂方因季节性生产的特殊性,在停工的时间里,为了使大家不吃亏,给每位员工每月发生活补贴500元。

会场内热烈的掌声,一阵高过一阵。许多员工拍着掌,久久没有离去。

徐百玖

责任悟语

为他人着想的责任感是启明灯,为黑夜里的人们带来光亮;是指南针,为迷失目标的人找到航向!面对挫折,责任带来勇气。不放弃昂扬的姿态和坚定的信念,就会在绝望中找到希望,让未来的路充满阳光!

(朱小华)

与谎言过招

关键时刻，你只要鼓足勇气敢于戳穿其骗局，任何对手都会望风而逃。

生活中，我是个极为规矩守法的公民，虽然我是身高体壮的东北大汉，但是在许多场合，我总是将自己规范在"老实人"的圈子里，从不敢越雷池半步。在一个陌生的公众场合，我始终相信——人与人之间应该以诚相待，不应该有欺诈和谎言。

那是个周日的下午，我从市区背着修好的笔记本电脑一路颠簸来到火车站，按时搭乘上了一辆开往滨海区的火车。车上的人很多，所有的座位几乎都被占满。我如一条刚钻出地皮的蚯蚓，左摇右晃地在人的缝隙中寻找一个舒适的位置。

从市区到滨海区需要一个多小时的路途，我的目光开始在车厢里搜寻座位，但很快发现，每个座位都已满员了，唯独车厢最后一排的双人位子上坐着一个人。我用力挤过去，见一位30多岁的男子双脚搭在对面的座位上，眼看着窗外，嘴里不停地嗑着瓜子。对面的座位上放着一个鼓囊囊的双肩背包和一个精致的皮箱。

我走过去，满脸微笑地问："对不起，请问这儿有人吗？"

对方侧过脸来上下打量我一眼说："有人，他刚去卫生间了。"说完转过头继续看窗外的风景。

很明显，这是他随口编造的谎言。我将箱子轻轻朝里一推，稳稳地坐下。见到我突然的举动，对方猛地坐起身来，瞪着眼睛说："我跟你说过了，这个位子有人，他还委托我给他看行李呢！"

我看着他大声说："没关系，等那个人回来，我会让给他的。"

周围的人都好奇地看着我们，车厢里安静极了。我舒服地坐在那个人的对面，轻松地玩着手机里的游戏。对面的男人极力掩饰着心中的恼怒，不停地用目光乜斜着我。

他虽然没有说话，但他的双脚始终搭在我身旁的座位上，让人感到恶心。但我没有要求他收回双脚，而是按照他的样子，将双脚同样搭在他的身边。

他再次睁大眼睛盯着我，半天没出一声。我与他就这样僵持着。十多分钟后，一位男列车员从此经过，见我们搭成桥状的四条腿，就毫不客气地说："嘿，你们俩讲点规矩好不好，都把脚拿下来！"一句话，解除了我们的僵持。

火车经过了许多小站，人们陆续下了车，我周围也开始出现许多空位子。对方不停地看着我，似乎在提醒我坐到旁边的空位子上去，但我依然端坐如松。

40分钟过去了，对方所说的"人"始终没有露面。火车开始缓缓减速，车厢里的人们开始收拾身边的行李准备下车。对面的男人也站起身，一手拎起双肩背包，另一只手准备提皮箱。我一把将他的手按住："你要干什么？"

对方脸色大变，冲我大声吼着："这是我的行李，你脑子有病啊！"

我毫不让步地说："不对，刚才你说过，这是别人委托你照看的。现在我有责任保护人家的东西！"

也许旁边的人们已经预料到会有这样的结局，于是很快围了上来。一位老者站出来说："不能让他拿走，开车时他也跟我说过这样的话，我可以证明！"

我们的吵闹声终于引来了那位男列车员。他听了事情缘由后说：

"既然你说是替别人照看行李，你又不认识那人，东西你不能拿走，按照规定，这些东西由我们替他保管，你下车跟我们做个登记吧。"

火车终于稳稳地停在站台上，我看见那个男人空着手，满脸恼怒地跟着列车员走进站台办公室。

生活中诸如这样的谎言与欺骗不胜枚举，关键时刻，你只要鼓足勇气敢于戳穿其骗局，任何对手都会望风而逃。

🌸 平　川

背负太阳的羊

在各自不同的人生道路上，我们其实都是一只驮羊，背负着不同的责任和希望，在人生的道路上不懈地跋涉。

很多次，我的心被那些顽强不屈的生命给震撼。

它们生长在雪域高原——西藏，它们的脊背距离太阳是那样近，它

们有一个奇怪的名字叫"驮羊"。

它们的身躯是那样弱小，时时刻刻都在迎着刺骨的寒风，奔波在苍茫的高原之上。它们显得异常渺小，甚至会令人错误的感觉它们的生命弱不禁风。

然而，就是那些弱小的生灵，用它们瘦弱的脊背驮负着二三十斤盐巴，这个重量可等于它们体重的一半多啊！它们一路风餐露宿、长途跋涉，往返上千公里的行程，驮回生命的希望。

千百年来，它们用坚强的脊背和永不退缩的蹄印，在西藏的高原上，书写下一个又一个不朽的传奇。

驮羊从降生的那一天起，便注定了一生与驮袋相伴。当遥远异乡的庄稼熟透的时候，驮羊便再一次开始踏上它们生命中险恶的征途。商客们赶着羊群来到盐湖边，他们要将那些盐巴驮运到遥远的异乡，然后换回来维持生命的粮食。

驮羊队少则四五百只，多则数千只。当驮羊们背负着沉重的盐巴，朝着主人指引的方向，毫无畏惧地走下去的时候，又一段被血水浸染的传奇开始了。

饿了，它们就刨开足底下的石砾，嚼食枯草；渴了，它们就舔舐路边的积雪。所有的一切，驮羊们都能够坦然面对，因为它们的生命早已适应在这种恶劣的环境里生存。

在艰难的途程上，它们最大的对手就是疾病和突然袭来的暴风雪或泥石流。然而，即使遭遇到，它们也不会停下前行的步子。它们明白，只要还有一口气，就要向前走下去。如果倒下，也要像路旁的那一架架白骨一样，给后来的伙伴们壮行。

它们的队伍越走越少，它们的身体也越来越羸弱，但它们仍会毫不气馁地朝下一个目标走去。

在我的身边有这样一位朋友，他年轻的时候，在青海当过运输兵。退伍之后，他回到家乡务农。然而，只有初中文化的他，却热爱写作。

结婚之后，妻子对他的爱好也全力支持。经过不懈的努力，他先后出版了十几部长篇。在其中一部描写西藏风情的作品中，年过 50 岁的他，竟两次奔赴西藏实地考察。他的作品在社会上引起广泛的关注，并获得了不少大奖，而他最终也成了一名专业作家。

然而，在 3 年前，他的妻子在一场车祸中不幸去世。不久，儿子也因为一次意外事故失去了警察这份工作。之后，他的老父亲中风，家中遭窃……面对这一连串的打击，我的那位朋友没有倒下，而是将内心所有的痛苦化为动力，在不到两年的时间里，他又完成了 4 部作品。

有时候，我这样想，在各自不同的人生道路上，我们其实都是一只驮羊，背负着不同的责任和希望，在人生的道路上不懈地跋涉。

无论脚底下的道路多么艰难，前方的道路多么凶险，我们为了实现心中的理想，就要像那些在高原上勇敢前行的驮羊一样，坚定无畏地走下去。而希望的太阳，也就会一直在我们的脊背上空闪耀！

矫友田

责任悟语

为梦想奋斗的路，没有终点，需要我们一辈子不停地跋涉，哪怕经历风雨、踩过泥泞。只要一步一步踏实走过，总会得到回报。让我们都来学习驮羊的精神：不埋怨、不气馁、不停顿、不放弃，带着责任坚定地朝前走！

（朱小华）

责任是男人最大的面子

责任是男人最大的面子。这应该是对男人的面子最好的表述吧。

他是民政局社救科科长。妻子是一名清洁工，负责8栋楼25个单元的清洁工作。

那天晚上，妻子无意地说了一句："我觉得一个人负责那么多楼，太累了。"

一旁的女儿对他说："爸爸，你应该帮我妈的忙。"

他叹了口气说："爸爸也心疼你妈啊，可是我总觉得我去打扫卫生，面子上过不去。"

"靠劳动挣钱，有什么不好意思的，你不去，等我放假了，我去帮妈妈扫垃圾。"女儿的话斩钉截铁。

女儿的话让他觉得有些惭愧，怎能为了所谓的面子而不去帮妻子一把呢？

第二天，妻子像往常一样早早起床，准备出去工作。他也起来了，对妻子说："走吧，我也去。"

"你不怕丢面子吗？"妻子略惊讶地问。

"我是你老公，我应该帮你。"他说着就推上垃圾车出了门。

一个堂堂的民政局科长，竟然做起了清洁工。起初，他还是有些不适应，特意戴一顶鸭舌帽，把帽檐压得低低的，不让别人认出来。他还和妻子商量好,他只帮助妻子扫院子,不扫楼梯,不去送垃圾。因为在这个院子里许多人认识他,还有几位同事也住在这里。

然而,当看到妻子送垃圾太吃力后,他丢掉了最后一丝虚荣心,推着垃圾车在大街上走。遇到熟人,尽管感觉还有些别扭,但他却坚持了下来。

很快,同事、亲戚、朋友都知道了他帮妻子做清洁工的事。有人劝他:"你不大不小也是个干部,老婆做清洁工都够没面子了,你还去做,怎么能好意思。你家庭条件不好,又在民政部门工作,怎么不给妻子办个低保?"

他摇摇头说:"那怎么成,我有工资,比低保高得多,不符合规定。如果以权谋私,被人知道了,那才是丢面子的事。我一个大男人,看着妻子吃苦受累而无动于衷,那还是男人吗?一个男人有责任照顾好自己的妻子、自己的家,连这一点都做不到,还讲什么面子?"

有人说他没有尊严,有人说他在作秀。他做清洁工一事,在当地引起了不小的议论。对于别人的议论,他从不争辩,默默地做着自己认为应该做的事情。到现在,他这个一科之长,已经"兼职"做了三年的清洁工。上班时间,他穿上工作制服,认真地做好自己的工作;下班后,他换上清洁工的服装,和妻子一起扫地、运送垃圾。当初对于他做清洁工的种种议论早已销声匿迹,取而代之的是理解和赞赏。

他就是河南省开封市龙亭区民政局社救科科长董立太。当一家报纸将他的事情报道出来以后,全国诸多媒体纷纷前去采访他。问他最多的问题就是关于面子的问题,问他当初怎么有勇气舍弃面子去做清洁工。董立太的回答是:"责任是男人最大的面子,一个男人对妻子、对家庭没有履行好自己的责任,那才是丢面子。"

责任是男人最大的面子。这应该是对男人的面子最好的表述吧。抛弃责任,刻意在别人面前去维护自己体面和风光的形象,其实是越维护越没有面子。而将责任看做自己的面子,去履行自己的责任,将赢得别人的肯定和赞赏,也会越来越有面子。

一 哲

责任悟语

责任是男人最大的面子,董立太只是谦虚地说了男人对家庭和妻子的责任。事实上,他更履行了作为人民公仆的责任。从这一点说,他不仅维护了自己的面子,也维护了党的干部群体的面子。让我们也学会做一个负责任的人吧!

(贾　珺)

责任传递责任

如果没有这两个孩子的这种责任感,我想我是不会给你送过来的,而是要等到邮递员来取走。你的孩子让我懂得了什么是责任。

丽莎和凯琳是一对姐妹。在一个风雪交加的下午,丽莎从家里的邮筒中取出了一封信。可是这信不是她家的。

信上赫然写道:K市大河沿路60号。而丽莎的家是在K市小河沿路60号。

"姐姐,这可怎么办?"丽莎问。

"等邮递员下次来时再取走吧。"凯琳说。

"可是姐姐,邮递员三天才来一次呢。要是有什么急事,那不就耽误了吗?"

"那你说怎么办,爸爸妈妈又不在家。"

姐妹俩一时也不知该怎么办。送去,外面风雪交加,两个孩子有些胆怯，因为丽莎 9 岁，凯琳也只有 11 岁；不送，要是人家有急事耽误了可怎么办呢？

"我觉得我们还是应该送去，虽说和他们是陌生人，但我们收到了别人的信，理应给收信人送去，这也是我们应该做的，你说呢？"凯琳说道。

"姐姐，我也是这么想的。我们一起去吧。"

就这样，两个小女孩穿好衣服，带着这封信走进了风雪中。她们俩也不知道大河沿路到底有多远，只好一路走一路打听。

"嘿，我说小孩，这么大的雪还出来干吗？大河沿路，远着呢，怎么不让你们的父母带你们去？一直走，到第五个路口向右拐，然后再打听。"一个陌生人这样对姐妹俩说。

丽莎和凯琳深一脚浅一脚地相互扶着往前走，雪太大了，她们看不清前方。

"丽莎，我们一定会把信送到的，对吗？"凯琳问。

"我也是这么想的，姐姐，一定会的。"丽莎坚定地说。

她们走了很长时间，终于来到了大河沿路 60 号。姐妹俩都高兴极了。

门开了，出来了一位年轻的女士。"你好，孩子，你们有什么事吗？"年轻的女士问。

"这是大河沿路 60 号吗？"

"对呀，有事吗？"

"是这样的，我们家住在小河沿路 60 号，邮递员把你家的信送到了我家，我们给您送来了，怕您着急。"凯琳说。

年轻的女士向外看了看："就你们俩，没有大人吗？"

年轻的女士感激地看着这两个孩子，不停地说谢谢。

事情过了一个月之后，有一天，一个陌生的男子来到了丽莎的家。爸爸妈妈并不认识这个来访的人。这个陌生人说："我是住在大河沿路 60 号的，一个月前，我的信被误送到你家，是你的两个孩子冒着大雪给我送到家的。多亏了这两个孩子,当时我的父亲病重急需一笔钱,那封信是让我给家里送钱的,晚了我的父亲就活不了了,太谢谢孩子们了。"

爸爸妈妈笑了,他们并不知道孩子们做了一件这么伟大的事情。

"还有一封你家的信。"这个男子掏出了丽莎家的信,"如果没有这两个孩子的这种责任感,我想我是不会给你送过来的,而是要等到邮递员来取走,你的孩子让我懂得了什么是责任。"

责任悟语

　　帮助别人就是帮助自己。丽莎两姐妹一开始也许并不明白这个道理,只是凭着本身的责任感去做,但经历了送信事件后,她们就会对此深信不疑。其实,我们的生活也是如此,不信的话,试试看,帮帮别人,生活会赠给我们意外的收获! 　(朱小华)

不必在镜里寻找自己、
过去不堪回首、
从阁楼里走下来吧、到人群中去觅寻、
那里会有一切、你也融合其中、
去吧、把自己去赤裸裸地熔炼、去重新认识自己、
——[西班牙]梅　洛

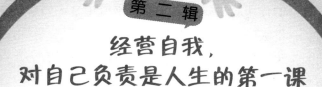

经营自我，
对自己负责是人生的第一课

古希腊雕刻家菲迪亚斯被委任雕刻一座雕像。当菲迪亚斯完成雕像后要求支付薪酬时，雅典市的会计官却以任何人都没看见菲迪亚斯的工作过程为由拒绝支付薪水。菲迪亚斯反驳说："你错了，上帝看见了！上帝在把这项工作委派给我的时候，他就一直在旁边注视着我的劳动！他知道我是如何一点一滴地完成这座雕像的。"

要想对别人负责，首先要学会对自己负责，无论做什么，人都要对得起自己的良心，只有这样才能拥有幸福成功的人生。

西点第一课

在西点，人人都是领导者，即便是个"庶民"，你也至少领导着一个人——你自己。因此你必须为那天所做的事负责。

　　刚进军校不久，西点就给我上了一课，对我日后的领导生涯起到了至关重要的作用。军校的学生都是预备军官，因此学年之间等级非常分明。一年级新生被称为"庶民"，在学校里地位最低，平时基本上是学长们的杂役和跑腿儿。不过，我没什么好抱怨的，一年级结束后我就可以做学长，再然后我会成为一名军官。

　　当然，"幽灵行动"也为我们"庶民"提供了一个向学长发泄不满的途径。所谓"幽灵行动"其实就是学生团体之间以幽灵为名义，搞恶作剧捉弄对方的活动。比如，在操练的时候把当指挥官的学长强行抬走。恶作剧一般发生在"陆军海军文化交流周"。西点和海军军校之间即将进行的橄榄球赛，也让学员们热血沸腾。

　　就在比赛的前一天晚上，三年级的学长怀特中士邀请我跟他共同完成一个"幽灵行动"。能被高年级学生接受，我觉得很荣幸，立刻答应下来。晚上11点半，我在宵禁之后溜出寝室，怀特和他的同伴正等在走廊里，行动的目标是一个来访的海军军校学员，我们要把他的宿舍搞得一团糟。我有些犹豫："这样是不是太过分了？"怀特和其他学长都说："别担心，我们领头，出了事也跟你没关系。"

　　大家悄悄摸到"敌人"的宿舍楼，按事先安排的位置站好。怀特中士用唇语数道："一……二……三！"说时迟，那时快，我和一个二年级军官猛地推开房门，冲到床头，把两大桶大约5加仑冰冷的橙汁浇到熟睡的学员身上，然后迅速跑出门外。同时另外两个人向房间里投掷了数枚炸弹（扎破的剃须水罐），顿时到处都是白色的泡沫。最后怀特把散发臭气的牛奶泼进屋里。

任务圆满完成了，众人麻利地跑下楼梯，在楼门口跟负责放哨的队员会合，然后分成几组撤离。

回到房间，我躺在床上努力让激动的心平静下来。接下来还有一个轻松愉快的周末，我已经安排好跟同伴去新泽西玩。然而凌晨3点钟时，有人敲响了我的房门。原来被捉弄的军官向西点安全部投诉，我们的酸牛奶和剃须水毁掉了他书桌上昂贵的电子仪器，床边的旅行箱也未能幸免。

在训导员办公室里，怀特中士竭力为我开脱："是我命令他那么做的，我愿意承担一切责任。"但是训导员不这么认为，他罚我们在早饭前把海军军官的寝室变回原样，把弄脏的衣服洗干净。这还不算，训导员宣布接下来的几个周末，我们都不能休假，而要在校园里受罚。"这太不公平了，我只不过服从了学长的命令，他应该对我的行为负责。"教官显然看出了我的不满，训话结束时，他问我："对这件事，你觉得自己没有责任吗？"

"首先主意不是我出的，行动也不是我领导的，而且我开始也反对过，但作为'庶民'，我能管得了谁呀！"教官盯着我的眼睛，一字一句地说："在西点，人人都是领导者，即便是个'庶民'，你也至少领导着一个人——你自己。因此你必须为那天所做的事负责。"直到今天，那位教官的话仍然在我耳边回荡。那是西点给我上的第一课：想做一个成功的领导者，你必须先学会领导自己。

[美]格里·奥斯汀

责任悟语

　　学会领导自己，只有你才是自己生命的主宰！人生就如一场考试，随时会面临各种选择，老师可以教给你解题的方法，却不会告诉你最后的答案，选 A 还是选 B，全由你自己决断。　　（章　杰）

用心做，就为时不晚

她用亲身的体验告诉我们每一个人，当你想做一件事时，请用心去做，什么时候都不会为时过晚。

　　在我上大学的第一天，我们的心理学教授给我们布置了一项富有挑战性的作业，让我们去了解一个我们以前从不认识的人。下课后，我漫无目的地走在校园内，向四周张望着，在我毫无头绪时一双手温柔地拍了拍我的肩。

　　我转过身，看到一个个子矮小、满脸皱纹的老妇人，微笑着看着我，她那发自内心的微笑使得她整个人看上去神采奕奕，散发出悦人的光芒。

　　她说："嘿，漂亮的小伙子。我叫 Rose（玫瑰），我 80 岁了，你能拥抱我吗？"我大笑起来，然后给了她一个热情的回答："当然，只要你愿意！"随后，她给了我一个夸张的拥抱。

　　"为什么在这样的一个年纪，你还要来上大学？"我笑着问她。她风趣地回答："我到这里来，是想遇见一个富有的丈夫，和他结婚，然后生

一双儿女，最后在退休后去旅行。"

"哦，请严肃些。"我望着她，我很好奇是什么使得她在这样的年纪还要来接受这样的挑战。

"我一直梦想自己能够接受大学教育，现在我的梦想终于实现了！"她笑着对我说。

在课后我们一起走到学生会大楼，共同分享了一个巧克力味道的奶昔。我们在瞬间就成了好朋友。在接下来的三个月里，每天我们都会一起离开教室，然后在一块儿说个不停。

当她与我分享她的智慧和人生经验时，我总是像被催眠一般，入神地聆听着。

在这一年里，Rose 成了校园里的一个偶像，不管她走到哪里，都能交到很多的朋友。我知道她的身体并不是很好，但她总是慈祥地笑着，而且打扮得很漂亮，并且对自己能够吸引别的学生的注意力感到得意扬扬。每天她都过得十分的快乐。

在学期结束的时候，我们邀请 Rose 参加我们的足球晚宴，并要她给我们讲几句话。在那天，她所教给我们的，永远留在了我的脑海里。她先作了自我介绍，然后慢慢地走上主席台。当她在为她的演讲做准备时，她手中的五张卡片有三张掉在地上。有点儿狼狈，还有一点点困窘，她稍倾着身子，对着麦克风简单地说："对不起，我非常地激动！我和你们一样，喝的是威士忌，而不是啤酒，所以我会这样的兴奋！但我可从没打算放弃我的演讲，我想把我所知道的一切都告诉你们！"

我们都笑起来。她清清嗓子，继续说："我不能停下来，因为我老了；一旦我停下来，我会老得更快。保持年轻，拥有快乐，获得成功有三个秘诀：每天你都要欢笑；学会发现生活中的幽默；你要有自己的梦想，如果失去了梦想，你就已经死了。但是，在我们周围有许多人，甚至在他们死去时也没有懂得这个道理！"

Rose 顿了一下，接着说道："成为老人和长大成年，它们是这样的截然不同。如果你只有 20 岁，假如你一整年都躺在床上，而且不做一件有意义的事,你会是 21 岁。如果像我这样的 80 岁,我整整一年都躺在床上,我就会变成 81 岁。这两个数字是有着很大差别的,也许在你 21 岁时你觉得你还有大把的时间可以挥霍,当你到 81 岁时你绝不会这么想了。任何人都会变老,它无关天资和能力。

"但是人生成长的意义,就是在改变中不断地找到机会。

"不要为自己的生命留下遗憾。上了年纪的人通常不会对所做过的事有任何遗憾,但是更准确地说,他们会为没有做过某些事情感到遗憾。而害怕死亡的人,都是心有遗憾的人。"

她用一首充满了鼓舞力量的歌——《玫瑰》结束了她的演讲,就像她的名字一样散发着一种独有的香气。她让我们每个人都跟着她演唱,还要我们记住在日常生活中身体力行。

两年以后,Rose 得到了她多年以来梦寐以求的大学学位。在毕业后的一年,她平静地在睡眠中去世了。

两千多学生参加了她的葬礼,向这位精彩的老妇人表示他们的敬意,她用亲身的体验告诉我们每一个人,当你想做一件事时,请用心去做,什么时候都不会为时过晚。

Rose 让我们明白:成长、变老是无能为力的,但是成长的过程,却是可以选择的。

[美]普里西拉·波特

责任悟语

我们总习惯于说"迟了",错过了上学的时间,干脆不去了;错过了学画的时间,干脆不学了;错过了交作业的时间,干脆不交了。日积月累,便垒成碌碌无为、一事无成的人生……对自己负责,就是永远都不说"迟了"。从现在开始,从确定梦想的那一刻开始,用心去做,就为时不晚!

(章 杰)

齐白石晚年辨伪画

齐白石若有所思地说："留得真迹在人间，这是我的责任。要对祖国、对民族负责。"

1930年，齐白石迁居北京已经10年了，这10年是他含辛茹苦、艰难奋进，绘画艺术大放异彩的10年。但是，接二连三的伪画无端地耗去了他不少的时间。

有一次，梅兰芳告诉他，在一个朋友的家里，看到了一幅他的《春耕图》，那是他50岁时画的。第二天，梅兰芳送来了那幅《春耕图》，齐白石一眼看出是一幅伪作，气愤地指着画说："你看这树干的线条是一气呵成的吗？还有这图章。"齐白石按捺不住自己激愤的心情："你那位朋友同你要好吗？""一直不错。他教书，为人正直忠厚，对老师的画很崇拜，不然，怎么会花重金买呢？可惜被人骗了。""不能使好人受到无端的损失。你说，我是将这画买下，还是另给他画一幅？"齐白石关切地问。"能画一幅，当然最好。真品嘛，无价之宝。"梅兰芳说。"来，我送他一幅《春耕图》。"齐白石边说边理纸研墨，凝思片刻，悬肘提笔画了起来。不多时，一幅《春耕图》画好了，他盖了自己的印章，交给梅兰芳："不裱了。同你的朋友说清原委，请他谅解吧，这一幅我收下了。看来，我的画只有从我屋子里拿出去才不会是假的。"

一天，李苦禅来了，他对齐白石说："昨天我在店里，看到一幅《蔬香图》，很有笔墨，不过题款的字不大像您写的，老师是否去看看？"

　　在李苦禅的陪同下，齐白石带上钱款，来到了古玩店。在画前，齐白石仔细地看着这《蔬香图》，心里不免暗暗称奇，这伪作者的笔力不凡，技艺、笔墨十分到家，可见这人仿效、临摹他的画，不是一日之功了。看了好大一阵，齐白石看着古玩店张老板点点头，笑说："我就是齐白石。这是我的门人李苦禅。市场上假造我的画不少。你这里有一幅我的《蔬香图》，你这画多少钱买来的？"齐白石问。"2500元。""我给你3500元，买了这张假画如何？"齐白石若有所思地说，"留得真迹在人间，这是我的责任。要对祖国、对民族负责。希望张老板能协助我。今后见到这类画，你尽管找我好了，我统统收购。至于你的店，我可以为你再作一些画，补偿你，如何？"张老板被齐白石这情真意切的话语深深感动了。他第一次见到这位老画家，没想到他的胸襟是这样的开阔。

📖 祖　河

责任悟语

　　真品与赝品势如水火，但是大师的境界不在画作的真与伪，而在怎样给他人和后世留下真品。白石老人以真迹换假画，以高价买赝品，在经济收益上无论如何也是"亏本"的；但是他为收藏界减少了赝品，为收藏者降低了风险，以大师的胸怀和责任感呵护着书画爱好者的心灵家园。

（贾　珺）

征服世界，先学会自制

爸爸，我再也不抽烟了，我一定要当个有出息的运动员。

约翰尼·卡特早有一个梦想——当一名歌手。参军后，他买到了自己有生以来的第一把吉他。他开始自学弹吉他，并练习唱歌，他甚至自己创作了一些歌曲。服役期满后，他开始努力工作以实现当一名歌手的夙愿，可他没能马上成功。没人请他唱歌，就连电台唱片音乐节目广播员的职位也没能得到。他只得靠挨家挨户推销各种生活用品维持生计，不过他还是坚持练唱。他组织了一个小型的歌唱小组，在各个教堂、小镇上巡回演出，为歌迷们演唱。最后，他灌制的一张唱片奠定了他音乐工作的基础。他吸引了两万名以上的歌迷，金钱、荣誉、在全国电视屏幕上露面——所有这一切都属于他了。他对自己坚信不疑，这使他获得了成功。

然而，卡特又接着经受了第二次考验。经过几年的巡回演出，他被那些狂热的歌迷拖垮了，晚上须服安眠药才能入睡，而且还要吃些"兴奋剂"来维持第二天的精神状态。他开始沾染上一些恶习——酗酒、服用催眠镇静药和刺激兴奋性药物。他的恶习日渐严重，以致对自己失去了控制能力，他不是出现在舞台上而是更多地出现在监狱里。到了1967年，他每天须吃100多片药片。

一天早晨，当他从佐治亚州的一所监狱刑满出狱时，一位行政司法长官对他说："约翰尼·卡特，我今天要把你的钱和麻醉药都还给你，因为你比别人更明白你能充分自由地选择自己想干的事。看，这就是你的钱和药片，你现在就把这些药片扔掉吧，否则，你就去麻醉自己，毁灭自己，你选择吧！"

卡特选择了生活。他又一次对自己的能力作了肯定，深信自己能再次成功。他回到纳什维利，并找到他的私人医生。医生不太相信他，认为他很难改掉吃麻醉药的坏毛病，医生告诉他："戒毒瘾比找上帝还难。"

卡特并没有被医生的话所吓倒，他知道"上帝"就在他心中，他决心"找到上帝"，尽管这在别人看来几乎不可能。他开始了他的第二次奋斗。他把自己锁在卧室闭门不出，一心一意就是要根绝毒瘾，为此他忍受了巨大的痛苦。后来在回忆这段往事时，他说，他总是昏昏沉沉，好像身体里有许多玻璃球在膨胀，突然一声暴响，只觉得全身布满了玻璃碎片。当时摆在他面前的，一边是麻醉药的引诱，另一边是他奋斗目标的召唤，结果他的信念占了上风。9个星期以后，他又恢复到原来的样子了，睡觉不再做噩梦。他努力实现自己的计划。几个月后，他重返舞台，再次引吭高歌。他不停息地奋斗，终于又一次成为超级歌星。

和卡特的经历有些相仿的是，球王贝利也曾经和不良的习惯斗争过。被人们称为"黑珍珠"的巴西足球运动员贝利，自幼酷爱足球运动，并很早就显示出他超人的才华。

有一次，小贝利参加了一场激烈的足球赛，累得喘不过气来。

休息时，贝利向小伙伴要了一支烟。他得意地吸起烟，嘴里吐出一缕缕淡淡的烟雾。小贝利有点儿陶醉了，似乎刚才极度的疲劳也烟消云散了。

这一切，全被父亲看到了，父亲的眉头皱得非常紧。

晚上，父亲坐在椅子上问贝利："你今天抽烟了？"

"抽了。"小贝利意识到自己做错了事，红着脸，低下了头，准备接受父亲的训斥。

但是，父亲并没有发火。他从椅子上站起来，在屋里来来回回走了好半天，才平静地对贝利说："孩子，你踢球有几分天资，也许将来会有出息。可惜，你现在要抽烟了，抽烟，会损坏身体，使你在比赛时发挥不出应有的水平。"

小贝利的头更低了。父亲又语重心长地接着说："作为父亲，我有责任教育你向好的方面努力，也有责任制止你的不良行为。但是，是向好的方向努力，还是向坏的方向滑去，作决定的是你自己。我只想问问你，你是愿意抽烟呢，还是愿意做个有出息的运动员呢？孩子，你该懂事了，自己选择吧！"说着，父亲还从口袋里掏出一沓钞票，递给贝利，并说道："如果你不愿意做个有出息的运动员，执意要抽烟的话，这点钱就作为你抽烟的钱吧！"父亲说完便走了出去。

小贝利望着父亲远去的背影，仔细回味着父亲那深沉而又恳切的话语，不由得哭了。他哭得好难过，过了好一阵子，才止住哭声。小贝利猛然醒悟了，他拿起桌上的钞票还给了父亲，并坚决地说："爸爸，我再也不抽烟了，我一定要当个有出息的运动员。"

从此以后，贝利不但与烟绝缘，还刻苦训练，球艺飞速提高。15岁参加桑拖斯职业足球队，16岁进入巴西国家队，并为巴西队永久占有"女神杯"立下奇功。

责任悟语

诱惑，是成功路上的试金石，它以各式姿态出现：有时是使人飘然欲仙的毒品，有时是让人彻底放松的烟草，有时是好伙伴的玩耍集合令……它存在的目的只有一个——试探你是不是真金。成功者懂得自制，对自己的生命负责，执著于自己的目标；失败者掉落诱惑的陷阱，换来一段荒唐的堕落人生！　（章　杰）

自我反省

赢得别人欣赏的原因在自己,得不到别人欣赏的责任同样在自己。

有一个人向智者抱怨说自己很努力却总不能成功:"我每天都在拼命地工作、工作,一刻也没闲着。"智者微笑着问他:"那么你用什么时间来反省和总结自己呢?"

正如成功多是内因起作用一样,失败也多是自己的缺点引起的,一个人必须懂得不断反省和总结自己,改正自己的错误使自己不要老在原处打转,或再被同一块石头绊倒,他就可以走出失败的怪圈,走向成功的彼岸。

人为什么要自省?这里有两个方面的原因,一个是主观原因。人都不可能十全十美,总有个性上的缺陷、智慧上的不足,而年轻人更缺乏社会历练,因此常会说错话、做错事、得罪人;另一方面是客观原因。

现实生活中,很多人是只说好话,看到你做错事、说错话、得罪人也故意不说,因此这就更需要你自己通过反省来了解自己的所作所为。

有一个人很不满意自己的工作,他愤愤地对朋友说:"我的领导一点儿也不把我放在眼里,改天我要对他拍桌子,然后辞职不干。""你对那家贸易公司完全弄清楚了吗? 对于他们做贸易的窍门完全搞通了

吗？"他的朋友反问。

"没有！"

"君子报仇十年不晚，我建议你好好地把他们的一切贸易技巧、商业文书和公司组织完全搞通，甚至连怎么修理复印机的小故障都学会，然后辞职不干。"他的朋友建议，"你用他们的公司，当做免费学习的地方，什么东西都通了之后，再一走了之，不是既出了气，又有许多收获吗？"

那人听从了朋友的建议，从此便默记偷学，甚至下班之后，还留在办公室研究写商业文书的方法。一年之后，那位朋友偶然遇到他。"你大概多半都学会了，可以准备拍桌子不干了吧？"

"可是我发现近半年来，老板对我刮目相看，最近更总是委以重任，又升官，又加薪，我已经成为公司的红人了！"

"这是我早就料到的！"他的朋友笑着说，"当初你的老板不重视你，是因为你的能力不足，却不努力学习。而后你痛下苦功，进步神速，当然会令他对你刮目相看。"

一个人失败的原因是多方面的，反省自己也要从多方面着眼：是不是骄傲自满？是否敢于向困难挑战？所选定的目标是否合适？有没有尽可能大地发掘潜力？会不会协作双赢？敢不敢打破"框框"？是否注意处处提防陷阱……

责任悟语

都说一个人受尊重的程度，取决于他尊重别人的程度。同样，能否为别人欣赏，以及欣赏的程度，取决于我们自身的性格、习惯、能力等。赢得别人欣赏的原因在自己，得不到别人欣赏的责任同样在自己。如果我们能认识到这点，并能够取长补短，又怎能不被伯乐相中呢？

（贾珺）

百分之百负责

如果你想取得成功，取得真正的成功，你必须停止抱怨和责备，对自己的成绩和失误负全责。

1969 年，我博士毕业后，有幸为克里门特·斯通工作。斯通先生是位白手起家的亿万富翁。20 世纪 60 年代，他的资产就已经达 6 亿美元。斯通先生深谙成功之道，创办了《成功》杂志，并与内波林·赫尔共同撰写了畅销书《积极的成功》。

上班的第三天，我迟到了，偏偏赶上斯通先生巡视。我解释说迟到是因为交通堵塞，班车误点了。斯通先生没有发火，只是问我是否对自己的一生百分之百负责。多么奇怪的问题呀！我一时不知如何回答，随口说："我想是这样的。"

"不要告诉我模棱两可的答案，年轻人，你对自己百分之百负责吗？是或否？"斯通先生严肃地说。

"我猜，嗯，我不确定。"

"你是否埋怨过别人？是否抱怨过时运？"

"嗯……的确有过这样的时候。"我局促不安地回答。

"好的，这么说，你对自己的人生并没有百分之百负责。百分之百负责意味着你承认发生在你身上的一切——无论好坏——都是你自己创造的，你所经历的事是由你的行为引起的。"我觉得这个论调太古怪了："难道交通不畅也是我一手造成的？"

"但如果你早出发,你就不会迟到。"斯通先生接着说,"杰克,如果你想取得成功,取得真正的成功,你必须停止抱怨和责备,对自己的成绩和失误负全责。只有当你意识到你此时此刻的状态是自己造成的,你才能重新创造未来的状态,才能在任何一个阶段随心所欲地改造自己的人生。你懂了吗?"

"懂了,先生。我会对自己百分之百负责的。"三十多年来,我从未食言。

[美]杰克·卡菲尔德

责任悟语

昨天的行动,决定今天的状态;今天的状态,影响明天的成就。对自己百分之百地负责,承认发生在你身上的一切失误都是自己造成的,你才会更加审慎地对待自己的人生,争取每一天都达到更好的状态,以期赢来一个美好的明天! （章 杰）

为青春的虚荣买单

青春里欠下的虚荣账单,我们都必须自己来买,无人可以替代。

这个星期他已经来过三次了,第四次来的时候我故意把他看过多次的那双阿迪球鞋收进仓库。果真,他有些紧张地四处看了看,接着来问我,老板,你的那双球鞋卖掉了吗?

哪双? 我故意装得很茫然。

白色的阿迪球鞋,就摆在这个地方,我来看过的。他焦急地描述,企图唤醒我的记忆。

我不冷不热地回答,已经卖掉了,不知道仓库还有没有存货。

这个小少年显然很失望,磨蹭了一会儿,出了门。我还是装得不动声色,等他走了三步远,才取出鞋子,喊他,等一等,是这双吗?

按照我多年的经验,他应该会很欣喜地跑回来,不再计较价格,愉快买下。果然,他转回来了,一把拿过鞋,眼睛里有喜悦,却突然说,老板,我可以为你打工挣这双鞋子吗?

他是比我还狡猾的少年。

暑假到了,我的外贸店生意通常会红火一些,确实需要一个帮手。那双鞋子在正品店卖价是 780 元,在我这里只要 380 元。我的要求是让他为我做一个月帮手,就可以得到那双鞋子。他答应了,还把刚刚办来的身份证抵押给我。

我的外贸店开在深圳的华强北,售卖运动品牌外贸货。A 货总是比商场品牌专柜便宜许多,如果货品仿制到以假乱真的地步,总会有人追捧,比如一些成年人会来挑选运动裤,他们总是细致地比较,生怕看出与正品有大的差别。和低调谨慎的他们相比,我的店里招待最多的还是那些无所顾忌的少年顾客。许多少年会来这里淘自己喜欢的衣服鞋子,有时候看着他们热闹地换下旧衣,直接穿上一身名牌 A 货出门我会忍不住感叹,年轻真是异常勇敢,连 A 货都能穿得如此理直气壮。

他的目的是一双 A 货球鞋,我的目的是用一双鞋子换来最大的劳动力。所以别怪我剥削,我尽可能地让他多帮我做事,整理货品,打扫卫生,检查衣服的纰漏。为了不让他分心,我把那双鞋子暂时带回了家。也许有些残忍,可是这是一个没有很多钱的少年需要为爱慕虚荣买的单。

　　我们很少有空聊天。生意、进货渠道、原单外贸，这些他不懂，他说学校的事我也不感兴趣。大多数时候我们喜欢各怀心事地坐在门口望着外面的车马和街市，他一定在为得到那双鞋子进行着倒计时。他穿着普通的佐丹奴Ｔ恤，头发也没有乱七八糟像不良少年。有时候我真捉摸不透他，他似乎只对那双鞋子有兴趣，店里琳琅满目的货品他完全无动于衷，莫非是我冤枉了他，他其实是个品性淡泊的好少年？

　　一个月时间真的很快，最后一天，他早早就来了，特别勤快地招揽顾客。晚上打烊的时候，我将那双鞋子提给他。说实话，他真是一个不错的帮手，如果有可能，我希望这个暑假他一直在店里帮忙，我愿意付给他应得的工钱。

　　下午3点，店里拥进来一帮高中生。他并没有因为即将离开而懒散，但他过去招呼他们的时候，表情有些尴尬。他们或许是同学，一个男孩把他拉到一边说，挣了不少钱吧？你什么时候把鞋子还给我？

　　他的声音很轻，显然是怕我听到。他说，明天我一定还给你。

　　事实表明，他真的就是个爱慕虚荣的孩子。第一次去参加校际颁奖活动，为了看起来不那么普通，借了一双阿迪球鞋，可还没来得及穿上就被别人偷走了……

　　那天晚上，我们很早就打了烊，抢在商场关门前，我带他买了一双正版的阿迪球鞋。我知道只有这样他回去才有底气。

　　这个故事也许听上去一点儿也不惊心动魄，但我想告诉你的是——我，王不在，根本不是什么Ａ货店的老板，我就是那个没有钱的小少年。16岁那年获得的那双正版球鞋让我终于买下了虚荣心所欠下的单。要知道，每个少年都实在无法不虚荣，我们心怀纯真，纯真地想拿那些虚荣来装点自以为是的单薄和漫长横亘的青春。因为青春只有这么一次，谁都想过得漂亮一点儿。不是吗？但是，青春里欠下的虚荣账单，我们都必须自己来买，无人可以替代。

　　　　　　　　　　　　　　　　　　　🌸王不在

个人所承载的含义

一个砍柴的农民,他竟敢毫不脸红地把自己作为一个国家的代表,他竟敢毫不脸红地把自己作为一个民族的象征!

　　一片晨曦,一条小河,一道木桥,一支苏联红军部队千里奔袭,追击德寇来到这里。两个红军指挥员骑着战马立在桥头,共同展开一张巨大的军事地图,一寸一寸地用心查看。

　　这里究竟是什么地方?

　　河对岸的森林里,走出来一个扛着长柄斧头的樵夫,越来越近了,一直走到桥头的另一端,停下来。

　　指挥员问他:"你是谁,这里是哪儿?"

　　樵夫反问:"你们是谁?来这儿做什么?"

　　"我们是苏联红军,大校凯苏里、上校斯捷潘,我们在追击敌人。"

　　樵夫答道:"哦,我是波兰公民涅里克。"他半转身,手向后一挥,

"先生们，请进入波兰。"

一个情景出现了：漫山遍野的苏联红军全体立正，向樵夫敬礼。

一个灾难深重的国家，不到 200 年中三次被列强瓜分，又三次复国；一个灾难深重的民族，二战期间几乎被法西斯灭绝种族。眼前这个衣衫破旧、困苦不堪的人无疑是战争铁蹄下九死一生的幸存者，可是，他心无余悸，镇定依然。在上万荷枪实弹的红军战士面前，这个普通的老百姓无疑是微不足道的。微不足道的人张开宽阔的臂膀说：先生们，请进入波兰！一个砍柴的农民，他竟敢毫不脸红地把自己作为一个国家的代表，他竟敢毫不脸红地把自己作为一个民族的象征！你看，你听，他的手势多么从容！他的口气骄傲到何种程度！他挥手说这句话的时候，波兰已经再次被法西斯德国吞并，版图意义上的波兰并不存在。

天下兴亡，匹夫有责。这话听得有些年头了，很多时候很多场合听了就会下意识地鼓掌，而且每每出于某种目的——为了向旁边的人证明什么吧。拍得生疼，拍得麻木……作为本民族的一分子，我常常心虚地质问，自己除了拍巴掌还肯做些什么？

为此更加由衷地感激这个小故事，它让我明白了我心深处还残留着些许真挚的情感，还没完全丧失感动的本能。

更深一层意义的感动，是那些向波兰敬礼的红军官兵，正像一个高尚的人永远懂得感恩一样，一个伟大的民族他们懂得尊重。

责任悟语

从一个普通的国民身上，可以折射出一个国家的精神风貌；从一个普通的学生身上，可以折射出一个学校的教育风格。每个人都承载着集体，影响着集体，都肩负着使集体更加强大的责任。想让你所在的集体变得更好，请先让你自己做得更好！（章 杰）

有人看到你了

有良知和责任感的人，有人和无人的时候保持一致；没有良知和责任感的人，总趁无人的场合满足自己的私欲。

正值丰收时节，一个心术不正的人，打算悄悄跑到邻居家的麦田中偷麦子。"如果我从每块田中偷一点儿，谁也不会察觉到。"他心想，但是如果是这样的话，加起来数目可就非常可观了。于是在一个伸手不见五指的夜晚，他带着女儿偷偷离开了家。

到了邻居家的麦田里后，他压低声音说道："孩子，你得给我站岗，如果有人来就大声喊我。"

然后这人溜进第一块麦地，开始收割。不一会儿，他就听到女儿喊道："爸爸，有人看到你了！"

这人一听，吓了一跳，紧张地向四周看了看，但是一个人也没有看到。于是他把割下的麦子收拾起来，走进了第二块麦地。

刚开始割了一会儿，女儿又大声喊道："爸爸，有人看到你了！"

这人又马上停下来，立即向四周张望，但还是什么人也没看到。他又收了些麦子，然后来到第三块麦地。

过了一会儿，女儿再次大声叫道："爸爸，有人看到你了！"

这人又一次停下手中的活，向四周望了一下，但还是什么人也没有看到。于是他把割下的麦子捆好，然后悄悄地溜进最后一块麦地。

"爸爸，有人看到你了！"女儿又叫了起来。

这人停止收割，向四下看去，可是仍然连一个人影都没有看到。他十分生气，责问女儿："你为什么总是说有人看到我了？每次我出来后，却什么人也没看到。"

"爸爸，"那孩子低声说道，"有人从天上看到你了。"

责任悟语

评判一个人最好的方法，是看你在无人的时候干什么，无人的时候，你的所作所为才是真正发自自己的内心。其实，即使是无人的时候，也有人能注视到你的行动，那就是自己的良知和责任。有良知和责任感的人，有人和无人的时候保持一致；没有良知和责任感的人，总趁无人的场合满足自己的私欲。你想做哪一种人呢？

（章　杰）

一件做错的晚礼服

史蒂芬以后一定会出名的，他勇于承认错误、承担责任以及一丝不苟的工作态度让我感到震惊。

史蒂芬是个 20 多岁的美国小伙子，几年前他在一家裁缝店学成出师，来到堪萨斯州一个城市开了一家自己的裁缝店。由于他做活认真,价格又便宜,很快就声名远扬,许多人慕名来找他做衣服。有一天,风姿绰约的哈里斯太太让史蒂芬为她做一套晚礼服。等史蒂芬做完的时候,发现袖子比哈里斯太太要求的长了半寸,但哈里斯太太马上就要来取这套晚礼服了,史蒂芬已经没有时间去修改了。

时间不长,哈里斯太太便来到了史蒂芬的店中。她穿上了晚礼服在镜子前照来照去,同时不住地称赞史蒂芬的手艺,于是她按说好的价格付钱给史蒂芬。没想到史蒂芬竟坚决拒绝,哈里斯太太非常纳闷儿。史蒂芬解释说:"太太,我不能收您的钱。因为我把晚礼服的袖子做长了半寸。为此我很抱歉。如果您能再给我一点儿时间,我非常愿意把它修改到您需求的尺寸。"

听了史蒂芬的话后,哈里斯太太一再表示她对晚礼服很满意,她不介意那半寸。但不管哈里斯太太怎么说,史蒂芬无论如何也不肯收她的钱,最后哈里斯太太只好让步。

去参加晚会的路上,哈里斯太太对丈夫说:"史蒂芬以后一定会出名的,他勇于承认错误、承担责任以及一丝不苟的工作态度让我感到震惊。"

哈里斯太太的话一点儿也没错,后来,史蒂芬果然成了一位世界闻名的高级服装设计大师。

责任悟语

成功的人与失败的人最大的差别,其实不在于他们技术的高下,而在于他们的生活态度:成功的人对工作一丝不苟,对自己严格要求,对技术精益求精;失败的人对工作马马虎虎,对自己轻易宽容,对技术随意将就。不宽容工作上的每一个小错,不放过技术上的每一点进步,成功才会与你来个幸福的干杯!　　　　(章　杰)

负　责

年轻人,不管做事之前还是之后,最好都思考一下,看看有没有对自己负责,有没有对别人负责。

星期五下午,我到家附近的大学找空教室看书。

推开几个教室的门,都被正在上课的学生的目光逼退了。最后走到阶梯教室,见前门关着,就推开掩着的后门。教室里空荡荡的,只有一位头发不太多的中年人低头伏在讲桌上。我一阵欣喜,关上门,快步走到倒数第二排的座位上坐下。

正准备拿书,一个声音从前面传来:"既然你来了,那我们就开始上课。"我吓了一跳,抬起头,碰上他的目光,他眼神带着坚定。他边拿起眼镜戴上,边平静地说:"我知道你们现在都很忙,有的要找工作,有的要实习,还有的要考研、考公务员,我这门选修课越上人越少喽,但你们既然选了,为什么又不上了呢!"我一头雾水,心想,看来我还是走错教室了,准备等他再低头时偷偷从后门溜出去。但他却一直看着我:"你能来,证明你对这门课感兴趣,那我们就还正常进行。"听到这话,我更郁闷了,但眼下我又不好出去,只得等等再找机会。我拿出自己带的书,放在腿上,然后看着他。

他开始讲课,声音变得洪亮起来,伴随着有节奏的肢体动作,一字一句,抑扬顿挫。怕我听不见,他戴上胸麦,声音提得很高。他把板书写得很大,工工整整,看上去特别清晰。我坐在教室的后面,愣愣地看着

黑板上那些不太懂的公式，他提示我说："长时间没上课有些生疏是正常的，先把它记下来，回头自己看看，也欢迎和我探讨。"我拿出笔，从课桌抽屉里找了几页废纸，比照着画起来。

下课铃响了，老师停了下来，边收拾讲义边问我还有什么问题，又说了一些题外话，其中的一句是："年轻人，不管做事之前还是之后，最好都思考一下，看看有没有对自己负责，有没有对别人负责。"这话听起来可能感觉很空泛，但其实很具体。

吴孔峰

责任悟语

这位老师是位孤独的舞者，尽管按照常理他是不应孤独的。他的学生们忙于毕业后的前途，选了课但又纷纷逃课，这样的"空城计"据说在大学不算少见，人们对此也见怪不怪了。这位老师激情洋溢地为一位误闯教室的"学生"上了课，既是对自己的负责，也是对学生的负责。可是学生们又如何呢？抛去绝对的"对"与"错"，需要思考的还有很多啊。

（贾珺）

为自己的"选择"负责

每个人都是要为自己的选择负责的，既然认为自己的选择有价值，这个选择就是正确的，就是值得高兴的。

一位美国小伙子看中了一位中国姑娘，便紧追不放。最后，中国姑娘辞掉了令人羡慕的工作，跟美国小伙子结了婚，飞到大洋彼岸去了。"我放弃了那么好的工作，远离父母跟你到美国来，这可是我为你做出的牺牲呢。"中国姑娘说。

没想到，美国小伙子却这样回答说："不，不，我不认为这是什么牺牲。在我看来，这只是你的一种选择，你只要认为你的选择是正确的、美好的，那你就为你的选择感到快乐就行了。"

过了不久，姑娘又跟丈夫说："你看，我原来那么好的专业，到了美国却没有用了，我又得用很长时间来重新学习一门专业，我浪费的这些时间，是不是我为我们的爱情做出的一种牺牲呢？"

没想到，美国丈夫又说："不，不，不要老是说牺牲，每个人都是要为自己的选择负责的，既然认为自己的选择有价值，这个选择就是正确的，就是值得高兴的。"

中国姑娘这才意识到，美国人在人际交往中，只会尊重你的选择，而不会承认你的牺牲。这就意味着：你做出的所有决定，都必须符合你自己的心愿，符合自己的心愿才能成为自己的真正选择。这样与人打交道，才会拥有真正的平等，同时也才能赢得他人的尊重。

一段时间后，中国姑娘跟国内的朋友说："在美国，我必须工作，必须学会自己赚钱。没有经济上的独立，就不可能做出真正符合自己心愿的选择，也就不可能赢得人们长久的尊重。"

❀ 陈大超

责任悟语

我们所选择的，也就是我们所愿意的，因此任何的抱怨都要不得。一旦做出选择，就意味着对自己的决定负责，承担起必然的结果。只有做出合乎自己心意的抉择，并对其负责，才会赢得大家的认可。

（贾　珺）

别出心裁的"面袋婴儿"

模拟未来的人生角色，不仅提供了游戏的乐趣，而且促使人意识到人生的艰辛和责任，以正确的态度对待生活。

在美国旧金山，一所教会高中近年来开设了一门家庭生活课，它的别出心裁令一般人难以理解：黑板前站立的不是不苟言笑的牧师，也不是衣冠整洁的老师，而是一位身穿淡绿色手术服装的"外科医生"。教室中近50名15～18岁的男女学生没有课本和笔，而是一人发一个用面袋缝制的婴儿。

49岁的生活课教师罗伯特·瓦尔伍德在"面袋婴儿"课上，表情严肃地宣布："你们必须24小时一刻不离地照顾它，连续三个星期。"瓦尔伍德环视了下面的学生一眼，提高声调接着说道："你们每个人都必须对这个孩子负责。有谁让我发现你们当中有人将它放在书包或抽屉里，那我就只能给他一个不及格。"

有的人或许会认为这是一幕滑稽的闹剧，但事实上，这是瓦尔伍德先生针对近年来中学生怀孕率迅速上升，冥思苦想才想出来的办法。这所教会高中仅去年一年就有不下20名女生堕胎。瓦尔伍德希望通过这别出心裁的一课，让学生们知道，他们现在的年龄不仅不适宜有孩子，更没有能力尽到抚养的职责。

三周时间看似短暂，但对这些中学生来说实在漫长，为了通过家庭生活课，他们不得不带着各自的"面袋婴儿"往返于学校和家庭之间，雨天要为它带上雨衣，运动或玩耍时都不能把它丢在一旁不管，真是苦煞了这些十几岁的中学生。可想而知，通过这三个星期的磨炼，他们心中会想些什么。

在一个人学习模仿阶段，经常会有一些轻率行为，这无可厚非，对此应该宽容和理解。但是以游戏的态度对待生活，并不能获得希望的乐趣，反而会使身心受到损害，自轻自贱，陷入绝望。模拟未来的人生角色，不仅提供了游戏的乐趣，而且促使人意识到人生的艰辛和责任，以正确的态度对待生活。

责任悟语

有时候，试着去体验一下别人的责任吧！试着体验父母的责任，你会更加明白父母的艰辛；试着体验老师的责任，你会更加了解老师的不易；试着体验一下不同角色的责任，你会对这个多样的世界多一分宽容和认知！

（章　杰）

克 制 自 己

即使身边的诱惑再多，对自己承诺了的事情也要尽最大的努力去做到！对事情都本着最负责的态度去做，有什么事情不能做好呢？

一天，小镇上贴出了一个不同寻常的招聘启事，吸引了小镇上众多的人驻足观看。那启事上写着：招聘一名懂得克制自己的年轻人，月薪4美元，表现得优异可增加至6美元。有升迁机会。

说它不寻常就是因为它的内容是"懂得克制自己的人"，大人和小孩都无法理解这一点。很多大人鼓励自己的孩子去参加应聘。负责招聘的人给前来应聘的年轻人一段文字，问："你能够读吗？"

"能啊。"

"那持续不断地阅读这一段，可以做到吗？"

"可以啊。"几乎所有的应聘者都脱口而出。

"那么好吧，你们一个一个来。"

那段文字被交到一个年轻人手里。他开始阅读，这时，负责招聘的人放出几只漂亮的小狗。毛茸茸的小狗，打打闹闹，十分可爱。年轻人很快读不下去了，他的眼睛被小狗深深吸引去了。

第二个年轻人，只读了两句便错了。他也受不了那么可爱的小狗的诱惑。一个又一个年轻人读不下去了。到了最后一个年轻人，小狗咬着他的衣服，他也不为所动，一字不差地读了一遍又一遍。

负责招聘的人十分高兴，说："小伙子，你承诺的事总会去做吗？"

"我会尽自己最大的努力去做。"

"好，你被录取了。"

学会努力克制，就要有坚定的目标。你只要一心向着自己的目标走去，就一定能取得成功。

责任悟语

这真是一个有趣的测试，却那么真实地反映出一个人的责任感：即使身边的诱惑再多，对自己承诺了的事情也要尽最大的努力去做到！对事情都本着最负责的态度去做，有什么事情不能做好呢？做一个这样有责任感的人，才会成长为社会所需要的有用之才！

（章 杰）

姚明有责任感是真男人

我在世界上最好的篮球联赛打球，我当然希望帮助球队夺得总冠军；但同时，我也希望为国效力，奥运会是我一直的梦想，我会尽力履行这两方面的义务。

姚明拖着疲惫的身躯踏上了奥运赛场，刚从伤病中走出来的他还在寻找状态，不过他毫无怨言，因为这是他的梦想，也是他的义务。

《休斯敦纪事报》的专栏作家弗兰·布莱恩伯里发表文章，认为大家不用为姚明担心，也不用为他是否参加奥运争吵，因为正在备战奥运会的姚明自己也表示，奥运会一直是他的梦想，这是他个人的也是全中国人的荣誉，他有义务为国效力。

经历了漫长的 NBA 赛季之后，满身伤病的姚明并没有休息，他在脚踝手术后也没有停止力量训练。他就是这样一个人，长年累月不怎么休息。

脚部有伤，那就练习上肢力量；手指有伤，那就训练步伐。总之，姚明几乎总会找到合理的方式，让自己不得休息。

伤病来得很不是时候，他错过了火箭队的 22 连胜；他在最后的时候错过了球队的季后赛，然后伤病还没有完全康复，就要为奥运会准备。姚明在热身赛上的状态并没有完全恢复，也许在奥运会上，他的竞技状态也不会达到百分之百的巅峰。

伤病还有产生一个矛盾，来自国家队和俱乐部的矛盾。不过姚明已经无数次公开表示，不参加奥运会将是他职业生涯中的最大损失和遗憾。

美国媒体批评姚明没有为火箭队考虑，而中国球迷指责火箭队对于姚明的使用存在问题；当然休斯敦当地的火箭球迷认为姚明拿着球队的薪水，就应该听从球队的安排。到底是去国家队集训还是参加火箭队的比赛成了姚明必须做出的选择。

姚明称："这就是我的生活，我要接受现实，我要承受压力。这是两种责任，我在世界上最好的篮球联赛打球，我当然希望帮助球队夺得总冠军。

"但同时，我也希望为国效力，奥运会是我一直的梦想，我会尽力履行这两方面的义务。"

姚明是一个真正的男人，他从没有怨言，他任劳任怨，尽职尽责，把伤痛藏在背后，在更衣室挥汗如雨，为的就是履行他的义务。

责任悟语

一边背负着所属球队夺冠的责任,一边背负着为祖国在奥运会上争取荣誉的责任,究竟该如何选择?姚明给了我们一个完美的答案:勇敢地背负起属于自己的所有责任,为球队效力,对祖国尽忠!这样才不愧为一个有责任感的真男人!学习姚明,就应该学习他的这种强烈的责任感!

(章 杰)

林肯的道歉

林肯为医生干了三天的活,又抽时间看完了那本书。医生为他的这种精神深深打动了,最后还将这本书送给了林肯。

林肯是美国南北战争时期的总统。小时候家里很穷,父母亲没有足够的经济实力给小林肯买书看。尽管他的母亲总设法满足他看书的愿望,但对于对书本如此渴求的林肯来说这是不够的,因此他经常去别的小朋友那里或是邻居家里借书。他经常去的是邻村的鲍里斯医生的家,去帮忙干农活,既可以为贫困的家里分担一些责任,又可以减轻一下家里的经济负担。有一天,小林肯无意中发现了一本《华盛顿传》,他兴奋异常,于是大胆地向医生借这本书。刚好医生也是刚刚得到这本书,也非常喜欢,当然有些舍不得,不过他问小林肯:"你真的这么喜欢这本书吗?""是的,医生,我非常想看这本书。因为我很崇拜华盛顿总统，长大了也希望做一个像他那样伟大的人物。医生，求求你了，我就借一天，明天就能还给你了，我保证马上就能送还给你。请相信我吧。"

"这是一本新书，而且我是非常爱护书本的人，你能保证不会损坏它吗？"小林肯做出了保证，鲍里斯医生于是将书借给了他。

小林肯喜出望外，一回到家里就废寝忘食地看了起来，直到深夜两点钟才恋恋不舍地回屋睡觉。半夜的时候他被一声震耳欲聋的雷声惊醒，他马上意识到屋里开始漏水了！小林肯赶忙跳下床，去营救他的书，可一切都已经晚了，新书早已被水打湿了。面对此情景，小林肯有些不知所措，但他的母亲这样对他说："孩子，书已经湿了。不过你不是答应鲍里斯医生要好好保管这本书的吗？那么你就要对此负起责任来，不要怪天气不好，只能怪你自己没有保管好书。明天你就去鲍里斯医生那里，请求他的原谅。"

第二天，小林肯只好硬着头皮去医生家里，非常歉疚地把事情告诉了医生，并且希望得到医生的原谅。可是当医生看到皱巴巴的书时，着实很生气，大声地训斥林肯："你不是答应要好好保管这本书的吗？怎么让它变成了这副模样？""医生，我知道这件事情不能怪天气，只怪我没有将书放在一个安全的地方，只是随手扔在了桌子上，真是对不起，你能原谅我吗？我会为此负责任的。我可以为你工作，这样我用工资偿还，可以吗？"小林肯说得很恳切。"那就这样吧。"医生同意了。这样林肯为医生干了三天的活，又抽时间看完了那本书。医生为他的这种精神深深打动了，最后还将这本书送给了林肯。林肯就是凭着这种品质，不断努力，后来成为美国历史上最受人民爱戴的总统。

责任悟语

对于小林肯的勇于承担责任，我们要给予热烈的掌声。很多时候，上帝悄悄在我们身边放了很多小金子，每弯腰捡起一次属于自己的责任，便收获一块金子。日积月累，我们的人生就变得更加富有！

（章　杰）

第 三 辑

坚守责任，
因为你处在那个位置上

　　1968 年墨西哥奥运会比赛中，坦桑尼亚的约翰亚卡威在赛跑中不慎跌倒了，但他没有放弃，而是拖着流血的腿，一瘸一拐地跑着。直到当晚 7 点 30 分，约翰才最后一个人跑到终点，这时看台上只剩下不到 1000 名观众。之后有人问他："为何你不放弃比赛呢？"他回答道："国家派我由非洲绕行了 3000 多公里来此参加比赛，不是仅为起跑而已——乃是要我完成整个赛程！"约翰亚卡威用自己的行动告诉了世界，人生最重要的不是获得多大的成就，而是要勇敢的肩负起自己的责任。

开钟人的责任

他一定要让这古老的大钟走得像老人们记忆中的那么准确，
全镇人的分分秒秒都应当滴答在同一个节拍上。

圣西蒙是佛特郡人，佛特郡有一个古老的小镇，他的家就在这个小镇上。听老人们说，火车很早就经过小镇，他们的家乡曾经十分繁荣昌盛，后来经济萧条带走了小镇的非凡热闹，连教堂高高的塔尖上的那4只老钟也停止了行走。而如今，他们的小镇百业俱兴，人们决定要唤醒那些代表着小镇悠久历史的老钟。在一次全体镇民的联席会上，一个刚满18岁的商场见习生，竟被选为每天为钟开发条并校准时间的人，不知是因为他唱赞美诗唱得动听，还是因为长得帅……

一个星期后，等满头银丝的钟表匠莫尔顿师傅修理完大钟，他就向莫尔顿讨钥匙。岂料老钟表匠提出，要他"到镇上走一遭，看看各种大钟的情形，谈一谈体会"，才能将教堂老钟的钥匙交给他。真是个怪老头，可他又拗不过老钟表匠。

这天下班，一路上他开始关注镇上所有的钟。还真有新发现，不管是镇政府大厅的，还是银行、证券交易所的，这些钟不是停着，就是走得不准确。他还注意到许多人经过这些钟时，都会将起袖子对一下手表。他真想大声告诉他们正确的时间，以便人们不会误了上教堂做晨祷的时刻，不会错过证券交易所开盘的时机，不会让焦急等待约会的恋人满腹失望。

他又信步沿着铁路走去，高高的路基上有一座黄色的砖房，这是马里兰夫妇家。马里兰大叔值完通宵班正在休息，马里兰大婶却迎风坐

在屋前，原来她正在倾听，倾听呼啸的北风是否会带来远处奔驰前进的隆隆火车声。

"你们没有表吗？"他好奇地问。

"有啊。可我们老啦，眼花啦。"

原先，马里兰夫妇可以依据教堂的钟声对时间，而如今他们只能轮流值班来护卫铁路。离开小屋，他的心不安地翻腾着。

"我们这里不是缺少钟，而是缺少责任。"他向老钟表匠表述着自己的体会。

莫尔顿老人笑了："好，请记住一个开钟人的责任！"随即就将一把粗粗的黄铜钥匙交给了他。

月色中，他套上沾满油污的工装，独自一人来到钟塔下，钻进漆黑的塔楼，一路攀登上去。从睡梦中惊醒的蝙蝠，或许还有别的动物一阵骚动……然而他听得见自己的心怦怦跳动的声音。他一定要让这古老的大钟走得像老人们记忆中的那么准确，全镇人的分分秒秒都应当滴答在同一个节拍上。推开四扇沉重的门，上完发条，抹完润滑油，一一校准了 4 个钟面上共 8 根胳膊般粗细的指针。他又用手绢使劲地擦拭钟面。他要让 4 只大钟像运转良好的机器那样，永远保持步调一致。

两年过去了，教堂的大钟已经重新成为人们生活中的一部分。在繁忙的邮局，一个人大声问道："现在几点了？"大家会不约而同地捋起袖子看一眼腕上的手表，或者掏出怀表，异口同声说："12 点了。"并且照例会加上一句，"我刚对过教堂的大钟。"

责任悟语

　　开钟人承担了肩头的责任，才有了教堂大钟那份权威的尊严。是否拥有真正的责任感是一个人获得尊严和尊重的重要条件。在每次失利时，我们应该回顾过往，检验自己缺少的是机遇，还是幸运，或仅仅是那份持之以恒的责任心。

（王　蕴）

成本最高的邮件

无论花费多大的代价,也要把顾客的邮件准时寄到,这是我们邮局的责任和义务!

2007 年 9 月,在挪威大选的前一天,挪威西部城市桑纳讷市的邮局迎来了顾客皮尔先生。皮尔的邮件很特殊,那是一张已填好的选票。他委托邮局将这张选票邮寄到 80 公里外的一个小镇去。皮尔离开时特意嘱咐邮局的工作人员:请务必将选票在选举投票结束之前送到那个小镇。

邮局的员工按照皮尔的要求,马上寄出了选票。但是在选举当天上午,邮局的接线员突然接到一个电话,电话来自另一个城镇的邮局,他们说收到了一张被误寄的选票。桑纳讷邮局的员工认真核查后,才发现被寄错的正是皮尔先生的那张选票。

此时,小镇的选举已经开始了。如从错寄地邮局再邮寄那张选票,根本无法按时送到。

邮局员工将这件事报告给局长,局长立刻召集所有员工一起想办法。员工们都认为,这件事很严重,因为它涉及邮局的信誉问题。虽然挪威的法律没有规定,邮局的邮寄工作不许出现失误,但是选票不能如期寄到,顾客皮尔先生就将失去他的选举权,从此以后,他一定会对邮局的信用产生怀疑。情况万分紧急,究竟该如何补救?局长最终决定,无论花多大的代价,也要把顾客的邮件准时送到。紧接着,桑纳讷

市邮局向一家快递公司求助，快递公司马上向一家民用航空公司租用了一架直升机；直升机载着那张选票，快速飞向了目的地。在距离投票截止时间还有 25 分钟时，直升机终于到达小镇的选举现场。得知皮尔先生的选票被如时投进了票箱里，邮局的所有工作人员才松了一口气。

为了这张小小的选票，桑纳讷市邮局向快递公司支付了包机费等各项费用总计 3000 美元；而这张选票，也成了邮递史上邮寄成本最高的邮件。

包专机运送一张选票，这到底值不值得，桑纳讷市邮局的做法引起了全世界的争议。对此，这家邮局的发言人这样认为："无论花费多大的代价，也要把顾客的邮件准时寄到，这是我们邮局的责任和义务！"

📖 感　动

责任悟语

付出高昂的代价，只为把自己责任范围内的事如期完成，桑纳讷市邮局的这种做法，看似是桩划不来的生意，实则收获了千金难买的口碑。生活中，我们也是如此，在权衡孰重孰轻的时候，请记住：责任永远是最重要的选择！　　　　（于露东）

一个编辑的责任感

一个尽职尽责的编辑就是如萨克斯一样，心里只有三样——读者、作者和作品，对三者没有丝毫怠慢，这是他最可贵的职业道德和思想素质。

　　兰多姆出版社的编辑萨克斯·康明斯是一位备受好评与尊敬的编辑，因为他是位相当专业、具有高尚职业道德的编辑。曾经有人这样赞美他："他用蓝铅笔一挥，光秃秃的岩石也能冒出香槟酒来。"

　　萨克斯在 30 岁时，就已对编辑业务运用自如，他具有敏锐的出版嗅觉和渊博的文学知识，而且更掌握许多具体的出版工艺：从设计、出书，直到发行工作。作为一个编辑能达到这些，一般的来说，也算是难能可贵了。

　　哥伦比亚大学的莫里斯·瓦伦西教授把他的书稿《第三重天》送到萨克斯供职的兰多姆出版社。萨克斯审阅了这部著作。他认为："对我来说，这是一部明达而深入的研究著作，在内容、风格和学术方面都很丰富，完全应该出版。"他肯定地说："我可以很有把握地说，如果我们不出版这部书，别的出版家也会出版这本书。但是我们是第一个读到这本书的出版社。"尽管萨克斯对《第三重天》抱有如此充分的自信和热情，《第三重天》还是被他的同事否定。

　　按一般常规，责任编辑的推荐、力争不被采纳，书稿退回作者就行。然而作为编辑的萨克斯并没有就此撒手，他不忍心看着一部确有价值的书稿被泯没。在给莫里斯的信中，他仍然鼓励作者："我个人认为，你的著作是会使牛津大学出版社的书目为之生色不少的，我大力请求把稿子寄给他们。实际上，我很愿意向那个出版社推荐你的书稿。"为了使《第三重天》能够顺利出版，他甚至对书名重加斟酌："在书名方面能允许我提个建议吗？《爱的颂歌》怎么样？请考虑这个替换的书名。"

在萨克斯逝世后，这本由他改了书名为《爱的颂歌》的《第三重天》，终于几经周折由麦克米伦公司出版了。

还有一次，畅销书作家巴德·舒尔伯格写完《在滨水区》的初稿，正要润色付印时，该小说的电影拍摄权已卖出去了。这时，就有个小说、电影一决先后的问题，急如星火，分秒必争。按我们的一句俗话来说，"萝卜快了不洗泥"，萨克斯完全可以尽快推出小说：印小说毕竟要快于拍电影吧！然而，他不，他认为"清样送来了，还得仔细校阅，特别要核实滨水区流行的那些行话是否真有那么回事"。于是，他越俎代庖地把给巴德提供过滨水区真实情况的码头工人布朗请来。"办公室里太乱，人们又太好奇，根本没法工作。在家里干，有这个码头工人在身旁，校对工作的进展会快得多，清样马上就能送出去。"他这样打电话给夫人。于是，一应食宿，均在其家。在这里，作者、编辑、作品素材提供者，融为一体。这体现了作为一个极端负责的编辑的责任感和使命感。

一个尽职尽责的编辑就是如萨克斯一样，心里只有三样——读者、作者和作品，对三者没有丝毫怠慢，这是他最可贵的职业道德和思想素质。

责任悟语

一位尽职尽责的编辑总会受到人们的尊重与爱戴，因为是他赋予了作者、作品、读者这三者以真正的生机和活力。其实世界上任何一种职业都有它的道德准则，那就是责任。责任之于职业，简直可以说是灵魂。

（王　蕴）

在比利时当病号

他说："我是医生，由我来确诊你的病情，决定治疗方案，实施手术，这是我的责任，当然要我来签字……"

2004 年 8 月，我通过公费留学考试，去比利时列日大学攻读法律。

列日大学创办于 1817 年，大学所在地列日市为比利时法语瓦龙区最大城市。该校现有学生 1 万余人，设有文哲学院、理学院、工学院、法律经济及社会科学学院、医学院、兽医学院等。

连日奔波劳碌，倒时差，加上我第一次到这么远的异国他乡，到了比利时列日大学的当晚，我就发起了高烧，一直到第二天凌晨。

清晨 5 点多钟，我小腹疼得厉害，在床上直打滚，汗顺着脸往下流，原以为是过度疲劳的缘故，可连站都站不起来了，自己去医院根本不可能。我拖着病体，赶忙打电话请朋友和校务处的人来帮我。他们把我送进了附近的医院。50 多岁的瑞奇医生仔细为我做了检查，他怕自己难以确定是什么病，又找来了几位医生。他们查过病情后，经过会诊，确定我是患了急性阑尾炎。当时医院里已经没有空床，只好在一间普通的病房里加了一张床。住院手续相当简单：只需登记病人的身份，付点儿床位押金就行，检查、治疗和住院费，都无须当时交纳。几位医生经过会诊后，决定尽快为我动手术。

瑞奇医生向我详细地说明病情和准备实施手术的方案，我虽不懂医学，但在国内就知道阑尾手术是小手术，手术的危险性不大，可这么多年来，一个吊瓶都没打过的我，心里还是一阵阵莫名的恐慌，更何况自己远离祖国，远离家人，自己承受的压力可想而知。当我问及手术是否有把握时，瑞奇医生告诉我："作为一名医生，我不能承诺你百分之百，但我有把握，会争取百分之百，你就放心吧。"在国内，做个手术是要家属签字的，这似乎成了惯例。可当我问及是否要在手术之前签字时，瑞奇惊讶地问我："为什么要签字呢？"他说："我是医生，由我来确诊你的病情，决定治疗方案，实施手术，这是我的责任，当然要我来签字。如果你或家属不同意我的治疗方案，才由家属签字。"他的回答出乎我的意料，与国内医院的做法完全不同，但这却使我对这个医院和医生顿生信任。

护士悄悄安慰我："不要害怕，也不要难过，刀口不太大，不会影响到你的形象，有一周多的时间就好了。"做术前准备时，护士们为了不让我难堪，还拉上了帘子。情节虽小，但却让我感受到了他们对患者的尊重和呵护。

手术非常顺利，25 分钟后，瑞奇医生擦着汗从手术室里走了出来。

此后，护士每天都给我送来可口的饭菜。正值夏季，护士每天还为我擦澡、换衣。我体重84公斤，护士们搬起来很是吃力，但她们总是和颜悦色，从来不抱怨。因为伤口疼痛，我在夜里经常按铃把护士叫来，但她们从来没有给我脸色看，更没有人训斥我，手术、住院，我也没给医生、护士送过任何礼物，更没有送过"红包"。

我的身体一天天恢复，我和医生护士都非常高兴，在我的一再要求下，手术7天之后，经过检查，医生同意我出院。出院的那天，医生、护士们还特意把我送出病房，嘱咐我按时吃药，定期检查，又祝我早日恢复健康。他们的真诚和热情，令我感动不已；而我发现他们对所有的病人都是一样的。

当我最后一次去医院复查时，因为已经很熟了，就问瑞奇医生："为什么病人急诊住院的时候你们不让病人多交一些押金，把检查、手术、住院的钱交足了呢？等病人出院以后再收，病人不肯交或交不起，医院岂不是受损失了吗？"瑞奇说："医院的责任是治病救人，不能因为钱耽搁了抢救病人的时间，金钱是换不回宝贵的生命的。另外，病人一般都有医疗保险；如果病人实在有困难交不起钱，事后医院可以找到政府救济部门，通过社会救济金解决。"

瑞奇医生的话和我手术、住院的经历给我留下了很深的印象。

李　远

责任悟语

　　一群真诚的人用强烈的责任感换来了尊重和认可，他们会沿袭着这份责任对待自己独一无二的工作。就像一支熊熊燃烧的火炬，那份责任的火种在各个领域传播，总能为人类创造奇迹般的未来。

（王　蕴）

坚守自己的责任

爱文丝能够进入白宫，看起来似乎是巧合，事实上却完全得益于她所具有的一项宝贵职业素质：忠于职守。

葛尔布莱是美国著名的经济学家。有一天，葛尔布莱从法国讲学归来，觉得很疲惫，到家之后，他想安稳地睡个好觉，不希望被人打扰。

于是，他嘱咐他的管家爱文丝："无论是谁来找我，无论谁的电话，如果我没有醒来，请不要打扰我。"爱文丝点点头，答应了。

然而，葛尔布莱刚睡一会儿，电话铃就响了，爱文丝拿起电话，里面传来了一个让她惊讶的声音："我是约翰逊总统，请帮我找一下葛尔布莱先生。"

女管家和气、委婉地说："对不起，总统先生，葛尔布莱先生刚刚从法国回来，他很累，刚刚入睡，睡前特意嘱咐我，不想被人打扰，所以，我只能向您说抱歉。"

约翰逊加重了语气说："我有要紧的事情要听他的意见，请您把他叫醒吧。"

爱文丝很干脆地说："不可以，我是他的管家，要对他负责，这是我的工作。请您放心，待他睡醒之后，我一定立即转告他您打来了电话。还有，既然是很重要的事情要听他的意

见，那就更应该让他休息好，才能更好地同您交流。您说对吗，尊敬的总统先生？"

约翰逊总统急不可耐，但也觉得爱文丝的话很有道理，只好放下了电话。

葛尔布莱睡醒之后，爱文丝第一时间把总统来电话的事情讲给了他听。葛尔布莱急忙约见约翰逊，并表示了深深的歉意。

约翰逊总统装作很生气的样子说："为了表示你道歉的诚意，请你把那位女管家让给我。请转告您的女管家，如果她愿意，那就请她到白宫来工作，这里需要像她那样的人。"

不久，葛尔布莱忍痛割爱，爱文丝进入了白宫，成了约翰逊总统的

一名得力助手。爱文丝能够进入白宫，看起来似乎是巧合，事实上却完全得益于她所具有的一项宝贵职业素质：忠于职守。

一 哲

责任悟语

管家与总统，这是一对地位多么悬殊的人，然而为了忠于职守，管家敢于对抗权威，拒绝总统的请求。在对抗和拒绝的背后是一根参天的支柱——责任心。有了这份责任心，有了这份精气神，我们都能受到别人的尊重，生活也会给我们带来无限的惊喜。

（王 蕴）

永远会有两个答案

在一个老师的口里，时常说出两个不同的答案，这绝对不是不负责任的表现，恰恰相反，这正是一种负责的教育方式。

朋友对我讲过，他的一位老师很有意思，常常能就一个话题说出两个不同的答案。

比如，他对学习棒的学生说："这一学期你考了第一，没什么了不起，下一学期你不一定还是第一；即使你下学期仍然考了第一，也没有什么了不起，高考你不一定是第一；即使高考你得了第一，那还是没什么了不起,走入社会,参加工作后你不一定就是第一。"而他对学习差的同学说的是另一番话:"这一学期你没考好,没有什么,还有下学期呢;即使下一学期还没考好,也没关系,还有高考呢;即使高考落榜,也没什么,还有社会这所大学呢,成才不仅仅是考学一条道路。"

我曾经很担心地问朋友,如此一来,是不是学习好的同学就会泄气,学习差的就会放纵了?朋友说:"根本没有,许多学习好的同学会更上一层楼,而学习差的也会迎头赶上。"

朋友说,老师还给他们讲过一个寓言故事:秋天到了,蚂蚁忙着一天到晚运送粮食,储备起来准备过冬,而蟋蟀却大声地在草丛里歌唱。当冬天来临,蚂蚁可以美美地藏在洞穴里,享受自己劳动的果实,而蟋蟀却会渐渐地被冻死在野外,它们的寿命往往只有三个多月。

朋友的老师说:"同学们,你们应该学习蚂蚁呢,还是蟋蟀?"同学们异口同声地说:"蚂蚁。"老师满意地点点头:"对,我们要学习蚂蚁,辛勤劳作,用自己的手创造自己的幸福;千万不要学蟋蟀,只知道欢乐一时。"但是不久,一位同学病了,并且是绝症,在这位同学去世的前一段时间,老师赶到医院去看望她。这一次,老师又讲起了这则寓言。寓言快讲完的时候,这位同学说:"老师,我也想做一只蚂蚁。"谁知道老师说:"不,孩子,你应该做一只蟋蟀,尽管它的生命短暂,但是它把美丽的歌声留在了世界。蚂蚁一天到晚虽然忙碌,但它只是为了填饱自己的肚皮。"据医生介绍,这位同学一直微笑着走到生命的终点,并且她的生命比预期延长了一个多月。

听到这里,我已经由开始的好奇变为感动,我为朋友能拥有这样的好老师而感到欣慰。在一个老师的口里,时常说出两个不同的答案,这绝对不是不负责任的表现,恰恰相反,这正是一种负责的教育方式。因为学生的千差万别,才促使老师因材施教,这样的教育是成功的,这样的老师是合格的,这样的教育环境是和谐的。

谁说老师仅仅是在传授学生知识?他们更重要的职责是在修剪孩子们的心灵。在这个世界上,也许掌握一门技术、一种技巧并不难,难的是能在心田里播种下美好的种子。因此为心灵播种的老师,常常令我们感动,感动于他们的认真,他们的智慧,他们的热情。

他们让我懂得,老师不仅仅是一个美丽的称呼,更是一个神圣的职业,而心灵里的播种,更会影响一个人一生的收成。

🍂 董保纲

责任悟语

在心灵的田野耕作的"农夫",往往需要更多负责任的灵感和热情。因为他们的耕作将永远不可重复,他们种出的庄稼将永远不可更改。这也是老师被称为"人类灵魂的工程师"的原因。如果将来我们也成为这样的农夫,请牢记"农夫"的责任。 (王 蕴)

大象的路标

生命最平安的通道,不管是我们经常经过,或偶尔经过,都不能放弃自己维护通道的那一种责任。

在荒凉的非洲大草原和沙漠上,有许多的野象群,它们一群有的多达几十头,最少的也有五六头。这些非洲象在草原和浩渺的沙漠上奔波和生活,它们有时经过丛林和戈壁滩,当然,它们也常常会穿过那些表面看起来绿草如茵,其实薄薄的表层下却是深深的泥潭的沼泽地。也常常有一些狼、鹿、斑马之类的动物经过沼泽地,那些嫩绿而平坦的草皮，使它们一踏上便不能自拔，陷进了那些泛着腥臭腐殖质气味的深不可测的沼泽地里，成了恐怖沼泽的牺牲品。

但令人惊讶的是那些大象们，它们经常穿越沼泽地，并且它们的躯体是那么的庞大，但它们却很少有陷进沼泽的。它们悠闲地穿过那一片片沼泽，边走边食沼泽地上的绿叶，自得地甩着它们的尾巴，安详又宁静；让许多动物心惊胆战的可怕沼泽，在它们庞大而沉重的脚下，不过是一片绿色的乐园。人们很奇怪，这些狼和斑马等许多动物的葬身之地，庞然大物大象怎么竟如履平地呢？经过多次的探索和研究，人们才发现，原来大象们经过这些可怕的沼泽地时，它们有自己的"路标"。

这些路标是沼泽地上的小树丛。每一群大象穿越沼泽地都要沿着这些树丛走，并且经过一棵一棵的树丛时，大象们都要用它们有力的鼻子，将树丛一边的树枝和叶子一点点折断和摘掉，每一群大象都这样，所以天长日久，危险的沼泽地上都有这样一种现象：有一行横穿沼泽的树丛，它们往往一边枝叶茂盛，而另一边则光秃秃的，几乎没有任何树枝和树叶，沿着这样的树丛走，就会避开许多险境丛生的可怕泥潭，平平安安地走过漫漫沼泽地。更令人钦佩不已的是，维持这种路标的往往不只是一群大象，每一群大象经过这片沼泽地，经过这些小树丛时，它们都会小心翼翼地这么做。或许它们可能只有一次穿过这片沼泽，从此再不会从这片沼泽地上经过；但只要经过，它们都会这样做，绝没有一群大象因为自己行色匆匆或只是偶尔经过，就放弃这种维持路标的烦琐义务。

生命最平安的通道，不管是我们经常经过，或偶尔经过，都不放弃自己维护通道的那一种责任。坚守这种责任，即使我们沉重如大象，我们也会如履平地地经过种种生命的沼泽；放弃这种义务，即使我们轻捷如小鹿，我们也肯定会深陷于泥淖而不能自拔的。拥有责任和义务的生命，就像拥有了一双翱翔的翅膀，江河湖海、丛林、沼泽，将会被我们轻盈地高高掠过。

龙 文

073

责任悟语

　　大象即使自己不再通过,也记得为后来者维持好路标,好像那则关于盲人的故事:盲人虽然自己看不见,也不忘记在黑夜里点上一盏明灯,在为他人照亮道路的同时,也照亮了自己。我们每个人也是如此,牢记生命的责任,随时为别人行一些方便,自己的道路就会走得更加顺畅!

(于露东)

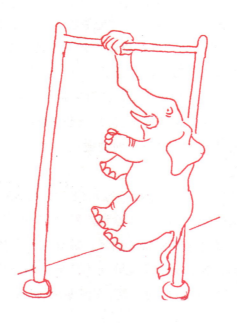

难忘亲恩，
负起人世间最温馨的使命

一个男孩 14 岁生日的那天，妈妈郑重地向他提出了一个要求：以后在公共汽车上，如果两人只有一个座位，那么，请让座给我。男孩很吃惊，但是妈妈的话触动了他的内心，他含泪答应了妈妈的要求。当男孩面对妈妈的熟人炫耀的话语，他用出乎妈妈意料的沉稳给予了妈妈最温馨的安慰。由此，男孩也学会了给妈妈让座，学会了肩负起守护亲情的责任。

也许因为习惯了幸福的感觉，所以才把父母的关爱当成了生活的一种理所当然。亲恩难忘，当父母担负起抚养我们的责任之时，千万不要忘记好好地爱他们也是我们一生的使命。

不必后悔

敢于承担自己行为后果的人是坚强的人，只会后悔的人只能让自己变得更加懦弱。

有一次，海涛做完功课之后和伙伴文凯来到了市政广场玩耍。由于安迪斯大街聚集了很多艺人，所以那是孩子们都乐意去的地方。那儿不仅有许多风格各异的表演，还有许多令孩子们感兴趣的东西。

在海涛刚学会走路的时候，每逢节日，父亲塞德兹都会带他去那儿，给他买一些具有异国风情的纪念品和民间特色的手工玩具。

海涛与文凯走在人群拥挤，并且狭窄的安迪斯大街上，被各种好看的玩意儿所吸引。他们东走西看，还不时地讲述自己的计划。就这样，他们在不知不觉中逛了很长时间。

正当他们陶醉在美丽的梦想之中时，一个比他们大得多的孩子突然出现在他们面前，并一把抓住文凯。

"你们刚才为什么欺负我的小兄弟？"大孩子指了指他身旁的一个孩子。

"什么？我们根本就不认识他，怎么会欺负他呢？你们是不是认错人了？"文凯对那个大孩子说。

"你可别乱说，我们什么时候欺负你了？"海涛喊了起来。

"你们还敢否认！就在刚才，你们撞了我一下。"小孩子不服气地

说道。

"原来是这样。"这时，海涛突然想起，就在刚才，可能是他们玩得太高兴，在蹦蹦跳跳的时候，的确不小心碰了一下那个孩子。没想到这种在生活中时常发生的小事却引起了这样的冲突。

"哦，我想起来了。我们刚才不小心碰到了你，但我们不是有意的，对不起。"海涛立刻向那孩子道歉。

"你们要拿出你们身上所有的钱给我的小兄弟作为补偿。"大孩子恶狠狠地说。

"为什么？我们只是不小心碰了他一下，用得着这样吗？"

"当然，如果你们不愿意，有你们好受的。"

这时，文凯被大孩子的阵势唬住了，他害怕地对海涛说："我看……还是……给他们钱吧！"

"不，这绝不可以。"海涛坚决地否定了文凯的提议。

大孩子一听海涛这样说，立刻用力推了他一把，接着，他们就开始动手拉扯起来。到了后来，他们渐渐从拉扯发展到了厮打。文凯显得很害怕，但还是进行了自卫。最后，海涛扔过去一只铜壶，砸伤了大孩子。

回来后，海涛对父亲讲述了这个遭遇。

"其实，在那种情况下，一味地忍让是没有用的，那是一种懦弱的表现。"父亲说，"你可以反抗和自卫，但用那么坚硬的东西打那个孩子，很容易使他受伤，这是不对的。"

"是的，我就是因此而懊悔。为了一点小事就把他伤成那样，真是不应该。"海涛垂头丧气地说。

"不，儿子，你现在要做的不应该是后悔，事情已经发生了，就只能自己去面对它。"塞德兹为了让儿子从懊悔的情绪中挣脱出来，说："敢于承担自己行为后果的人是坚强的人，只会后悔的人只能让自己变得更加懦弱。"

我就这样看着你

她要让他知道,她永远是深爱着他的妈妈,而他永远是她最亲爱的儿子。

　　一夜之间,他成了这座城市里众人皆知的英雄。

　　开出租车的他,凌晨收车回家,路经一条偏僻小巷时,听见一个女子惨烈的呼救声。他毫不犹豫地停下车,边报警边跑进小巷,看见3个男子正对一女子图谋不轨。他大吼一声:"住手!"然后冲上前去,将女孩子护在身后,与3名男子扭打在一起。当警察赶到时,他身负重伤倒在血泊里……

　　经全力抢救,他脱离了危险。来病房看望他的市民一拨接一拨,媒体更是闻风而动。记者们很快了解到,今天的英雄,在10年前,也就是他19岁的时候,曾因抢劫被判过两年有期徒刑,他今天的壮举也因此有了更多的新闻点。是浪子回头金不换,还是以此洗刷自己的耻辱?面

对歹徒时，他首先想到的是什么？面对蜂拥而来的记者和他们的好奇，他很平静，只说谁碰到这事都会这么做。记者摇头："那个女孩说了，在你之前，曾有3辆车和几个骑自行车的人路过，可听到她的呼救，他们不但没停下来施与援手，反而加快速度离开了，连打个电话报警都不愿意。你为什么会停下来？"

他思索一阵子，终于说："因为，我觉得我妈妈一直看着我，她希望我这么做……"

10年前，他被判入狱后，妈妈的泪都哭干了。她关起门来，不愿见人。她做了20多年的老师，教出了无数的好学生，自己的儿子却进了监狱。她觉得自己做母亲做得很失败，人生因此也很失败。她把儿子从小到大的照片拿出来，铺满一床，一张张地看过去：100天时的憨态，1岁时的执拗，3岁时的大笑，6岁时背起书包时的自豪，10岁时的倔犟，15岁时的苦闷，18岁时的怀疑一切……她不知道是从什么时候起，儿子跑出了她的视线，最终在19岁时走到了她不能想象的境地。也许是他10岁时，她没教他好好利用压岁钱；也许是他15岁时，她太关注自己的工作而忽略了对他的青春教育；也许是他17岁交了不良朋友，而她没加以好好引导；或者是他高考失败后，她没有及时帮他调整人生方向……他还是孩子，需要有人牵着他的手前行，可她却没尽到做母亲的责任。

现在，虽然晚了一些，可她要担起自己应尽的职责。她辞了职，来到了孩子服刑的监狱所在地。她听说许多在监狱中改造的人，由于感受不到亲情，遭受亲人的唾弃而自暴自弃；还有的人表面上接受改造，实际上向狱友学了许多不好的东西，才放出来又马上犯罪，形成恶性循环。

她不能让自己的儿子变成那样的人。她辞去老师的职位，以拾破烂、打短工维持自己的生活。她要在这两年里好好看住自己的儿子，不再让他走出自己的视线。

每个月的探视日，她是去得最早的一个。她不仅仅给他送吃的穿的,她还为他买了很多书。其他的日子里,一有空她就给儿子写信,探视的时候一并交给儿子,让儿子每天看一封,告诉他,妈妈天天陪着他,陪他走过这改过自新的日子。她要让他知道,她永远是深爱着他的妈妈,而他永远是她最亲爱的儿子。

她的工夫没有白费。他减刑3个月提前出狱了。

出狱那天,她没有带儿子直接回家,而是来到了监狱外面的一座小山上。站在那个小山的某个位置,可以远远眺望到监狱的操场。他不明白妈妈带他来这里干什么。妈妈跺跺脚说:"儿子,你知道吗?每天你放风的时候,我都在这个地方看着你,一直看着你,直到你们收操回去。"

"可是,您能看到我吗?"儿子呆住了,他不敢想象,1年零9个月,600多天,不论刮风下雨,还是烈日炎炎,妈妈都会在固定的时间爬到这个山包上来,朝监狱眺望。

"怎么看不见呢?你一直装在我的心上,你的一举一动我都看得清清楚楚。我甚至看到了你的未来。我知道我儿子从这里出来后,会是个崭新的人……"

儿子的泪水淌了下来。出事后,他其实心里一直是埋怨妈妈的,他觉得,就是因为妈妈平日对自己关注太少,而自己一时冲动,才犯下了这样不可饶恕的错误。当他被判入狱时,他感到自己这辈子完了,因此看到妈妈痛苦的模样,他竟然以为那是她应得的报应。妈妈近两年的陪伴,让他读懂了这世上最爱他的这颗心,现在他更明白了,没有哪一个做妈妈的不爱自己的孩子,当孩子犯错受到惩罚时,她们的心比孩子的心更痛,而为了拉回走上歧路的孩子,她们可以为之付出一切……

"也就是从那天起吧,"他说,"无论我做什么事,总感觉到妈妈正在远远地眺望着我。我当然不能再让妈妈的目光里写满失望,我要让她的目光里充满骄傲……"

责任悟语

妈妈的心中永远装着自己的孩子，在孩子误入歧途后更是成了孩子的守望者。那600多天的守望，使孩子成为崭新的人，因为母爱在守望中得到升华，孩子对母爱也有了更加真切的感悟。于是，母亲的目光永远记在了孩子的心田，孩子从中体会到责任，获得了勇气。

（贾 珺）

责 任

他离太阳越来越近，他的翅膀开始慢慢变软，他的羽毛开始一根根脱落，散在空中，突然蜡一下子全部熔化了。

代达罗斯是古希腊技艺最精湛的建筑师和发明家。他在全国建造了许多宏伟的宫殿和花园，创造了令人惊叹的艺术作品。他的雕像手工精巧，惟妙惟肖。人们都说，像代达罗斯这么聪明的人一定是从神仙那里学到了绝活儿。

海那边的克利特岛上住着一个叫弥诺斯的国王。他有一个半牛半人的可怕怪兽叫弥诺坨，国王需要一个地方关住它。当他听说代达罗斯的高超技艺以后，就邀请他到自己的国家为怪兽建一个禁闭室。于是代达罗斯和自己年轻的儿子伊卡洛斯就乘船来到了克利特岛。

代达罗斯建造了著名的迷宫，迷宫迂回曲折，错综复杂，任何进去的人都无法找到出来的路。于是,他们就把弥诺坨放到了迷宫里。

迷宫建好以后,代达罗斯想和儿子一起乘船回希腊,但弥诺斯却下决心要将他们留在克利特岛。因为他希望代达罗斯能为他设计出更多美妙的东西来。

于是他把父子俩关在海边的一个高塔里,国王知道聪明的代达罗斯一定会想办法逃出来,所以他下令每一艘驶离克利特岛的船只都要接受搜查,以防代达罗斯偷渡逃跑。

换作别人也许就放弃了,但代达罗斯不会。他从高塔上看到海鸥迎着风在大海上滑翔。"你可以控制陆地和海洋,"他说,"但无法控制天空。我们可以从那儿逃走。"

代达罗斯冥思苦想,开始工作。渐渐地,他收集了一大堆大小不一的羽毛。他用线把它们连接在一起,再用蜡固定,最后他做成了一对巨大的翅膀,就像海鸥的翅膀一样。代达罗斯把它们绑在肩上,经过一两次笨拙的尝试,他发现挥动双臂可以升到空中,他将自己高高悬在空中,随风挥动翅膀,最后他终于学会了像海鸥一样熟练地在海上滑行、飞翔。

接下来,他又为伊卡洛斯做了对翅膀。他教儿子如何舞动翅膀,升空几英尺,在屋子里飞来飞去,然后他又教他如何控制气流,盘旋上升,悬在空中。他们一起练习直到伊卡洛斯学会。

终于有一天,风向刚好合适,父子俩绑好翅膀,准备飞回家。

"记住我跟你讲的一切,"代达罗斯说,"首先,记住不要飞得太高或太低。你如果飞得太低,羽翼会碰到海水,沾湿了会变得沉重,你就会被拽到大海里;要是飞得太高,太阳的热度会将蜡熔化,翅膀上的羽毛就会分开掉下来。跟着我,你就会没事儿。"

他们升到了空中,儿子跟着父亲,可恨的克利特岛逐渐远去。在他们飞行的过程中,农夫停下了田里的工作抬头看,牧羊人倚着木杖向上望。人们从房子里跑出来想要看一眼这两个飞过树梢的人,他们肯定是神——阿波罗,可能跟在后面的是丘比特。

一开始，对父子俩来说飞行是很困难的。无边无际的天空让他们感到头晕目眩，即使是往下匆匆地一瞥都让人眩晕。但慢慢地，他们已经习惯在云中飞行了，也不再害怕。伊卡洛斯感到风充满了翅膀，把他抬得越来越高。他感到一种从未有过的自由，他兴奋地向下看，看飞过的岛屿、人群，还有白帆点点的蔚蓝海面。他飞得越来越高，忘了父亲的警告，除了喜悦，他什么都不记得了。

"回来！"代达罗斯疯狂地喊道，"你飞得太高了！小心太阳！下来，下来！"

但伊卡洛斯除了兴奋和欢喜以外，什么也没有想。他渴望尽自己所能飞近天国。他离太阳越来越近，他的翅膀开始慢慢变软，他的羽毛开始一根根脱落，散在空中，突然蜡一下子全部熔化了。伊卡洛斯感到自己往下落时，他开始拼命地拍翅，但没有羽毛可以托住空气。他大喊父亲，但太晚了——一声尖叫后，他从高空坠落，掉入大海，消失在海浪中。

代达罗斯一次又一次在海面盘旋，但除了漂在水面的羽毛，他什么也没看见。他知道儿子一去不复返了。最后，尸体浮出水面，他用力将其从水中捞起。带着沉重的负担和破碎的心，代达罗斯慢慢飞走了。着陆以后，他埋葬了儿子，为他建了一个庙宇。然后他将翅膀收起，再也没有飞过。

责任悟语

　　伊卡洛斯在兴奋和欢喜中忘却了父亲的话，终至葬身海底拿生命做了代价。我们经常忘却父母和老师的教诲，过后却常在失败犯错的时候深深叹息……其实，谨记师长的教诲也是一种责任，是对自己人生负责的一种表现！

（朱小华）

一位丹麦父亲的责任教育

老劳特的回答很干脆，他说："自己犯的错误就要自己承担，学习可以再补上去，但是做人，一定要有原则。"

2002 年我在丹麦哥本哈根从事渔业进出口工作。老劳特是这里鱼市场的大户，除了做鱼产品外，还开了一家日常用品商店，从针头线脑到存储鱼的保温箱子，什么都卖。劳特是老劳特唯一的儿子，有 1.9 米多高，除了上学外，课余的时间就成了店里唯一的店员。老劳特是个乐呵呵很和蔼的人，从来没见他发过脾气，但那次是个例外。

一天，我看到老劳特把劳特拽上汽车，脸色铁青，"砰"的一声，重重地关上了车门。我急忙上前去一探究竟，老劳特黑着脸告诉我，今天下午劳特在商店里把一个塑料塞子松动的次品保温箱卖给了一个渔民，这个箱子是他拿出来准备退货的，但劳特不知道，将它卖了出去。

这算得上什么错误？我笑着告诉他："在我们中国，有句话叫不知者不怪，劳特在根本不知情的情况下才犯了这样的错误，又不是故意的，不用这么生气。"

"怎么能不生气？那个保温箱可能会引起箱里的鱼变质，对买走箱子的渔民来说，这是一种损失，而且是不小的损失！"老劳特有点激动，他看了劳特一眼说，"我是没有告诉他箱子是要退货的，可是他作为店员应该在卖出箱子的时候替顾客检查清楚，看有没有什么问题。现在，他需要跟我一起去赔礼道歉，弥补别人的损失。"

　　看着老劳特认真的样子，好奇之下，我也跟着老劳特一起上路，我想看看，他究竟怎么来对这件事情进行处理。不过很不巧，到了鱼市场那个渔民似乎出海去了，老劳特很沮丧地拉着我和劳特回来。

　　事情果然如老劳特预料的那样，保温箱出了问题。一天后，老劳特在鱼市场找到了那个渔民，满满一箱子的鱼都变了质，散发出一股子腥臭的味道。老劳特的脸绷了起来。

　　按照他的性格，是绝对不会说保温箱出售的时候没有问题的，看来只好赔偿别人的损失，然后回去再狠狠地教训一下劳特了，我想，这也是唯一的解决办法。没想到老劳特竟然跳上汽车，头也不回地走了。

　　大概过了半个小时，老劳特开着车回来了，车上还坐着本应该在学校上课的劳特。我没想到，老劳特如此较真儿，还非要儿子过来看看，给他一个教训。

　　老劳特要劳特把那箱变质的鱼放到秤上，称了一下，然后拿出计算器来，按照当天的价格，算出了渔民的损失，在 1000 欧元左右，他拿着计算器给儿子看，然后说："看到了，这是你的错误造成的损失，我不会替你去赔偿，自己的错误要自己来承担。"劳特点点头，什么也没有说。

　　1000 欧元是个不小的数目，要劳特一下子拿出来是不可能的事情，莫非老劳特要扣他几个月的零用钱当成教训？这下劳特应该记忆深刻了。

　　可是老劳特的做法再次出乎我的意料，他说："劳特，我已经帮你在学校请了一个月的假，你这一个月应该为范德萨劳动，到你赔偿够他的损失为止。"

　　老劳特说到做到，果然，从那天开始，劳特就和那个渔民范德萨出海捕鱼，不管再大的风雨，都一样要出去。我问老劳特，这样的处罚是不是有点儿过了，孩子的体力可能承受不了，还影响了他的正常学习。老劳特的回答很干脆，他说："自己犯的错误就要自己承担，学习可以再补上去，但是做人，一定要有原则。"

　　再见劳特的时候，他身上的皮肤已经被晒得黑红，褪了一层皮，我问劳特："你觉得父亲对你的惩罚是不是有些过分？"他沉默了一下，然后说："也许有些，但是我觉得错误的确在我，如果我细心检查一下，可能根本不会有这么多事情发生。"

这是我在丹麦记忆最深刻的一件事情，我问过很多丹麦的朋友，他们告诉我，如果换成他们，一定也会这样做的。

🌹 上善若水

孩子，请给妈让座

公共汽车上终于有了一个空位，疲惫的我毫无反应，儿子习以为常地一屁股坐下，但随即触电般地跳了起来，说："妈妈，您坐。"

儿子14岁生日那天，我很郑重地提出了一个要求：以后在公共汽车上，如果我们两人只有一个座位，那么，请让座给我。儿子很吃惊，因为以前都是父母为他让座，这仿佛是天经地义的事情；后来，他慢慢懂得了要为老弱病残孕妇婴幼儿让座，可谁也没告诉过他要为父母让

座。我说："孩子，你已经 14 岁了，已经快和妈妈一般高了，你身体健康精力充沛，而妈妈已人到中年，腰腿都不如从前了，之所以要在你生日之时提出这样的要求，是因为你出生那天就是妈妈一生中最辛苦的一天。"儿子眼里泛起了泪光，说："妈妈，我懂了。"

几天后，我和儿子路过一家大酒店，一个熟人正搂着她的宝贝儿子在众亲友簇拥下走出门来。见到我，她神采飞扬地说："儿子 13 岁生日，摆了十几桌。"我偷眼向儿子望去，只见他的脸上充满了羡慕。我问那男孩："知道妈妈的生日是几月几日吗？"那男孩发光的双眼顿时迷茫起来。我又问："等你长大了会为妈妈过生日吗？"那男孩越发迷惘了。熟人便哈哈大笑地拍着我的肩说："将来想指望他们？没门儿！等你老了走不动了，就进养老院，靠社会帮助吧！现在嘛，只是尽义务而已。"熟人说这话的时候依然神采飞扬，颇具大将风度。我心里"咯噔"一下，相比之下，我是否小气了一点儿？自私了一点儿？

那一拨儿人风风光光地走了，我小心翼翼地将目光转向儿子，出乎我意料的是，儿子原本羡慕的神态变得不屑起来。他说："等那个阿姨老得走不动了，她就不会说这样的话了。昨天还在电视里看到一个老太太为这事和她儿子打官司呢！"这回轮到我惊诧了：儿子真的长大了？

是啊，青年或中年时，我们可以很潇洒地谈论老年，可等到眼花耳聋步履蹒跚时，还能这么一副站着说话不腰痛的样子吗？进养老院、靠社会，不失为一个好主意，但将来负责养老院事务的不就是这一代孩子吗？支撑整个社会的中坚力量不也是这一代孩子吗？如果他们连自己的父母都不能善待，连自己的家庭责任都不能承担，又如何去善待别人的父母，如何去承担社会责任？这一代孩子，将来整个国家都要靠他们的，我们怎么能说自己老了不靠他们？从现在看，他们也许是最幸福的一代孩子，被百般娇宠着，只要求他们有好成绩，却忽略了他们还应有好品行、好心态，如此下去，未来家庭、社会的两副重担，他们怎么去挑啊？

公共汽车上终于有了一个空位，疲惫的我毫无反应，儿子习以为常地一屁股坐下，但随即触电般地跳了起来，说："妈妈，您坐。"我如梦初醒地坐下了。看来,我和儿子都没习惯这样的让座,但我们都会习惯的,就像我们终究要习惯让孩子去独闯天下一样。

孩子,我知道此刻你也很疲惫,但你就站着吧,你前面的路很长很坎坷,从现在起,你应该练练脚力了。

肖　芸

有责任才有尊重

我时常想起父亲说的那句话:一个男人,要赢得尊重,就必须承担起自己的责任。父亲用他自己的一生对这句话做出了最好的阐释。而这句话也已成为我的人生准则。

我的父亲和母亲在童年时都正好遇上大萧条时期,所以他们很注意让自己的孩子得到那些他们自己在童年渴望得到但却没有得到的东西。

在我9岁的时候,父亲要做心脏手术,输血的血型配得不够好,结果产生输血不良反应。在最后的5天里,他意识到自己将不久于人世。

他在去世的那一天打电话给我那当时才 3 岁的弟弟，对他说自己已经去世了，去了天堂。他说："上帝让我打电话给你，跟你说声再见。你不要害怕，也不要难过，因为我很好。我是想让你知道我很想念你。"

父亲没有给我打电话，而是写了封信。他在信中对我说，他为我在学校里的成绩感到骄傲。他说他希望我有一天能上麻省理工学院——后来我果真上了麻省理工学院。

他还对我说，他相信我无论做什么事，只要尽力肯定都会成功的。

母亲和父亲只为一件事真正争吵过，这事涉及钱。父亲想要为我们已经抵押出去的住房买份保险。他对母亲说："这笔投资是省不得的。要是我有什么不测，你和孩子们还能保住这屋子。"

"我们没钱买保险。"母亲说。

6 个月后，父亲去世了。母亲想，这下我们要被扫地出门了。但在 3 星期后，保险公司的理赔员带来了一张支票，这笔钱正好是我们所欠的房款。原来父亲在去世前的几个月设法偷偷省着钱，买了抵押保险，一直在缴付保险费。现在他安静地躺在墓地里，却还在关怀和照料着我们。

我时常想起父亲说的那句话：一个男人，要赢得尊重，就必须承担起自己的责任。父亲用他自己的一生对这句话做出了最好的阐释。而这句话也已成为我的人生准则。

🌸[美]詹姆斯·伍兹

责任悟语

每个有梦想的人都憧憬着实现自己的生命价值，希望自己活得有意义，有尊严。然而，尊严从何而来？懂得负责，面对责任，不推卸，不推脱，不逃避，这就是一个人获得尊严的最起码保障。承担起属于自己的那份责任，即使沉重如山，也能对得起这一生。

（王 蕴）

快乐是一种责任

快乐真的是种责任,懂得了这些,生命中的那点痛又算得了什么呢?

在一次团队旅游中,我认识了一个名叫安宁的女孩子。

做导游的她,性格中明显地缺少了与她名字相符的清静与婉柔。她快乐得像只小鸟,笑起来会露出一对小虎牙,那模样恍若幸福的邻家小妹。

没想到,她已经 25 岁,竟然是在单亲家庭中长大的。

她说,她的父母都是老师,小小的家幸福得让人羡慕。可是在她 9 岁那年,父母的感情却出现了危机,原因是父亲又爱上了别的女子。不久,父亲竟置她与母亲于不顾而为情出走。家中少了父亲,仿佛整个世界都倒塌了。面对家中的变故以及同学们的疏远和耻笑,她难过得要死。她不愿和同学们待在一起,一向活泼开朗的她,变得胆小怕事、郁郁寡欢起来,学习成绩也一落千丈。

直到她上高三那年。

那天,母亲把她叫到床前,要她拿过书桌上的那本稿纸和半瓶墨水。

母亲不写字,只用颤抖的双手打开墨水瓶,将墨水一下子倒在了那本稿纸上。

雪白的纸顿时乌黑一片。

"看到了吗？这就是墨水，它不仅弄脏了这张纸，还洇湿了其他纸！"母亲说着，把最上面的那页纸掀起来，下面的那页纸果然也被染黑了。

"生活就像这本厚厚的稿纸，每个人都是它的一页。所有的痛苦和挫折就如同这墨水。当它侵入我们的生活时，那些不美好的心情已经开始在感染其他人。人与人之间就是这样，虽然每个个体都独自存在却相互依存，你的痛苦就是别人的痛苦，你的快乐也是别人的快乐。因此，让自己快乐起来，也是一种责任！"

母亲顿了顿，说："从现在起，让我们都快乐起来，好吗？就当你仅仅是为了母亲，我仅仅是为了女儿，好吗？"

母亲静静地望着她。此刻，她才猛然发现母亲已经老了，而她苍白的脸上密布的皱纹因她期待的浅笑，如菊展颜。

一刹那，她扑进母亲的怀中痛哭失声。

她终于又快乐起来，为生命中有了一种使命与责任。

以后的日子，尽管有时不太如人意，但她从没消沉过，因为她拥有了一颗健康而快乐的心。为此，她的周围阳光明媚。

她说："快乐真的是种责任，懂得了这些，生命中的那点痛又算得了什么呢？"

📚 米　纤

责任悟语

生活就像一面镜子，你对着它笑，它就对着你笑；你对着它愁眉苦脸，它也不会给你好的脸色！把快乐当成责任，感染的不仅仅是你周围的人，随之洒满阳光的，还有你自己幸福的人生！

（朱小华）

灼灼父爱

人活着不能像行云流水那样任意所至，想干什么就干什么，对得起自己的责任，无愧于心才是最重要的啊！

我小的时候，父亲总爱发脾气。他生气的时候，我和两个姐姐只敢呆呆地站在一旁，由着他一一数落。如果这时有人胆敢顶撞一句，父亲便会大发雷霆，甚至不惜扬起他骇人的大手。那时候，我不免偷偷地恨父亲。

随着年龄的增长，我开始渐渐理解父亲。他是一个农民的儿子，凭着个人的努力，考入师范学校，毕业后在镇上的学校里当老师。母亲并无收入，父亲仅凭一人之力负担着整个家庭的生计，而那是一个有三个孩子的家庭。在如此重负之下，父亲难免有时会发一通脾气。但他对我的爱却始终如一，同时这也是我一生最值得珍藏的。

清楚地记得那一次，我发高烧，烧得很厉害。迷迷糊糊中有人抱着我去看医生，那双手大而有力，我知道那一定是父亲的。在挂水的病床上，我听到父亲离去的脚步声，心中突然有一种说不出的恐慌。或许迷糊中的我更觉得，那时他的臂膀才是最坚实的依靠。不一会儿，父亲就回来了，手里拎着一袋东西，我清醒后才知道，那是一包火腿肠和我最爱吃的香蕉。尔后我不免有些奇怪，父亲怎么会想到买火腿肠呢？那时我对这东西并不熟悉。突然我想起，在一次酒席上，我见到这东西很好吃，便吃了不少，没想到这竟被父亲看在眼中，记在心里。我突然间发觉，看起来很粗犷的父亲竟如此细心。

高二的时候，我迷上了电脑。父亲也发觉我每月用钱明显增多，当他问我钱用在何处的时候我也支支吾吾，答不出个所以然来。

终于，一次我正陶醉在网络世界中，突然发觉有人拍我的臂膀，我转过头来，正和父亲的目光撞了个满怀，我被吓得三魂荡荡，七魄悠悠，心中暗暗叫苦。父亲那灼灼的目光烤了我好一会儿，我低下头正看到他那微微颤动的双手，似乎也在全力抑制住打我的冲动。然而他转过身走了出去，我低着头紧跟着他走出网吧。

回到宿舍，只有我和父亲。他用近乎平静的口吻对我说："虎子，做好一个人是很不容易的啊！我几十年辛苦工作赚钱养家，那是对家庭的责任；我每天都要求自己上好每一节课，那是对学生乃至社会的责任。人活着不能像行云流水那样任意所至，想干什么就干什么，对得起自己的责任，无愧于心才是最重要的啊！你都大了，别的也不用多说。"

我抬起头来，目光却猛然触到了他那微白的鬓发，我的心震了一下，我意识到一个我不愿接受的事实——父亲已不再年轻了，我怎么可以如此伤他的心，我是他唯一的儿子，是他一生的延续啊！

父亲走后我思绪万千，似乎一下子读懂了父亲，读懂了那份沉甸甸的责任。我走出宿舍，却发现父亲仍站在门外，手中多了一袋火腿肠和香蕉。刹那间，一股热泪漫出我的眼眶……

在剩下的那个不眠之夜里，我想到了自己的责任——那就是去证明自己是值得被爱的。

父亲回去了，但那火腿肠，那香蕉，那灼灼的父爱却在我脑中幻成光影，伴随年少的轻狂，伴随着岁月的流光直到永远……

🌸 李志敏

任何人都不是一个单独的个体,可能是父母的子女、老师的学生,也可能是弟妹的兄姐……每个人都尽心扮演好自己的角色,承担应有的责任,社会这个大舞台才能有和谐的舞曲。证明自己值得被爱,其实也就是站好自己的位置,不辜负所有人的期待!

(朱小华)

一把钥匙的责任

钥匙不见了,你很着急,说明你是一个负责的孩子;但遇事要冷静,要先检讨自己,不能把责任往别人身上推!

中午我在组织班级学生放学时,看见儿子急匆匆地跑过来,老远就冲着我大声叫喊:"我的钥匙呢?"

当时正是全校集中整队放学的时间,虽然很吵闹,但我依然清晰地听到了儿子极不礼貌的喊叫声,看到了他涨得通红、异常愤怒的脸!我没有答理他。他转身便又向二楼的教室跑去。

等我将学生送出学校大门,折回来寻找儿子时,只有儿子一个人躲在教室里,使劲用身体抵住教室门,大声地哭泣着!

"怎么回事?把门打开!"我一边询问,一边用力推门,可没推开。

儿子听到我的声音,把门抵得更紧,哭声也更大了:"是你把我的钥

匙弄丢了！"

"什么？什么钥匙被我弄丢了？快把门打开说清楚！"我使劲才把门推开，儿子一个趔趄，"是你把我的钥匙弄丢的！"他再次肯定并且大声地吼叫着。

"你说什么？钥匙？到底是怎么回事？"我连续问了三遍，他只是不停地哭泣，并且一口咬定是我弄丢了他的钥匙，没有一点想做解释的意思。我不禁恼羞成怒，不由自主地高高扬起了我的手，就在要抽到他脸的一瞬间，只见儿子像一只斗红眼的公鸡，毫不退缩，反而愤怒地瞪着我……就在那一瞬间，我的心猛地一震：儿子从来都是顺着我的，今天到底怎么了？真有什么委屈吗？扬起的手僵住了，我也垂头丧气地坐在一张学生课桌上。

就这样僵持着。一分钟、两分钟……同时，我的思想也在作激烈的斗争：曾经看过的一则小故事里，一个男孩捧着书本，表面看起来在学习，实际上他很久都没有翻动一页。很明显，男孩呆坐在那里出神、发愣，男孩的父亲想过用一记耳光粗暴地解决问题，可理智告诉他：这是对孩子进行更深一层教育的绝好时机。于是父亲蹲下来，耐心地和他交谈，以朋友对话的方式，循循善诱，不仅问出缘由，帮他解决了问题所在，而且引领他走向健康、成功之路……

我决定放下做家长的权威。于是走到儿子身旁，将他轻轻拥在怀里，轻声细语地说："来，儿子！告诉妈妈关于'钥匙'的故事，好吗？"

儿子见我的态度缓和了许多，一边抽泣着，一边断断续续地讲述了"一把钥匙"的故事：

开学初，他们班的同学积极筹备，自发地组建了班级"图书角"。为了同学们的书籍不受损失，更为了方便同学们自由阅读，老师和同学们一致推选他当图书管理员，并且郑重其事地把唯一一把钥匙交给了他，当他拿到钥匙第一次准备履行职责时便出现了以上不该发生的一幕。

"老师和同学们再也不会相信我了！"末了他还不忘自责。

"没关系的，我觉得老师和同学都没有选错你！"听到这句话，儿子仰起头，半信半疑地看着我。"真的！妈妈不骗你！钥匙不见了，你这么着急，这么委屈，说明你是一个认真负责的好孩子，只是在某一个环节出了点差错，你还没有学会正确处理。好了，让我们回家好好找找吧。也许钥匙根本就没丢！"

回到家，儿子忙不迭地把门打开，看见乖乖躺在桌子上的钥匙，他一把抓起来，如获至宝似的兴奋地又叫又跳："妈妈，钥匙在这儿！"原来是儿子晚上洗漱时从脖子上取下来随手一放，第二天早上上学忘记收拾了……我趁机把儿子拉到身边，语重心长地对他说："这钥匙交给你，这是老师和同学们对你的信任；你接受了这把钥匙，你就应该承担一份责任！钥匙不见了，你很着急，说明你是一个负责的孩子；但遇事要冷静，要先检讨自己，不能把责任往别人身上推！况且，做什么事情都要养成一种好的习惯！"

听了我的话，儿子不好意思地低下头，轻声对我说："妈妈，对不起！我知道今后该怎么做了！"

从那以后，儿子不仅把班级的图书角管理得井井有条，而且在家里也将自己的日常事务打理得井然有序。

一把钥匙，让儿子改变了许多。我在暗自庆幸的同时也在暗暗思忖：做父母的也有责任用平和的心态、良好的教育方法帮助孩子健康成长，在孩子幼小的心灵里播下责任的种子。

🌹 喻长玲

责任悟语

如果说，母亲的责任是用平和的心态和良好的教育方法帮助孩子健康成长；那么，孩子的责任就是用好的习惯成就自己的绚烂人生。每个人都有一把属于自己的钥匙，只有用责任来润滑，才能开启那道成功的门！

（朱小华）

一朵悲哀的花

坚持，也是一种责任，它意味着你要为自己的选择负责！

海拉蒂今年 4 岁半了，在萨尔马多城上幼儿园，最近她在学习有关植物方面的知识。海拉蒂迷上了植物，她觉得那些花草实在是太美了，便苦苦地哀求爸爸给她买一盆鲜花。

爸爸同意了海拉蒂的请求，趁周末带着海拉蒂到花卉市场买了一盆小花。父亲希望海拉蒂看到小花生长的整个过程，并且能够自己照顾它。于是，父亲和海拉蒂约定，由海拉蒂负责照顾鲜花，给它浇水和施肥。

最初几天，海拉蒂非常兴奋，每天耐心地给小花浇水，还根据日照的情况，不断给花盆挪动位置，并拿出本子，歪歪扭扭地在上面画出花卉生长的情况。

海拉蒂的父亲看到小海拉蒂这么有责任心，十分满意。可是，没过多久，海拉蒂的父亲发现小海拉蒂给花浇水的次数越来越少了，甚至好多天都不给小花浇水，也不做记录，似乎她已把养花的事给忘了。结果，小花慢慢枯萎，叶子也开始泛黄，生长的速度减慢了；再过几天，小花就会死去。

吃过晚饭后，海拉蒂的父亲把海拉蒂叫到阳台，说："你给花浇水了吗？"

海拉蒂低着头说："没有。"

"为什么没有？"

"我……"

"我们在买这盆花的时候,是怎么说的?由谁负责给这盆花浇水?"

海拉蒂沉默不语。

"你看,这盆花多么的伤心、悲哀!它失去了美丽的叶子变得枯黄,而这都是因为你。"

以后的日子里,海拉蒂每天坚持给花浇水,小花不久又恢复了以往漂亮的颜色。

责任悟语

4 岁半的海拉蒂通过一朵花的枯荣,明白了自己对花负有的责任。在自己人生的花园中,如果不勤于耕耘,勤于浇灌,再肥沃的土地也长不出明艳的花朵!坚持,也是一种责任,它意味着你要为自己的选择负责!

(朱小华)

一种难忘的味道

陈一冰说,让父母能够过得舒适一些,这是做儿子的义不容辞的责任。

2008 年的那个端午节,我正好在天坛公寓门口停留,猛然间看到奥运冠军陈一冰拎着一辆自行车出来了。

"哟，一冰，你这是干吗去啊？"我问他。

"我的爸爸妈妈来了，让他们帮我把自行车带回去……"陈一冰回答道。

因为天津距离北京不远，儿子不能常回家，所以陈一冰的爸爸妈妈来北京看望儿子的次数还是比较多的。因为陈一冰喜欢吃天津的早点，他们想给儿子带去他最想吃的东西。"我们每次去北京都是早上去。"陈爸爸说，口气中带着对儿子的疼爱，"而且每次都给他带去天津的早点，他就喜欢吃那口儿。虽然到了北京就热乎不了了，但是天暖和的时候，带过去的还是温的，全凉了我们就用水给他烫烫，感觉也是热乎的……"

到底是什么东西让陈一冰这么留恋呢？说起来还真是很简单。

"其实也没什么，就是豆浆、豆腐脑、炸糕这些……"陈妈妈说，"这些东西北京肯定也有，但是北京的和天津的口味肯定不一样，一冰就爱吃天津的那个味儿，我们就帮他弄呗……"

陈一冰的父母下岗在家后，母亲帮着别人卖东西，父亲在业余轮滑队当教练，从小家境并不宽裕的陈一冰深知家庭责任的沉重。除了平时的零花钱，陈一冰几乎把自己所有的工资、训练津贴和比赛奖金都寄回家里，以补贴家用。他说，自己最大的愿望就是给父母买个大房子，因为现在家里的房子只有 30 平方米。让父母能够过得舒适一些，这是做儿子的义不容辞的责任。

责任悟语

父母的言传身教是最好的教育，他们在生活中的每一件小事都潜移默化地影响着我们。我们有理由相信：一对对家庭负责的父母，定能教育出谨记家庭责任的子女。对父母的孝顺、对子女的牵系、对家的留恋，是我们一辈子应该负起的温馨责任！

（朱小华）

母亲给了他天空

莫泊桑能够在文学里展翅高飞，是母亲给了他一个飞翔的天空。

孩子很不幸,他的父母感情不和,父亲是一个商人,而母亲却是一个书香门第的大家闺秀。可怜的他在出生后不久,父母就分居了,然后他跟着母亲生活。小小的年纪,他体会不到家庭不幸的痛苦,整天无忧无虑,又聪明又活泼,母亲对此非常欣慰。母亲非常爱他,并对他抱有很高的期望。母亲希望他成为一个有才学的人,于是亲自教他读拉丁文,启发和鼓励他写诗。她知道,仅仅靠自己教育孩子是远远不够的。想要孩子成才,必须给他找一个好老师。

于是,母亲开始四处打听好老师。孩子的舅舅是一位诗人和小说家,和当时的大文豪福楼拜曾是好朋友。由于这层关系,这位母亲也和福楼拜比较熟。有一天,她忽然想到,如果让福楼拜来做孩子的老师,那该有多好啊!那样,孩子也可以成为像他一样的大文豪。可是,他哪能轻易就给一个普通的孩子做老师呢?母亲决定尽自己最大的努力,让福楼拜做孩子的老师。于是,她开始加紧对孩子的学习指导,培养他对文学更深的热爱。因为她知道,爱好也是一位好老师。除此之外,她还不失时机地鼓励孩子多写东西,她知道只有多写才能有进步。而孩子一旦写了,她就会细心地保存下来,哪怕有时只是一些散乱的片段。因为她希望有朝一日能够拿给福楼拜看看,得到他的指点。孩子看到母亲如此认真地对待自己的草稿，不好意思再写一些敷衍了事的诗歌或文章了，那样实在是太丢脸，太对不起母亲了！因此，他常常独自在房间里苦苦思索，或者去海边散步寻找灵感，或者读一些大作家的作品来充实自己。就这样，他的进步越来越大，写出的东西也越来越好。

这位母亲为了让孩子的东西得到福楼拜的赏识，于是她为孩子找了一位叫布耶的老师。布耶也是当地一位有名的人物，并且，他和福楼拜也是好朋友。这位母亲让布耶做老师，就是希望布耶能够向福楼拜推荐自己的孩子。布耶当然知道这位母亲的苦心，并为之非常感动；再加上孩子勤奋好学，他也很喜欢这个孩子，于是决定帮助他们。

有一次，布耶正好要去拜访福楼拜，想到孩子母亲的心愿，于是就带上了孩子一起去。临行前，这位母亲把孩子的作品挑选出一些让他们带上，希望可以得到大师的指点。到了福楼拜家以后，孩子献上自己的作品，福楼拜很认真地看了这些诗作，和他们一起分析，而且还提出了自己宝贵的意见。最后，在布耶的帮助下，福楼拜还爽快地答应收孩子做自己的学生。

那天，孩子欢快地跑回家，兴奋地告诉了母亲这个好消息。母亲一边在胸前划着十字，一边忍不住流下了激动的眼泪。她的心愿终于实现了！

后来，在福楼拜的严格要求和精心指导之下，孩子成功地走上了文学之路，并且成为一代大文豪。这个孩子就是莫泊桑，19世纪后半期法国优秀的批判现实主义作家，他一生创作了6部长篇小说和356篇以上中短篇小说，他的文学成就以短篇小说最为突出，被誉为"短篇小说之王"，对后世产生了极大的影响。

每一个人的成长，都需要老师，母亲就是每个人的第一位老师。一个母亲，能够造就一个孩子，也能够毁掉一个孩子。如果莫泊桑的母亲因为自己不幸，就对孩子不理不睬，甚至拿孩子来出气，孩子长大以后，难免不会走上歧途。而她却关心孩子，关注孩子的成长，为了孩子的将来，她尽到了一位母亲最大的责任，用尽了自己的苦心。最终，她实现了自己的心愿，也让孩子有了一个美好的明天。莫泊桑能够在文学里展翅高飞，是母亲给了他一个飞翔的天空。

凤　凰

责任悟语

　　其实，不只莫泊桑有着这样伟大的母亲，我们每个人都有一份属于自己的特殊的母爱。因为有责任为子女寻求更好的天空，母亲收获了自己的充实人生；因为有责任不辜负这份沉甸甸的母爱，我们更收获了属于自己的成功！

(朱小华)

第 五 辑

触摸极致，把事情认真负责到每一个细节

　　男孩租住在加州汉瑟太太的家中。汉瑟太太特地告诉他，摆设的那些花瓶都是老汉瑟先生亲手在工厂烧制并送给她的，底部还刻有他俩的名字。好奇的男孩将大花瓶倒过来，希望能看到这份爱情的印记，谁知大花瓶里的小花瓶掉出来摔了个粉碎。在男孩将花瓶碎片放到门口垃圾袋里之后，汉瑟太太却要求他把花瓶碎片拣出来重新装袋。原来，汉瑟太太是担心藏在垃圾中的花瓶碎片会伤到清洁工的手。

　　把事情负责到每一个细节之上，拥有强烈责任感的心灵都会在世间永远光彩夺目，收获更多人的尊重。

白 蝴 蝶 花

我完全有理由相信,我的手术是在一位绝对负责任的医生手里做的,白蝴蝶花为证!

　　多年不见的一位朋友嫣到家中做客,看到一个精美镜框。她惊奇地发现,里面不是斑斓的油画,不是天然贝壳,也不是脉络清晰的树叶或须爪皆全的昆虫标本,而是一个简简单单的白蝴蝶结,像是用医用纱布结成的,这显然与她见过的所有饰品都不同。

　　嫣十分诧异地问:"这是为了纪念什么用的吧? 这里面有什么深刻的含义吗?"我微笑着说:"当然! 不妨猜猜看。"

　　"你们家庭里有了新医生或者护士,以示对职业的尊敬?"

　　我摇了摇头。

　　"知道了! 一定是期望你的孩子将来读医科大学!"

　　我又微笑着摇了摇头。

　　"是啊,那样的话你满可以挂一个红十字,"嫣想了想,迟疑而同情地缓缓问道,"不会是,你有亲人刚刚去世吧?"

　　我大笑:"哪里! 我的双亲都十分健康而且快乐。"

　　嫣长舒一口气:"那么,"她突然兴奋地一拍巴掌,"一定是你得到了医生的精心治疗,为了记住他,也纪念你的康复喽!"

　　我说:"是,但不全是,还是让我来告诉你吧!"

你可以猜到纱布的来源：我曾经接受过一个手术。

那个手术全然不是我想象的肃穆、无情，却是在精彩的对话与欢笑中度过的，开心而充满关爱。时间是怎样溜走的，我浑然不知。当医生为我敷好伤口，柔和地示意并帮助我从手术台上下来时，我竟然还沉浸在愉快的氛围里不肯出来，有种看电影到高潮处却要换胶片的感觉。

为避免弄脏衣服，也为了让我更舒服点儿，医生特意为我加了块棉垫。

"太丑了，我们的垫子怎么可以这样呢？请换一块。"

我已经习惯了这位医生，整个手术过程都是这样，事事不肯迁就。

望望背后墙上式样简洁的钟，11 点 14 分。我很是替医生着急，手术中听说有位病人一定要等他，已经挂了他的号，也为自己讨厌的病侵占了他的午饭时间而感到内疚，一心盼着一切赶紧结束。

护士在旁侧收拾手术用品。医生亲自为我裹棉垫，之后就可以离开去接待那位病人了。可他为把这块漂亮的棉垫固定好，纱布从左腰到右肩，又从右腰到左肩，绕了一圈又一圈，一圈也不肯懈怠。

缠了半天，我想该差不多了吧。

"转——过来！"医生的声音有着诗般的韵律，又带着点不容置疑。

尽管我们从第一面到现在，接触的时间合起来不到 3 个小时，我还是听出了深深的关切，仿佛还有一点小时候父母才会给的娇宠。于是乖乖地转过身。

他轻轻地蹲下身，好比我低一点。我俯视着这位医生，身材清瘦，看不清脸庞，只见口罩外专注的眼神。

他惯常拿手术刀的灵巧的手指，把两节纱布头一绕一拉，熟练地打了个结……秀气而小巧。比想象的好得多！我松了口气。一切完满结束，正要离开……

"别动！"医生没有说话，是他的双手告诉我的。

这双手并没有离开，他修长的手指把那个纱布结皱着的四个边角

——舒展开来，整整花了几十秒。他全神贯注，甚至有些慢条斯理，我简直觉得他有点是在浪费时间。

最后，看了眼自己的杰作，他才微笑着抬头，自豪而和蔼地问我："怎么样，像朵花吧？"

真的，一朵洁白耀眼的蝴蝶花，恰到好处地点缀在我右腰间交错的纱布上！

我一下子一个字也说不出来！

我完全有理由相信，我的手术是在一位绝对负责任的医生手里做的，白蝴蝶花为证！

为我做手术的，正是这家医院的院长先生。

如今，这朵端端正正镶在古色镜框里的白蝴蝶花，无时无刻不在诠释着两个字：极致。凡事不做则已，做，就一定做到最好。

妈叹道："送我一朵吧！如果每个人都做到极致，这世界怕早就大不相同了！"

责任悟语

即使是缠绷带，也要精心让病人变得更美丽；即使对待一个素昧平生的病人，也要让她感到温暖。这位医生的不平凡正在于他时刻牢记自己的职责。在做哪怕一件微不足道的小事时，也要做到精致、极致，这世界就没有什么能难倒我们了。 （王　蕴）

请对你的垃圾负责

对一个社会的责任感往往见于微小的细节，你对一袋垃圾负责，就是对别人负责，也就是对一个和谐的社会负责。

最初到加州的时候，我在沙加缅度 28 号街的一个小区租了一套房子，确切地说是一栋楼里的一个套间。

对于我的到来，房东汉瑟太太显然十分高兴。因为很久没有人居住，房间里堆满了零碎陈旧的东西，她一边讲述着这些老东西的来历，一边指示我将它们搬放到储藏室或者摆放在什么位置。

窗台上有一排花瓶，汉瑟太太告诉我说，这些花瓶都是汉瑟先生亲手在工厂烧制并送给她的，在底部还刻有他俩的名字。我惊讶于他们的浪漫，于是将一个大花瓶倒过来看，希望能看到久远的爱情的印记。可花瓶刚倒过来，便有一个东西掉落下来，接着是一阵粉碎的声音。天哪！原来花瓶里还装着另一个小花瓶！一阵沉静，脚下已是狼藉的碎片。我慌忙道歉，汉瑟大太摇头笑说："没关系，只是不小心而已。"

我拿了扫帚把碎片扫进垃圾袋里，接着继续整理房间。看收拾得差不多了，天也快黑了，汉瑟太太就回去准备晚饭，留我一个人打扫卫生。

大约一个小时之后，我清理完毕，将垃圾都装进一个大大的垃圾袋里，放在门口，我知道改天会有工人将它们提走。

累了一天，我疲倦地瘫坐在沙发上。刚想休息一会儿，门铃忽然响了起来，拉门一看，是汉瑟太太。她四下看了看房间，满意地点了点头。

忽然，她问我："花瓶呢？那个摔碎的花瓶！"我指着外面的大垃圾袋说："在垃圾袋里！"

"噢，你怎么可以放在垃圾袋里呢？那里全是垃圾啊！"

我晕，心想是不是哪里又惹老太太不高兴了？是啊，那可是他们爱情的信物，虽然碎了，但与垃圾放在一起，也好像不大合适吧。我无言以对，汉瑟太太焦灼地对我说："孩子，你必须把那花瓶的碎片重新找出来。"

我心里泛起一股无奈，但只好照办。终究是寄人篱下身不由己啊！

我将垃圾袋里所有的东西都倒了出来。汉瑟太太拿了一个厚实的袋子，将花瓶碎片一点点拾进袋子里。我心里想：老太太不会想珍藏起来吧？

捡干净之后，汉瑟太太把袋口封住，然后从怀里抽出一支笔，在袋口的空白上写了一行字：有锋利的碎片，请小心！别伤手！祝你好运！娜丽·汉瑟。

汉瑟太太立起身满脸微笑地说："孩子，这样就可以了。我们得为我们的垃圾负责，如果伤了别人的手多不好啊！"

我忽然醒悟过来，心中顿时涌起一股巨大的感动与敬意，为她那种深沉而细腻的社会责任感。

对一个社会的责任感往往见于微小的细节，你对一袋垃圾负责，就是对别人负责，也就是对一个和谐的社会负责。

张　翔

责任悟语

你也许有在院子里踢球砸碎人家窗户玻璃的时候，有往楼下倒水淋湿路人的经历，甚至，也发生乱丢碎玻璃刺伤别人手脚的意外。如果我们都像汉瑟太太一样，遇事先想想会不会对别人造成伤害，多一分细致，多一份社会责任感，社会就会更加和谐与美好！

（于露东）

没有冶炼好的矿石

人才是重要的,但是更重要的是真正有责任感的人才。

约翰是主管过磅称重的小职员,到一家钢铁公司工作还不满一个月,他就发现很多矿石并没有经过充分的冶炼,一些矿石中甚至还残留有未被冶炼好的铁。他想:如果继续下去的话,公司岂不是会有很大的损失?

于是,他找到了负责该项工作的工人,跟他说明了这个问题。这位工人说:"如果技术有了问题,工程师一定会跟我说,现在还没有哪一位工程师跟我说明这个问题,说明现在还没有出现你说的情况。"

约翰又找到了负责技术的工程师,对工程师说明了他看到的问题。工程师很自信地说:"我们的技术是世界一流的,怎么可能会有这样的问题?"工程师并没有重视约翰所说的问题,还认为:一个刚刚毕业的大学生,能明白多少,不会是因为想博得别人的好感而表现自己吧?

但是约翰一直认为这是个很大的问题,于是他拿着没有冶炼好的矿石找到了公司负责技术的总工程师,他说:"先生,我认为这是一块没有冶炼好的矿石,你认为呢?"

总工程师看了一眼,说:"没错,年轻人! 你说得对,哪里来的矿石?"

约翰说:"我们公司的。"

"怎么会? 我们公司的技术是一流的,怎么可能有这样的问题?"总工程师很诧异。

"工程师也这么说,但事实确实如此。"约翰坚持道。

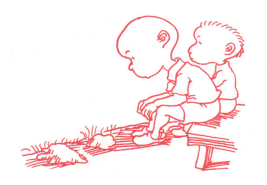

　　"看来是出问题了。怎么没有人向我反映？"总工程师有些发火了。

　　总工程师立即召集负责技术的工程师来到车间，果然发现了一些冶炼并不充分的矿石。经过检查发现，原来是监测机器的某个零部件出现了问题，才导致冶炼得不充分。

　　公司的总经理知道了这件事后，不但奖励了约翰，而且还晋升约翰为负责技术监督的工程师。总经理不无感慨地说："我们公司并不缺少工程师，但缺少的是负责任的工程师。工程师没有发现问题是小，别人提出问题还不以为然是大。对于一个企业来讲，人才是重要的，但是更重要的是真正有责任感的人才。"

　　约翰的成功，完全源于一种责任感，源于他具有负责任的心态，处处为公司的利益着想。

责任悟语

　　生活中常常会发生这样的情况，我们发现了问题并急于解决却遭到了别人的猜忌。不负责任的人可能会立即选择放弃和沉默，而那些真正对自己、对生活、对一切负责任的人却从不轻言放弃。也许我们会觉得他平凡无比，但是他确实是人类中的钻石，处处都闪烁着光芒，那是责任的光彩。

（王　蕴）

不因事小而不为

"一屋不扫,何以扫天下。"一个人有没有责任感,并不仅仅体现在大是大非面前,而是更多体现于小事当中。

1965 年,我在西雅图景岭学校图书馆担任管理员。一天,有同事推荐一个四年级学生来图书馆帮忙,并说这个孩子聪颖好学。

不久,一个瘦小的男孩来了,我先给他讲了图书分类法,然后让他把已归还图书馆却放错了位置的图书放回原处。

小男孩问:"像是当侦探吗?"我回答:"那当然。"接着,男孩不遗余力地在书架的迷宫中穿来插去。小休时,他已找出了 3 本放错地方的图书。

第二天他来得更早,而且更不遗余力。干完一天的活后,他正式请求我让他担任图书管理员。又过了两个星期,他突然邀请我上他家做客。吃晚餐时,孩子母亲告诉我他们要搬家了,搬到附近的一个住宅区。孩子听说要转校担心地说:"我走了谁来整理那些站错队的书呢?"

之后,我一直记挂着他。但没过多久,他又在我的图书馆门口出现了,并欣喜地告诉我,那边的图书馆不让学生干,妈妈又把他转回我们这边来上学,由他爸爸用车接送。"如果爸爸不带我,我就走路来。"

其实,我当时心里便已经有数,这小家伙决心如此坚定,内心充满责任感,则天下无不可为之事。不过,我可没想到他会成为信息时代的天才、微软公司巨头、美国首富——比尔·盖茨。

这是卡菲瑞先生回忆起比尔·盖茨小时候写下的文字。从中我们看出,许多伟大或杰出人物身上,总有优于常人之处。比尔·盖茨对待图书馆工作这样的小事,就已经表现出一种超乎同龄人的责任感,难怪他能在信息时代叱咤风云。

"一屋不扫,何以扫天下。"一个人有没有责任感,并不仅仅体现在大是大非面前,而是更多体现于小事当中。一个连小事都不能负责任的人,又怎能在大事面前担当重任呢?

恰科年轻的时候,到一家很有名的银行去求职。他找到董事长,请求被雇用,然而没说几句话就被拒绝了。当他沮丧地走出董事长办公室宽敞的大门时,发现大门前的地面上有一个图钉。他弯腰把图钉拾了起来,以免图钉伤害别人。

第二天,恰科出乎意料地接到银行录用的通知书。原来,就在他弯腰拾图钉的时候,被董事长看到了。董事长见微知著,认为如此精细小心、不因善小而不为的人,必定是个有责任心而能担当重任的人,这样的人十分适合在银行工作,于是录用了他。

果然不出所料,恰科在银行里样样工作都干得非常出色。后来,他成为法国的银行大王。

责任悟语

并不是伟大人物小时候便有异乎常人的禀赋,只是从小开始,他们便牢记自己的责任,把每一件小事都做得尽善尽美。正是这一件件做到尽美的小事累积,才成就了他们后来的伟业。

(于露东)

负完责任再走

后来我才知道:正是我当初"负完责任再走"的态度,成了我"绝路逢生"的"救命稻草"。

两年前,深圳一家为我开了两年专栏的杂志老总给我打来电话,建议我"换个工作环境",待遇是我原单位的三倍。这样的好事我当然无法拒绝,但是我请他等我三个月。

我之所以请他等三个月,是因为我跟原单位的合同还没到期。也许我不应该让人家等那么久,但那时候离合同到期只有一个月了,我把离开的时间定在三个月之后,是觉得应该给单位足够的时间去寻找接替我的人。

一个月之后,单位果然还没有招聘到合适的接替者。这不是单位的要求高,他们只想招到一个跟我差不多的人:老老实实,勤勤恳恳,任劳任怨。这 12 个字,也是领导平时对我的评价,他们甚至叫我推荐这么一个人。但是我找不到——我认识的人不少,才华在我之上的也不少,可是有我这么老老实实勤勤恳恳任劳任怨的,我实在不认识。

虽然还没有找到接替者,但这并不意味着我走不了。实际上,通情达理的领导尽管舍不得我离开,但是他们已经意识到不应该耽误我的"前程",所以他们并不阻拦我,甚至动员我早点儿离开,担心再耽误下去,深圳那边会变卦。

坦率地说,我也想早点儿离开,早点儿到深圳去挣高工资。可是做人不能说话不算话,我不能把自己的承诺当成一个玩笑。

又是一个月过去了,单位经过无数次大浪淘沙,终于挑选到一个不错的小伙子。但我仍然没有急于离开,因为小伙子是个新手,我觉得我有责任向他传授我的"工作经验"。直到小伙子能够独当一面,我才去了深圳。

在离开之前,单位全体人员设宴为我送行。那是一个令人动容的场面,我的眼睛不知红过多少次,因为在频频碰杯的过程中,我不知听到过多少次这样的嘱咐:"小唐,如果在深圳待不下去了,就回来,这里的大门永远向你敞开。"说这些话的,不仅有领导,还有同事。虽然我并没有当真,但是不争气的眼泪,最终还是流了出来,险些让我放弃赴深圳的决定。

我在深圳待了不到 4 个月,他们的"预言"果然变成了现实:由于一些我不得而知的原因,我丢掉了深圳的工作。

事情发生得太过突然,我一点儿思想准备都没有,搞得我措手不及。到了深夜,我终于忍不住给原单位老总打了个电话。我并不奢望他们能够再次将我"收留",但是我觉得我应该把我的情况告诉他们,因为这也是我当初的承诺。

我已经想好了:打完这个电话,我就收拾行李回家。然而,出乎意料的是,我的话音刚落,老总就在电话那头说:"如果你不嫌待遇低,就回来干。"

"可是,你们已经不缺人了,其他几位领导,能同意我回去吗?"

"明天我们开会研究一下,你等我的消息。"第二天我得到的消息是:"一致欢迎你回来。"

那以后很长一段时间,我都没弄明白他们为什么一致欢迎我回去,因为有了我这个"多余人",意味着他们将多付出一个人的开支。后来我才知道:正是我当初"负完责任再走"的态度,成了我"绝路逢生"的"救命稻草"。

唐 俑

114

责任悟语

承诺、责任……这些听起来简简单单的词,却有着千斤的重量。有些人在利益面前轻易放弃了这些词所包含的意义,有些人则勤勤恳恳愿意为了履行自己的誓言和责任而付出不菲的代价。事实证明,把承诺看得一钱不值的人其本人也一钱不值,而把责任扛在肩头的人,永远得到尊敬。

（王　蕴）

做人,要有头有尾

唉！说老实话,在这里干了十多年临时工了,要走,总觉得心里空落落的。不过,做人,总要有头有尾啊。

老刘是单位的临时工,他在门房工作,每月就那么 300 多块钱。其实,这几天他完全可以不来上班的,因为单位已被另一个大公司接收,原单位有许多人已经很久不来上班了。老刘最后一个月的工资单位已经结算完毕,按说,他来不来都一样。接收单位是一个搞现代科技的公司,他们对人员的素质要求较高。老刘知道自己一个临时工,这个单位根本不会留下他。

老刘对单位被大公司接收并不在意,他知道这个单位是应该变个样子了。这个单位本来是很有名的,这几年,许多领导看这个单位比较好,效益高,便想方设法把自己的亲戚朋友往里面塞。这个本来应该是有技术的人才该进来的单位，现在有几十人什么都不会干。不单是不能干事，这些人还经常闹事，不好好上班，消极怠工，在这些人的影响下，事情越来越不好办，最后公司终于垮了下来。

老刘来到门房后，他像以往一样，先打开门，把报纸整理好，然后送到各个部门。他发完了报纸，再回来打扫门口的卫生。老刘打扫卫生是非常认真的，由大门到单位大楼，足足有150米，每天早晨老刘发完报纸，便开始打扫，无论地上有没有垃圾，他都要认真地打扫一遍，所以单位由门口到大楼间，是这个单位卫生最好的部分。他刚打扫完毕，只见一个年轻人笑着走来问他："你是这个单位的职工？"老刘一看不认识，但他最近经常看见这个年轻人，每次见他都要打个招呼，便客气地一笑说："什么职工，一个看门的临时工。"年轻人又问："这个单位不是要被接收了吗？有些人都不来了，你怎么还坚持到今天？"老刘说："我明天也不来了，但我觉得还是应该把今天干完，最后将钥匙交了，我也就可以放心地走了。唉！说老实话，在这里干了十多年临时工了，要走，总觉得心里空落落的。不过，做人，总要有头有尾啊。"年轻人笑了笑走了，留给老刘一个背影。

下午，老刘打起自己的铺盖，将门房收拾了一遍。他完成了自己的使命，拿着钥匙锁了门。

老刘进了办公室，这个办公室，老刘最近一直没有进去过，因为接收单位的公司在这里办公。当他走进办公室后，中午问他的那个年轻人也在里面。当他说明自己是来交大门钥匙时，那个年轻人说："老刘，你是不是明天再走，今天晚上再值一晚上班？"

老刘想了想说："我把铺盖都收拾好了，不过，再值一晚上也可以。"

第二天，在宣布的留用人员名单中，老刘的名字也在其中。原来，那个年轻人是接收公司的董事长。年轻的董事长在开第一次员工会时说，老刘是一个有责任心的人。

田永明

116

责任悟语

　　纵然卑微如此,作为临时工的老刘还是用他的人格,有力地书写了"责任"二字。当被别人看轻的时候,绝不看轻自己。我们所有人都应该这样对待命运的安排,这样对待自己的一份责任。对于负责任的人,命运总是格外善待。　　　　　　(王　蕴)

我的加拿大房东劳伦斯

劳伦斯的较真儿其实并不是一种单纯的"刻板",而是一种对人生负责的态度。

　　我在加拿大渥太华时,租住在劳伦斯家里。之所以选择这里,是因为偌大一套房子,只有劳伦斯一个人住,而且租金相对低廉。

　　第一次见面,劳伦斯让我很吃惊。年近七旬的老人居然仍能保持身材挺拔、精神矍铄,并不像想象中那般老气横秋。他满面笑容地伸出一双有力的大手,热情地在门口迎接我:"欢迎你,年轻人,希望我们能成为朋友!"他先领我到早已为我收拾好的卧室放下行李,然后带我把整栋房子里里外外参观了一遍,并不厌其烦地向我介绍水龙头该怎样开关、抽油烟机该怎样使用、家里哪个地方如果不小心就有可能摔跤等许多事项。他神情专注,我不好拒绝,只得机械地跟着他。

　　忙乎了半个多小时后,我们才坐在沙发上休息休息。因为刚才劳伦斯告诉我的一切，连小孩儿都知道，所以我忍不住问他那样做的理由。劳伦斯回答说，他当然知道这些我都明白，但他必须有言在先，这是他的职责。假如他没有事先和我打招呼，万一我在他家摔了一跤，他是要负法律责任的。我笑着说："就算真有什么意外，我也不会去告你呀！"劳伦斯的神色立即变得严肃起来："我们不能因为没人起诉而置法律条规于不顾！"

此后，每天早上8时，劳伦斯都会准时收拾屋子。天天如此，雷打不动。平时我外出居多，倒也无大碍，可到了周末，想睡会儿懒觉都不成。我不止一次地对他说，我的房间自己整理，用不着他亲自操劳。他对我的话却"置若罔闻"，依然我行我素。每到周末，他必会在早上8时来敲我的门，虽然声响很小，但如若我不开门，他会一直敲下去，他说这是他的工作，否则，儿子会扣他工钱的。我这才知道他是帮儿子看房子，并且会得到酬劳。后来，我和他解释了我迟迟不开门并且婉拒他收拾我房间的原因是他打搅了我的休息，没想到，他却反过来一脸迷茫地驳斥："应该说是你影响到了我的正常工作，因为我要做清洁时你还没起床，严格上讲，这是对人的一种不尊重！更何况，你一来我就向你讲明了我每天的工作日程，并且得到了你的当面认同……"唉，面对这样一个倔老头儿，我实在无话可说。

然而，观念的不同，年龄的差异并没有影响我和劳伦斯的交往。我从内心开始喜欢他是我到渥太华一个月以后。一天我外出办事，辗转中不慎坐错了公交车，当我发现时，车已经开出了老远。我正准备往回赶时，突然发现钱包不见了。打车返回住处是一笔很大的开销，情急之下，我决定向劳伦斯求助试试看。没想到，劳伦斯一口答应下来："就在原地别动，耐心等我来！"

足足过了一个多钟头，劳伦斯才急匆匆地从一辆公交车上走下来。见到我后，他一个劲地表示歉意，说自己年纪大了，不能亲自开车，只好坐公交车赶来。明明是我给他找麻烦，他却向我道歉。听他这样一说，我更为感动了。一想到他年事已高，为了帮助我这个外国房客而一

路颠簸了那么长时间，我心里很是过意不去。这件事使我和劳伦斯的关系更近了一步。

偶尔，我不外出时，也会在家中自己动手做一些中国菜。有一天，我强烈要求他与我共进午餐，他却说什么也不同意。原来，在国外请客是要事先邀请的，被邀请者要穿正规的礼服并准备礼物。可我和劳伦斯同居一室啊，难道也需要这么麻烦？瞧瞧这个劳伦斯，真是一根筋！

接触的时间久了，我渐渐品味出，劳伦斯的较真儿其实并不是一种单纯的"刻板"，而是一种对人生负责的态度。嘱咐我注意生活琐事，体现了他高度的防患和自律意识；每天准时收拾房间，是对工作恪尽职守；婉拒我的盛情款待，则是一种深入骨髓的礼貌。这种"刻板"或者并不现代，但却是文明的一种存在方式。这种文明，值得借鉴。

🌹黑　潇

责任悟语

你也许要笑话劳伦斯的迂腐，总是那么刻板地守着自己的教条。然而，幸亏有各式的规矩约束，社会才得以顺利发展到今天。遵守纪律、牢记礼节、做好应该做的每一件事情，是一个合格的社会小公民应该具备的基本素质！　　　　　　（于露东）

对结果负责

她知道结果是最关键的，在结果没出来之前，她是不会休息的——这是她的职责！

格里·富斯特讲了一个简单的故事，从这个故事中，你也许能对责任感的强弱作出比较清晰的分辨。

作为一个公众演说家，富斯特发现自己成功的最重要一点是让顾客及时见到他本人和他的材料。

事实上，这件事情如此重要，以至于富斯特管理公司有一个人的专职工作就是让他本人和他的材料及时到达顾客那里。

"最近，我安排了一次去多伦多的演讲。飞机在芝加哥停下来之后，我往公司办公室打电话以确定一切都已安排妥当。我走到电话机旁，一种似曾相识的感觉浮现在脑海中。"

"8年前，同样是去多伦多参加一个由我担任主讲人的会议，同样是在芝加哥，我给办公室里负责材料的琳达打电话，问演讲的材料是否已经到多伦多，她回答说：'别着急，我在6天前已经把东西送出去了。''他们收到了吗？'我问。'我是让联邦快递送的，他们保证两天后到达。'"

从这段话中可以看出，琳达觉得自己是负责任的。获得了正确的信息（地址、日期、联系人、材料的数量和类型），也许还选择了适当的货柜，亲自包装了盒子以便保护材料，并及早提交给了联邦快递，为意外情况留下了时间。

但是，她没有负责到底，直到有确定的结果。

富斯特继续讲他的故事：

"那是 8 年前的事情了。随着 8 年前的记忆重新浮现，我的心里有些忐忑不安，担心这次再出意外，我拨通了助手艾米的电话，说：'我的材料到了吗？'"

"'到了，艾丽西亚 3 天前就拿到了。'她说，'但我给她打电话时，她告诉我听众有可能会比原来预计的多 400 人。不过别着急，她把多出来的也准备好了。事实上，她对具体会多出多少也没有清楚的预计，因为允许有些人临时到场再登记入场，这样我怕 400 份不够，保险起见寄了 600 份。还有，她问我你是否需要在演讲开始前让听众手上有资料。我告诉她你通常是这样的，但这次是一个新的演讲，所以我也不能确定。这样，她决定在演讲前提前发资料，除非你明确告诉她不这样做。我有她的电话，如果你还有别的要求，今天晚上可以找到她。'"

艾米的一番话，让富斯特彻底放下心来。

艾米对结果负责，因为她知道结果是最关键的，在结果没出来之前，她是不会休息的——这是她的职责！

责任悟语

我们大多数人往往只注重"做"，而不注重"做好"。其实，我们之所以付出努力辛苦去"做"，就是为了获得一个预期的结果，而结果并不是付出了就一定能得到，我们只有把所有可能发生的因素都考虑到，把事情"做好"，才能确保有个完满的结果。

（于露东）

奇特的美国挂号信

看着这封来自大洋彼岸的信，我服了，人家是这样对待与老百姓切身利益相关的事情！

前天，我收到一封寄自美国佛罗里达州迈阿密市规划设计院的挂号信。

迈阿密市是佛罗里达州最南端的一个中等城市，人口约 26 万，其纬度与我国广东省的汕头市差不多，是美国唯一的热带城市。我很奇怪，我并没有亲朋在迈阿密市，对其规划设计院更是连听都没听过。于是让邮递员退信。邮递员摇头说："收件人的地址与姓名都清楚，准确无误，不具备退信条件；假设你坚决不收，我们就可以按照拒收程序办理。"

他说得有道理，我就抱着试试看的心情，打开了那封信。信是用中文写的，大意如下：

裴重生先生：

首先感谢你积极关心我们的道路绿化建设。

你在《意见书》中提出，希望我们在路边多种乔木以让行人遮阳避暑，还推荐了紫荆、龙眼、白玉兰、芒果 4 种树。你的看法有较高的科学性，愿望也是良好的，我们很赞赏。的确，乔木在保护水土，改善环境方面，效率比草地高。我们的道路绿化，现初步决定以乔木为主，间种灌木，每隔 200 米换种一种乔木、一种灌木，以充分利用空间与有效限制病虫害。

对你所推荐的 4 种树，我们做了研究，认为龙眼树可以种，但是紫荆、白玉兰、芒果不可种。我们的理由是：

一、紫荆的花虽然很美丽，但它的树叶新陈代谢太快，它天天都在长新叶落旧叶，落叶量很大，这会增加清洁工人的劳动量。

二、白玉兰的花虽然很芳香，但它长高后可达 10 多米，木质不够坚韧，遭遇大风，它的树枝很容易被折断，会危害行车与行人。

三、芒果树挂果，的确可给人丰硕兴旺的美感，但是它成熟后掉落时会砸伤行人，掉落在地的还会让行人踩到时滑倒。

如果你对我们的初步决定有不同意见，希望来信讨论。

读到这里，我才恍然大悟——那是去年夏天，我与在佛罗里达州读书的表兄到迈阿密市游玩，在路边休息时收到当地市政人员派送的一个礼品袋，里边有一支美女牙膏，是赠品，还有一封《征询意见信》，他们计划从迈阿密市新开一条公路到佛里思镇，全长 3 万余米，特向当地居民与过往行人就公路两边的绿化建设征询意见。信里附有《意见表》与一个信封。当时，我拿起笔就感到力不从心，因为英文太差。我想不理它，但看着那支美女牙膏，心想受人之惠，应该尽力回报，于是便用中文写上了自己的意见。记得表兄当时曾说：你用中文填写，人家怎么看？别白费心机了。我说他们怎么看是他们的事，反正我按我的心愿来写。

我万万没想到，迈阿密市规划设计院的人员不但认真研究了我的意见，而且还通过我留在意见表上我表兄的电话，问到了我在中国广州的住址，漂洋过海，把回信寄到了我手上。

看着这封来自大洋彼岸的信，我服了，人家是这样对待与老百姓切身利益相关的事情！

裴重生

123

其实,这封挂号信一点儿也不奇特,它只是政府重视民众意见的一个缩影,体现了政府的社会责任感。重视每一个人的意见,充分尊重每位公民的合理建议,是一个政府应该具备的责任与襟怀。同样,我们也应从小就养成负责、重视他人的好习惯。　　　　（于露东）

把自己当成老板

责任是由许多小事构成的。无论多么小的事,都能够比任何人做得好,这就是敬业的精神。

有一天一个替人割草的男孩打电话给布朗太太："您需不需要割草？"

布朗太太："不需要,我有割草工了。"

男孩又问："我会帮您拔掉草丛中的杂草。"

布朗太太："我的割草工已经做了。"

男孩再问："我会帮您把草与走道的四周割齐。"

布朗太太："我请的那人也已做了,谢谢你,我不需要新的割草工人。"

男孩听后便挂了电话。此时,男孩的室友问他："你不就在布朗家割草打工吗？"

男孩说："我只是想知道我究竟做得好不好！"

责任是由许多小事构成的。无论多么小的事,都能够比任何人做得

好，这就是敬业的精神。

敬业，就是尊敬、尊崇自己的职业。如果一个人以一种尊敬、虔诚的心灵对待自己的职业，甚至对职业抱有一种敬畏的态度，他就已经具有敬业精神。没有真正的敬业精神，就不会将眼前的普通工作与自己的人生意义联系起来，就不会有对工作的敬畏态度，当然就更不会有神圣感和使命感产生。敬业是一种责任精神的体现。一个有敬业精神的人，才会真正为企业的发展做出贡献，自己才能从工作中获得乐趣。

责任悟语

> 无论多么微不足道的事情，只要我们尽力把它做到最好，就会产生一种自我尊重、自我实现的满足，甚至有一种人生价值得以实现的骄傲和幸福。这就是为什么"工作着是美丽的"，这就是我们能在这世界找到快乐的根本所在。
>
> （王 蕴）

最好的帮助

在关爱与信赖的前提下，让我们所爱的人不要失去自我负责的功能，才是对他们最好的帮助。

静瑜是一个热心的社工。某一年，她负责帮助 6 位曾受过暴力伤害的小朋友，让他们不再自闭，重新恢复交朋友、接触人群的能力。

在她觉得时机已经成熟的时候,她决定办一个烤肉大会,邀请社区里某个教会团体的小朋友联欢。

本以为自己已经跟小朋友们"说"好了,这30位小客人都是很友善、很有礼貌的,他们也要尽到主人待客的责任;但当30位小朋友"冲"进来的时候,这6位小主人还是躲在房子的角落,像一群受了惊吓的小鸡。

不管静瑜怎么劝,这6只颤抖的"小鸡"还是没办法主动和别人交谈。

她灵机一动,想到一个办法:"以前都是我弄东西给你们吃,现在老师也累了,希望能够吃几片烤肉,有没有人愿意烤给我吃呢?"

这6位小朋友竟然马上答应了,很迅速地开始烤肉给老师吃,接着又烤给其他的社工叔叔阿姨们吃。做上了瘾之后,他们很自然地与所有的小客人分工合作,在完全没有被勉强的情况下,其乐融融地开始交起朋友来。

静瑜没有想到,一个小小的请求,竟然可以达到这么好的效果。

平日里,都是她在担任给予者的角色,也感受到了"施比受更有福"。但让她惊讶的是,一直受帮助的小朋友,从给予中才会得到真正的自信。

每个人都希望成为一个有用的人,而不是一个永远受到帮助的人。

我也曾在报纸上读到一个温馨的小消息:有个老师一改传统,让班上每个小朋友都有机会当"长",反而让大家感情更好、成绩更进步,也更喜欢到学校上课了。

如果学生很懂事,就让他当"董事长"。

如果他负责关锁教室门窗,就是"所长"。

愿意倒垃圾,就是"社长"。

只要能够赢过自己,就是"营长"。

这种论功行赏的方式很新颖,也很让人感动。

荣誉感不必从恶性竞争中获得,担负小小的责任就能得到。

这也让我思考到:有时,我们过度热心地扛起所有责任,反而让自己所爱的人失去功能。扛起所有责任，时间长了就累了、疲了，不想再做那么多，却会让失能的人反过来责怪我们："为什么你变了"或"原来你以前都是骗我的"。

在关爱与信赖的前提下，让我们所爱的人不要失去自我负责的功能，才是对他们最好的帮助。

责任悟语

"责任"真是一个奇妙的东西，如果你把它当做一种负担，不情不愿地扛着它，你会发现它越扛越重，终至将你压垮；如果把它当做一种荣誉，兴高采烈地扛起它，你会发现不知不觉中自己已变得更加强大。用巧妙的方式，使人高兴地扛起属于自己的责任，这是对人最大的帮助！

（于露东）

人生是一个履行责任的过程

驾车的德国青年马上"吱"的一声，来了个急刹车，然后下车去拾起香蕉皮塞到一个废纸袋里，放进车中，并对他说："这样别人会滑倒的！"

一个旅德华侨，曾讲过他的一次亲身感受：

他刚到汉堡时，跟几个德国青年驾车到郊外游玩。他在车里吃香蕉，看车窗外没有人，就顺手将香蕉皮丢了出去。驾车的德国青年马上"吱"的一声，来了个急刹车，然后下车去拾起香蕉皮塞到一个废纸袋里，放进车中，并对他说："这样别人会滑倒的！"

没有人看见，没有人监督，完全是出于一种责任。

1944 年冬季，盟军完成了对德国的合围，法西斯败亡在即。德国百姓的生活陷入困境，食物短缺，燃料匮乏。由于德国处于中欧，冬季非常寒冷，缺燃料可能导致许多居民冻死，不得已，各地市政府只得让居民上山砍树。

德国人是这样砍树的——据战前留学德国，而被困在那里的国学大师季羡林回忆：

林业人员先在茫茫林海中搜寻，寻找老弱树或劣质树，找到则在上面画一个红圈。"砍伐没有红圈的树，要受到处罚。"问题是，谁来执行处罚？当时德国行政管理已经名存实亡，公务员尽数抽到前方去了，市内找不到警察，全国已经处于政权的真空。但直到战争结束，全德国竟没有发生一起居民乱砍滥伐的事，他们全部真实地执行了规定。事隔 50 多年后，季老回忆起这件事，仍然无限感慨：德国人"具备了无政府主义的条件却没有无政府主义的现象"。他曾经问过一些普通的德国人，他们为什么能这样自觉，回答很简单，都一样：责任，一个公民的责任。

"二战"时，美国一个空军大队长，他的机组在一次与日本战机的战斗中机毁人亡，他驾驶的战机也已千疮百孔，同时他已身负重伤。但是一种神奇的责任意识让他将一摇三摆的战机安全降落在后方机场，而且他走下了飞机，按照军人的所有纪律要求，在向地面指挥官履行了必要的礼仪程序后，才慢慢倒下。在场的医务人员发现他实际上在两小时前已经死了。那么是什么力量让他"虽死犹生"呢？是责任，强烈的责任意识！

明代清官刘大夏说得好："人生盖棺论定，一日未尝死，即一日忧责未已。"从某种意义上说，人的一生其实就是一个履行责任的过程。

关 邑

责任悟语

让百姓在无政府管理的情况下保持自觉的，是公民的责任；使空军大队长驾驶千疮百孔的战机返回后方机场的，是士兵的责任！人生是一个履行责任的过程，每个人都承担着与自己的社会角色相对应的责任，履行得好，为自己的人生写下的是精彩；履行得不好，留下的便是永不能更改的遗憾！ （于露东）

城 市 细 节

"帮助别人，其实就是帮助我们自己。"这是一个浅显的道理，却有很多人不够明白。

一次乘车上班途中，看见几个民工坐在马路中央，顶着毒辣的太阳，用钎、锤、铲等工具清除地面的斑马线。原先我以为斑马线是涂料画的，应该很容易清除，而这些民工却对其大动干戈，出乎我的意料。

还有一次，我在市中心大街购物，忽然内急，需找一个方便处。连问了好几个店铺掌柜，均摇头说附近无公厕，只有进大商场找。那时，巷内一个民工模样的人好心地告诉我：沿此巷向前 30 米，左拐，即有公厕，且不收费。

最近，我所在的部门接到一个民工来信，他警告说：他在清洁某座大厦时，发现墙体多处出现细微裂缝，且延伸很长，甚为恐怖，疑为豆

腐渣工程，希望速去人检查看看。

昨天下午，我与朋友们逛街时，迎面走来一个扛着被子的民工，满脸迷惑的样子，拦住我问：省图书馆在哪儿？我告诉他：沿此街向前，到第二个十字路口往右拐，再走一站路上天桥，往南边走一会儿就到了。他听糊涂了，不好意思地央求：能否带个路？我爽快答应。朋友们在一旁甚为不满。

半小时后，我完成任务归来，找到朋友们，他们笑我学雷锋没找对时机。我说：不是这个问题。在这个城市里，我们对吃喝玩乐的地方了如指掌，而对构成城市的某些细节可能一辈子都不清楚，因为有民工们承担着了解这些细节的任务，他们烦琐而辛苦的劳动维持了他们自己和我们的基本生存。我们有责任帮助他们，其实就是帮助我们自己，根本够不上学雷锋。

张小石

责任悟语

"帮助别人，其实就是帮助我们自己。"这是一个浅显的道理，却有很多人不够明白。帮别人植下一棵树，会回报你一份绿荫；帮别人解决一个难题，会获得一次提升；帮别人做点好事，至少会使你拥有一份明朗的心情。如果我们人人都多付出一点，自己也会收获更多！

（于露东）

成功的秘诀

最后是谁被录用了呢？当然是鲍勃。他没有让任何借口妨碍自己完成任务，没有让任何障碍阻挡他前行的脚步。

　　斯威尔先生是一家五金用品店的老板，他正准备招募一个新伙计。几十位年轻人看到广告后应征而来，但是最终进入候选人名单的只有三个：泰德、约翰和鲍勃。斯威尔先生精心设计了一道决赛考题，他交给他们每人一把新款螺丝起子，要求他们把它送到住在枫树大街314号的亨德森先生那里。

　　没过多久，泰德打回一个电话，询问是不是店里把门牌号记错了，那儿只有413号而没有314号。又过了一会儿，他回到店里，说那个地址根本就没有那户人家。第二位候选人约翰回来时，报告说枫树大街314号是一家殡仪馆，亨德森先生从前居住的是314-1/2号，但现在已经不知道搬到哪里去了。

　　鲍勃花费的时间比前两个人要长一些。与约翰一样，鲍勃也发现亨德森先生已经搬走了，但是他设法打听到了他的新住址并赶到了那里。亨德森先生不记得自己订购过这起子，但是当鲍勃向他介绍完这款新产品独特的功能和低廉的价格后，亨德森先生动心了，当场付钱收货。最后是谁被录用了呢？当然是鲍勃。他没有让任何借口妨碍自己完成任务，没有让任何障碍阻挡他前行的脚步。

　　成功的秘诀，就是用最不平常的努力做好平常的事。

张淑文/编译

131

责任悟语

要成功,首先要敬业。因为敬业体现的是一种高度的责任精神,只有拥有这种责任精神,才会真正为发展事业、拓展人生、探索未来全力以赴,哪怕只为做好一件小事也愿付出非同寻常的努力。这个过程绝非枯燥乏味,而是充满着乐趣的成功之旅。

(王 蕴)

第 六 辑

勇于承担，
学会为自己的过失买单

　　吉米·卡特就任美国总统期间，在营救美国驻别国大使馆人质的事件中，因计划不够周密而使得救援行动失败，美国民众因此对政府表示出了极大的不满和埋怨。卡特当即通过电视向全国人民发表郑重声明："一切责任在我。"仅仅因为这句言简意赅的话，仅仅因为对过失责任的承担，卡特总统的支持率骤然上升了 10% 以上。

　　面对自己的过失，要勇于承担责任。犯了错误并不可怕，可怕的是不懂得为自己的过失买单。

为自己的过失买单

人类的所有苦难都来源于人们忽视了一个真理，那就是罪恶只能产生罪恶，正当的目的只能通过正当的手段去达到。

本杰明·富兰克林小时候很喜欢钓鱼。

他和小伙伴们最喜欢到波士顿郊外的一个地方去钓鱼。那儿的水边有一片深深的泥塘，有鱼上钩的时候，他们必须站到泥塘里才能抓住它们。

有一天，大家都站在泥塘里，本杰明对伙伴们说："站在这里太难受了。"

"就是嘛！"别的男孩子们说，"如果能换个地方多好啊！"

在泥塘附近的干地上，有许多用来建造新房地基的大石块。本杰明爬到石堆高处。"喂！"他说，"我有一个办法。站在那烂泥塘里太难受了，泥浆都快淹没到我的膝盖了，你们也差不多。我建议大家来建一个小小的码头。看到这些石块没有？它们都是工人们用来建房子的。我们把这些石块搬到水边，建一个码头。大家说怎么样？我们要不要这样做？"

"要！要！"大家齐声大喊，"就这样定了吧！"

他们决定当晚再聚到这里开始他们伟大的计划。在约定的时间里孩子们都到齐了，开始搬运石块。他们像蚂蚁那样两三个人一起搬一块石头，终于把所有的石块都搬来了，建成了一个小小的码头。

"伙计们，现在，"本杰明喊道，"让我们大喊三声来庆祝一下再回

去，我们明天就可以轻轻松松地钓鱼了。"

"好哇！好哇！好哇！"孩子们欢叫着跑回家去睡觉了，梦想着明天的欢乐。

第二天早晨，当工人们来做工时，惊奇地发现所有的石块都不翼而飞了。工头仔细地看了看地面，发现了许多小脚印，有的光着脚，有的穿着鞋，沿着这些脚印，他们很快就找到了失踪的石块。

"嘿，我明白是怎么回事了。"工头说，"那些小坏蛋，他们偷石头来建了一个小码头。不过，这些小鬼还真能干。"

他立即跑到地方法官那儿去报告，法官下令把那些偷石头的家伙带进来。

幸好，失物的主人比较仁慈，否则本杰明和他的伙伴们恐怕就麻烦了。石头的主人是一位绅士，他十分尊重本杰明的父亲，而且孩子们在整个事件中体现出来的气魄也让他觉得非常有趣。因此，他放过了他们。

但是，这些孩子们却要受到来自他们父母亲的教训和惩罚。在那个悲伤的夜晚，许多荆条都被打断了。至于本杰明，他更害怕父亲的训斥而不是鞭打。事实上，他父亲的确是愤怒了。

"本杰明，你过来！"父亲用他那一贯低沉而严厉的声音命令道。本杰明走到父亲的面前。"本杰明，"父亲问，"你为什么要去动别人的东西？"

"唉，爸爸！"本杰明抬起了先前低垂的头，正视着父亲的眼睛，"要是我仅仅为了自己，我决不会那么做。但是，我们建码头是为了大家都方便。如果把那些石头用来建房子，只有房子的主人才能使用，而建成码头却能为许多人服务。"

"孩子，"父亲严肃地说，"你的做法对公众造成的损害比对石头主人造成的伤害更大。我的确相信，人类的所有苦难，无论是个人的还是公众的，都来源于人们忽视了一个真理，那就是罪恶只能产生罪恶，正当的目的只能通过正当的手段去达到。"

富兰克林一生都无法忘记他和父亲的那次谈话。在他以后的人生道路上，他始终实践着父亲教给他的道理，他后来成为美国有史以来最杰出的政治家和外交官之一。应该说,富兰克林是幸运的,他平凡的父亲告诉了他一个不平凡的道理:承担责任。

责任悟语

　　每个人都会犯错误,但犯了错误之后,是千方百计地掩盖真相、寻找借口逃避惩罚,还是勇敢地承认自己的错误,做一个实实在在的人呢? 毫无疑问,应该选择后者,因为我们首先是一个"人",其次才是具有"政治家"、"外交官"、"律师"等身份的人。

(翟爱玲)

盖达尔诚实报告真相

他想:"不,我一定要做一名诚实的游击队战士,把这里发生的一切,毫不隐瞒地报告队长。"

　　俄国十月革命后,为了粉碎白匪的叛乱阴谋,红军游击队派老共产党员丘蒲克和14岁的小战士盖达尔前往敌人后方执行任务。

　　一路上,丘蒲克总是无微不至地照顾小盖达尔。这天,天刚刚亮,盖达尔醒来,揉了揉眼睛,见丘蒲克仍在站岗,就说:"大叔,您又是一夜没合眼了,您快去睡吧,我来放哨!"

　　丘蒲克已经好几天没睡觉,实在是太疲劳了,就说:"好吧,一定要

注意敌情，别走开。"说完，就躺倒在地呼呼地睡着了。

盖达尔趴在草丛中，警惕地注意着周围的情况，过了好久也没有发现任何可疑的迹象。中午很热，太阳高悬在头顶，一丝风也没有，真难熬啊！他瞧瞧自己浑身的汗水和泥尘，心想：这会儿不会有白匪的，要是到那边小河里洗个澡，该有多舒服啊！

他看了看熟睡的丘蒲克，又观察了一下四周，见没有任何情况，于是站起身，急忙跑到不远处的小河里洗了个澡。

当小盖达尔爬上岸刚穿好衣服，忽然传来一声喊叫："哈哈，你跑不了了。"哎呀！敌人摸上来了，我得赶快去救大叔！他刚跑了两步，只听"砰砰砰"一阵枪声，丘蒲克倒下了。

"大叔！"盖达尔大喊一声，泪水夺眶而出，此刻白匪发现了盖达尔，一拥而上抓住了他。白匪恶狠狠地问："小孩儿，你是干什么的？为什么会在这里？"

盖达尔怒视着白匪，不说一句话。白匪头子说："给我搜！"敌人七手八脚地搜起来，从他身上搜出了一张白军军校的身份证，这是出发前，队长交给盖达尔作掩护用的。

"噢，自己人，你是从红军那儿逃出来的吧？滚吧！"

盖达尔寻着路，向游击队营地走去。一路上他想着丘蒲克大叔的惨死，悔恨极了。

他想：大叔一再叮嘱我要警惕，我却疏忽大意，不但上级交给的任务没完成，连大叔也牺牲了。我可怎么办呢？回到游击队可怎么向队长汇报呢？如果把事实真相说出来，队长以后还会信任我吗？游击队的战友们会原谅我吗？也许我会被开除的，再也不能留在游击队里了。隐瞒真实情况吗？他想："不，我一定要做一名诚实的游击队战士，把这里发生的一切，毫不隐瞒地报告队长。让游击队做好战斗准备，消灭白匪，为大叔报仇！"

盖达尔回到游击队营地后，向队长和战友们详详细细汇报了事情的经过，认真检讨了自己的错误。

大家都为失去丘蒲克而万分沉痛，过了好一会儿，队长转向盖达尔严肃地说："你的错误是严重的，可是已经牺牲的人是活不过来了。你应该永远记住这个血的教训，要像丘蒲克那样去生活，去战斗！"

由于盖达尔诚实地报告了所发生的一切，游击队提早做好了战斗准备，成功地歼灭了这股白匪。后来盖达尔在战斗中屡建功勋，成长为一名红军指挥员。最后，他成了一名作家，又坦率地向读者讲述了自己这段难忘的经历，人们都称赞他不向组织隐瞒事实的态度。

责任悟语

一个疏忽却酿成了大错，他在反复思量承认后可能要接受的后果时，心中一定充满了恐惧。但他最终战胜了恐惧，承担了责任，将功补过。盖达尔的行为告诉我们：勇敢地面对错误，是为了改正错误。

（翟爱玲）

至少值两千

他把钱退给我，说："你终于意识到该为自己的行为负责了，现在还不晚。"

大学毕业，我考上了研究生，师承乔教授门下。

由一个闭塞的内陆小城到了繁华的大都市，我在物欲横流中目眩神迷，潜藏在内心深处的虚荣心极度膨胀，很快就迷失了自我。

不久我就发现，由于过度消费，我手中的钱已经所剩无几，甚至连最基本的吃饭都成了问题。无奈之余，我想到了乔教授。他性情温和，平易近人，更重要的是他对我一直关爱有加。困窘之下我便常去乔教授家，借请教问题之名混顿饭吃。

一天，我又装模作样地到乔教授家打秋风。聊了一会儿，乔教授把我带到他的书房，得意而又神秘地向我展示他新收集到的一套邮票。原来乔老师是一个集邮迷。我对邮票没有什么研究，只觉得好看，禁不住拿起一枚观赏起来。尽管他一再嘱咐我要小心，我还是不小心把那发黄焦脆的纸片弄破了。乔教授气得暴跳如雷，向我吼道："你知道这套邮票有多珍贵吗?! 这可是我好不容易才淘到的，花了 2000 块钱! 你把最重要的一张弄破了，现在一文不值了! "

我惊呆了。从没想到一向温文尔雅的乔教授会发这么大的火，看样子那邮票的确很珍贵。我不敢看他，小声说："我赔……"

"赔? "他问，"你连吃饭都成了问题，怎么赔? "窘境被教授看破使我有些恼怒，骨子里的倔劲儿一下子蹿了上来。我说："这个您别管，我一定赔，而且不出两个月。"

为了凑齐那 2000 块钱，每天天还没亮我就要骑着自行车挨家挨户送报纸，然后还要做三份家教。那时已是初冬，早晚都特别冷，而我却要在北方刺骨的寒风中穿梭。我知道，天气会越来越冷，我要尽快挣到那 2000 块钱。我身心俱疲，但始终有一个信念，那就是，用铁一样的事实来回击教授对我的不信任。

一个半月后，我终于挣够了那 2000 块钱。拿到钱的时候我心中五味杂陈，想着这其中的苦和乐，觉得一切都值得。

我去乔教授家还钱，乔教授笑着问我："累吗? ""累。"我回答。"那，把这 2000 块钱给我，你心疼吗? "教授问。我说："的确有点心疼，但那是我应该给您的。因为我要为我自己的过失负责。"

乔教授说："看来，我的目的已经达到了。"他把钱退给我，说："你终于意识到该为自己的行为负责了，现在还不晚。我早就发现你有胡乱花钱的毛病,决定给你一个教训,让你知道你手里的每一分钱都来得不容易。到底有多不容易,相信你已经知道一二了。以后你用每一笔钱,都应该想想你这一个半月的经历,都要谨记劳动的价值。我想,它至少值两千。"说完,教授笑了。我顿时醒悟,羞愧万分。

最后,我问教授:"可是那邮票?"

乔教授笑眯眯地说:"其实那套邮票一点儿也不珍贵,那张邮票本来就是坏的,我只是稍微粘了一下,一碰就会破。"

🍃 林子晚

责任悟语

成长的道路崎岖不平,我们都曾跌倒过。其实跌倒并不可怕,可怕的是跌倒了不想爬起来,还在自作聪明。"我"遇到了一位好老师,用现实教育了"我"。只有真正勇敢地面对自己的错误,承担自己的责任,才能赢得他人的尊重,才能收获属于自己的成功。

(翟爱玲)

勇于检讨自己的法国人

错误和不好的结果出现了,应该扪心自问自己错在哪里,才能避免再犯同样的错误。

在法国留学期间,我经历了这样一件令我感触颇多且受益终生的

事情。

我和一位来自越南的留学生陈宗翰参加了学校的勤工俭学，我们的工作是为我们所居住的宿舍楼做清洁工作。其实就是先把四层宿舍楼的所有走廊扫一遍，然后再用墩布墩一遍，这样，一个月我们可以获得200欧元的报酬。有一天早晨，等大多数学生都离开宿舍楼后，我和陈宗翰像往常一样开始工作，然而，当我们把走廊扫完，准备用墩布墩地的时候却发现整个宿舍楼都停水了。

怎么停水了呢？原来一楼公共洗漱间里的一根水管出现了漏水现象，工人要换水管，把宿舍楼水房的总开关关闭了。我了解到大概需要一个小时的时间才能恢复正常，就决定不墩地了。因为我们9点就要上课，如果等到来水再墩地就会耽误上课；再说，地已经打扫干净了，一次不墩也没关系。于是，我们就去上课了。然而，下午放学的时候，我们却接到通知，要求我和陈宗翰到宿舍管理处去一下。

宿舍管理处的负责人叫杜尔，这位法国中年男人向来以一副严厉的面孔示人。他每天都会检查宿舍。如果我们有一点打扫得不是很干净，就会招来他严厉的批评。走进他的办公室，看到他那张严肃的脸，我就预感到不妙。果然，杜尔一见到我们，劈头盖脸就是一句："今天你们的工作很糟糕，你们是不是不想做这份工作了？"

"抱歉，我们没有像往常一样墩地，这不是我们的错，是因为宿舍楼里停水了。"我解释说。

"不要解释，不管什么原因，你们没有把自己的工作做好就是错误。按照规定，你们将接受50欧元的罚款；如果再有下一次，你们就会失去这份工作。"杜尔大声地说，没有一点法国男人应有的绅士风度。

"不是我们不想墩地，没有水。我们怎么墩？"我据理力争。

"你们宿舍楼停水了，那别的宿舍楼没有水吗？整个学校都没有水吗？为什么你们不懂得检讨自己，却总是为自己的错误找客观原因呢？"杜尔一边说一边用手指敲着桌子。

最终，我们还是受到了惩罚，被扣除了50欧元。事后，我将这件事告诉给一位法国的朋友杰瑞。我说："我怀疑杜尔先生有种族歧视的倾向，看我们是亚洲人，对我们一点也不友好。"

杰瑞摇了摇头说："你错了，杜尔先生是严厉了一些，但绝对不是种族歧视。这件事本来就是你们的错，是因为你们没有做好自己的工作，理应受到处罚。"我本以为，作为好朋友，杰瑞会安慰我，没想到他却站在杜尔的立场上。

"可能，你对我们法兰西民族还不太了解，一旦做事情出现什么差错或者出现了什么意外，法国人总是先检讨自己错在哪里，而很少找客观理由。因为只有先从自身找原因，对自己严格要求，才会避免再犯错误。"杰瑞很认真地说，"讲件我小时候的事吧，那是我 10 岁那年的事，我把自己喝水的玻璃杯放在了桌子上，我家的小猫跳到桌子上将水杯弄翻在地，杯子摔烂了。我对爸爸说不是我的错，是小猫太调皮。然而，爸爸却命令我到自己的房间去反省，让我想明白自己错在哪里再出来。后来，在妈妈的启发下我才认识到自己的错误，是我不该将杯子放在桌子上，而是应该像往常一样放在客厅的茶几柜里，那里猫是进不去的。我向爸爸承认了自己的错误，并承担了责任，用自己的零花钱买了一只同样的杯子。"杰瑞的一番话说得我哑口无言。

后来，在法国待的时间长了，我终于认识到杰瑞说得没错。法国人在出现不好的结果后总是先检讨自己，而不找客观原因。比如，和别人约定会面迟到了，总是第一时间向对方说抱歉，而不解释说堵车。即使真的是因为路上出现了交通事故造成了严重的堵车，也不会拿这来为自己的迟到开脱。按照他们的逻辑，你应该想到会出现堵车的情况而更提前一点时间出发。所以，迟到了不是堵车的错。在他们看来，错误和不好的结果出现了，再去强调客观因素于事无补，也是一种不负责任的行为，应该扪心自问自己错在哪里，才能避免再犯同样的错误。这和我们所提倡的批评和自我批评差不多。如果出现错误，首先强调客观因素，而不作自我批评，甚至在责任面前推诿抵赖，为自己开脱，无疑是错上加错。

先检讨自己是改正错误的最好办法。只有善于检讨自己的人才会赢得别人的尊重和友谊。而将错误归咎于别人或客观原因，只会引起别人的厌恶和鄙视，同时也阻碍了自己的进步和成长。

🌸 流年似水

责任悟语

责任无论大小，哪怕只是打扫卫生，既然承担了，就应该完成，而不是寻找"客观理由"推卸责任。这些客观因素真的不可克服吗？还是我们没有积极应对遇到的"困难"，内心深处存在"无所谓"的想法？把指责的目光从别人那里转向自己，不断地改正错误，我们才能获得真正的进步。

（翟爱玲）

学会对自己的行为负责

最后，萨利特斯对儿子格里说了一句话："你得学会对自己的行为负责！"

格里没有等到晚上放学，就哭着回到了家，送他回来的是学校里的一个叔叔。格里的母亲萨利特斯奇怪地问学校里的叔叔，这到底是怎么一回事？

叔叔说，放学前小朋友们排队，可格里根本就不好好站，总是窜来窜去的，结果不知怎么，就和一个同学起了冲突。老师批评了格里几句，他就开始哇哇地哭个不停，还跟老师嚷嚷："我没错！我没有打他！"

母亲萨利特斯向叔叔道了谢，然后拉着格里进了门。

"怎么回事？"萨利特斯看着两眼红红的格里问道。

"我不小心和马克撞了一下，结果马克就使劲儿地推我，我踢了他一脚，马克哭了，老师就说我了。"格里脸上挂着两行泪珠，补充道，"是他先推我的！"

听到这里，母亲萨利特斯基本上把事情的来龙去脉搞清楚了，她语气平和地问格里："难道你一点责任都没有吗？"

"没有！不是我的错！是马克先推我的！"

"好，现在我问你，如果你好好按照老师的要求排队，不乱跑，能不小心撞到别人吗？你没有撞到马克，马克会推你吗？"

格里不出声了。

"现在你再仔细想想，你一点责任都没有吗？你是男子汉，记住，不要把什么责任都推到别人的身上！遇事仔细想一想，为什么别人会这样对你，你是不是做了什么不对的事情。"

最后，萨利特斯对儿子格里说了一句话："你得学会对自己的行为负责！"

格里用力地点了点头。

责任悟语

每个人的潜意识中都有保护自己的本能，这使我们常常过多地关注谁伤害了我们，而忽视自己对别人做了什么。可是，我们不可以左右他人的行为，却可以对自己的行为负责。遇事先从自身入手，问问自己：我需要负什么责任？

（翟爱玲）

闯祸的"雪仗"

父亲在回去的路上跟我说:"恩里克啊!你在这种时候有承认过失、承担责任的勇气吗?"

雪还在下,今天从学校回来的时候,雪地里发生了一件糟糕的事:小孩们一上街道就在一起打雪仗,也不管正在旁边走路的人。忽然有人喊:"快停快停!你们闯祸了。"接着听见一声惊呼,转头看去,一位老人正用双手捂住脸,帽子丢在了一旁。一个孩子在旁边喊:"救人啊!救人啊!"

人们从四处跑来。原来老人的眼睛被雪球打伤了!小孩们立刻没了影。我和父亲站在书店门前,也有许多小孩向我们这边跑过来,平常喜欢嚼面包的卡隆、克莱迪、"小泥瓦匠",收集旧邮票的卡洛菲,都在里面。老人已被人围住,警察也赶来了。

大家都齐声问:"是谁扔的?"

卡洛菲靠在我旁边,脸色苍白,身体颤抖。

"谁?谁?谁闯了这祸?"人们叫着。

卡隆走近卡洛菲,低声对他说:"喂!快过去承认了吧,隐瞒是怯弱的表现!"

"但我不是故意的。"卡洛菲用发抖的声音说。

"虽然不是故意的,但你必须负责任。"卡隆说。

"我不敢!"

"那不行。来!我陪你去。"

警察和围观者的叫声更高了："是谁扔的？眼镜打碎了，玻璃割了眼睛，恐怕再也看不见了，乱扔的人真可恨！"

卡洛菲吓得快要瘫在地上。卡隆说道："来！我替你想办法。"

卡隆抓着卡洛菲的胳膊，朝老人走去。人们看这情形也猜到闯祸的是卡洛菲，有的握紧拳头想打他。卡隆推开了他们，说："你们十来个大人，要跟一个小孩动手吗？"

警察推开人们，拉着卡洛菲的手到那老人的家去。我们也跟在后面，走近一看，原来受伤的老人就是和他侄子同住在我们上面五楼的那位。他躺在椅子上，用手帕盖住眼睛。

"我不是故意的，"卡洛菲哆哆嗦嗦地反复嗫嚅着。旁边有人挤进来，大叫："跪在地上道歉！"想把卡洛菲按下去。这时，另外一个人将他抱住，说："大家不要这样，小孩都承认了，没必要这样惩罚他！"

那个人是校长。他跟卡洛菲说："快道歉！"

卡洛菲的眼泪流出来了，过去抱住老人的膝盖。老人拍了拍卡洛菲的头，又抚摸他的头发，表示不怪罪他了。

大家见了都说：

"孩子！没事了，快回去吧。"

父亲拉着我走出人群，在回去的路上跟我说："恩里克啊！你在这种时候有承认过失、承担责任的勇气吗？"我回答说："有。"父亲又问我："你现在能对我发誓一定做到吗？"我说："是的，我发誓，父亲！"

[意]亚米契斯

责任悟语

老人慈祥的举动不仅是原谅一个孩童无意中犯的错误，更是赞扬他敢于承认错误的巨大勇气。老人的宽宏大量也让我们学会：人必须勇敢地承认自己的错误、承担自己的责任，哪怕是面对指责和侮辱；也只有这样，才会获得真正的原谅。

（翟爱玲）

对不起，是我记错了时间

在她的意识里，即使是陌生人之间，也应该拥有一份做人的责任与诚信。

到加拿大的第二个春天，我准备去一个叫兰多里的小镇应聘。

兰多里距离我所居住的城市有 800 多公里，但却没有直接开往那里的火车，我必须去一个叫德唯斯的小镇转车。

一大早我就出发了，下了火车后，我站在德唯斯小镇的站台上。一位瘦削矮小的老太太正挥动着右手，目光一直追随着刚发出去的那趟列车。当火车完全消失于她的视线中时，她才将挥动的手放下，转过身，准备走出站台。

"请问，去兰多里的车几点出发呢？"

老太太回过头，看见我拎着一个很大的行李箱，她微笑着回答："是晚上 9 点！"随即，她又看了看手腕上的表，"哦，现在才中午，时间还很早。"

我对她说了声"谢谢"，拉着行李，穿过站台的地下走廊。我想去快餐店吃午饭，然后，随便到德唯斯小镇逛逛。

晚上 8 点半，我准时赶到了车站，买票的时候才发现，去兰多里的车是两天发一次，而今天恰好没有！我感到沮丧！而老天似乎也不给我一丝快乐的理由——突然下起了大雨！

我被困在车站的候车厅里，呆呆地望着旋转门外来来往往的行人。

147

车站的嘈杂衬托出我身处异乡的孤独，尤其在这样一个下着大雨、我一个人都不认识的陌生小镇，我显得无精打采、落寞惆怅。

这时，大厅的旋转门被推开了，那位瘦削而矮小的老太太走了进来。她右手打着一把红色的雨伞，雨水顺着伞边滑落在她的脚下，这使她脚下的胶鞋和裤管几乎都被雨水淋湿，贴在了她细细的腿上。她的左手拿着一把折叠好的雨伞，似乎在焦急地寻找着什么人。

看见我，她的嘴角浮起一个不易被人觉察的微笑，她向我走来："请问，今天中午是你向我打听去兰多里的发车时间吗？"

"哦，是的，是我。"我说。

"实在对不起，小姐，我记错了时间，去兰多里是两天发一趟车，今天刚好没有，我估计你会在这里等，因为突发的大雨会使你一时无法离开车站。"她将那把没有撑开的雨伞递给了我，"是我的过失，导致你一天安排的失误，所以，我恳请你去我家住一晚上，明天我送你上火车，好吗？我家就在车站附近！走路顶多 15 分钟。"

我不知道是否该接受老太太的邀请，我想，这也许是我来自另一个国度的缘故，因为这个国度和加拿大有着截然不同的文化背景。

我只好委婉地说："雨太大，我们还是等雨停了再说吧。"

她显然很赞同，一点没有觉察出我内心的那丝犹豫，然后坐了下来，和我聊起了天。

她告诉我，她今天送走了她的儿子，她的儿子一直很喜欢东方文化，所以准备去中国留学和工作。她谈起了她去世的丈夫和年少时他们去过的国家，从她的谈话中，我能感受到她似乎也担心她的儿子遇到和我同样的问题，我更能猜测出，在她的意识里，即使是陌生人之间，也应该拥有一份做人的责任与诚信。

雨渐渐地小了，我撑着老太太送来的雨伞，搀扶着她，去了她的家。

第二天，她将我送上了去兰多里的火车，和送别她儿子一样，她向我挥动着右手，直到火车完全望不到了，她才缓缓地将手放下。

国外打工的日子颠沛流离，我的生存状态是永远在途中。可每次走

向站台，我总情不自禁地想起那位瘦削矮小的老人，她那份做人的诚信与责任，总会使我漂泊的心温暖起来。

🌸 **苏龙美惠**

责任悟语

老太太的疏忽，我们也会遇到，经常是好心办了坏事。而怎样面对这类错误，却是我们每个人需要学习的。即使面对一个陌生人，除了正常的自我保护意识，我们也要持有一份做人的责任。对别人负责任，也就是对自己负责。　　（贾　珺）

最糟糕的还没有来

我说过，最糟糕的还没来嘛！你看，只要你善良，只要你坚持，只要你肯承担起自己的责任！

从中等秘书专科学校毕业后，20岁的我来到上海求职。在意料之中却又难以接受的是：在这座繁华而竞争激烈的城市，很多高学历的本地人都在四处寻找工作。每一次，当不会讲上海话的我被对方彬彬有礼地拒绝之后，我总是深呼吸，对自己说"最糟糕的还没来"。就在第43次说完这句话之后，我被一家传媒公司录取了，成为平面部经理的秘书。我带着有些僵硬的微笑，和未来的上司打了个招呼。"最糟糕的还没来",转过身的刹那,伴着泪水,我又禁不住脱口而出。

　　每天的工作从早晨整理经理办公室的文件开始,为经理冲咖啡、打字、复印、传真,还有接电话。我没有时间抱怨,因为我要为每个月的薪水而努力。晚上,回到自己租的地下室,常常是换下套装就沉沉地睡去。半个月后,我终于习惯了格子间里的白领生活,习惯了每个人称我为"Halen",开始微笑着品尝"东方明珠"下的精彩,欣赏黄浦江畔的生活。

　　经理去深圳参加一个品牌时装广告代理竞标会,行前嘱咐我把最近一段时期的广告资料按日期整理好。在他还有三天回来的时候,我提前完成了工作。兴冲冲地把整理好的文件放到经理办公桌上时,那支备受经理珍爱的"派克"笔被文件夹扫到了地板上。我俯身寻觅的时候,该死的高跟鞋一不小心把笔踩断了! 全身的血一下子涌上来,捧笔在手,大脑竟是一片空白。缓过神后,我还是把断笔从垃圾中翻出来,为了避免不必要的麻烦,我决定依照原样去买支新的。可是,等我赶到"派克"笔专卖店,一看价钱,几乎吓晕过去:3282 元啊! 那一刻我沮丧到极点,脑海里有两个小人儿不断地在打架,一个让我赶快从公司溜之大吉,另一个却让我坚持下去……最后,还是后者占了上风。我在心里对自己说:最糟糕的还没来,怎么能当逃兵呢?

　　于是,我向要好的同事借了 3000 块钱,赶在经理回来之前把新笔放在了老位置。经理似乎并没发觉他视若珍宝的"派克"笔已被移花接木,而是兴奋地和我说着竞标会上的见闻。"上海还有一家私人工作室参加竞标,是个很强的对手。我们一定得努力争取,如果成功的话,这将是公司有史以来最大的一单。"我嘴上应和着,心里则一直在暗自庆幸躲过了小小的一劫。

　　半个月后的一天,经理对我说:"Halen,你去图片社把我们上次拍摄的胶片取回来,一定要注意安全,这是我们这次投标的核心,丢了可是没有办法弥补的! "图片社在浦东开发区,我坐渡轮渡过黄浦江,很顺利地拿到了胶片。回返时,渡轮已经启动了,一位头发花白的阿婆却

提着竹篮，踉跄地从船尾小跑过来，用上海话慌张地喊道："等一下，让阿拉下去。"路过我身边的时候，阿婆一个趔趄，几乎摔倒。船老大不肯停船，怕麻烦，我感觉阿婆一定有什么急事要办，就忍不住替她哀求船老大，船老大还算给面子，尽管不是很情愿，还是把船靠了岸。我搀起阿婆的胳膊，将她送下船。

渡轮重新启动了，阿婆站在岸上挥手道谢之后，匆匆离去。这是我来到上海后第一次有上海人对我说"谢谢"，我不免有些洋洋自得。当我被潮湿的江风吹醒，发现那袋胶片不翼而飞时，船已经行驶到江中心了。我从船头走到船尾，急得几乎跳江。有人用上海话窃笑："外地人真是……"

肯定是扶阿婆下船的时候掉的，渡轮靠岸后，我返回对岸去找。我寄希望于阿婆发现了那叠对她来说毫无用处的胶片，等在码头。可是这丝希望很快就被无情地击碎了。"会不会被人扔进垃圾桶？"我顺着码头分别向不同的方向翻了6个垃圾桶，根本没有纸袋的踪影。"不会是掉在江里面了吧？"我终于忍不住，蹲在码头大哭起来。看来，这次我是真得逃跑了。上次把"派克"笔踩断，我虽然背上了一笔不小的债务，却还可以挽回；这次，就不仅仅是钱的问题了。这袋胶片是公司花高价请著名模特、一流摄影师去苏州、周庄拍摄一个礼拜的结晶，一旦丢失，这次竞标就算彻底玩儿完！

可是，冷静下来后，我觉得还是不能逃跑。最糟糕的还没来！我想起渡轮上那些开口闭口"阿拉"不停的上海人，如果我放弃，就意味着我们这些外地打工妹更让"阿拉族"瞧不起。我不能逃避自己该负的责任，必须为自己的尊严找回胶片，就算找不到，我也要给公司一个说法。

我在码头附近问了很多人，也没有得到关于阿婆、关于胶片的任何线索。就在我一筹莫展之际，手机响了，是经理打来的。"Halen，怎么还不回来？你已经替公司打了一个大胜仗！"

我莫名其妙地赶回公司，看到经理正和阿婆以及一个陌生的年轻人交谈，那袋丢失的胶片就放在经理的办公台上。"你是 Halen？"年轻人微笑着说，"这位是我母亲，今天她来看我。我不在，她就为我煮了粥。可是离开的时候，却忘记关火。幸亏你帮她拦住了船老大，不然我的工作室就化为乌有了。"经理也微笑着走过来："这位是何先生，就是我说过的竞争对手。不过，现在我们已经是合作伙伴了。"

我长长地松了一口气。我说过，最糟糕的还没来嘛！你看，只要你善良，只要你坚持，只要你肯承担起自己的责任，努力地去寻找解决的办法，最糟糕的就永远也不会来！

🌸 吴　楠

责任悟语

当我们遇到困难时，也在心里坚定地告诉自己：最糟糕的还没有来，这个时候最需要做的是冷静。冷静之后勇敢地承担起自己的责任，事情总会找到解决的办法。　　　　（贾　珺）

负责任的人是成熟的人

心里第一次为自己充满了无法言语的感动，还有骄傲。从这一天开始，她长大了许多。

艾米莉刚从大学毕业，在一家企业上班。每天清晨 7 时，公司的班车会准时等候在一个地方接送她和她的同事们。

一个寒冷的清晨，她关闭了闹钟尖锐的铃声后，又稍微赖了一会儿暖被窝——像在学校的时候一样。她尽可能最大限度地拖延一些时光，用来怀念以往不必为生活奔波的日子。在那个清晨，她比平时迟了5分钟起床。可就是这区区5分钟却让她付出了不小的代价。

当她匆匆忙忙奔到班车等候的地点时，已经7点过5分，班车开走了。站在空荡荡的马路边，她怅然若失。一种无助和受挫的感觉向她袭来。

就在她懊悔的时候，突然看到了公司的那辆蓝色轿车停在不远处的一幢大楼前。曾有同事指给她看过那是上司的车，她想真是天无绝人之路。她向轿车走去，在稍稍犹豫后打开车门，悄悄地坐了进去，并为自己的聪明而得意。

为上司开车的是一位慈祥温和的老司机，他从反光镜里已看她多时了。他转过头来对她说："你不应该坐这车。"

这时，她的上司拿着公文包飞快地走来，待他在前面习惯的位置上坐定后，她才告诉他的上司说："班车开走了，想搭您的车子。"她以为这一切合情合理，因此说话的语气充满了轻松随意。

上司愣了一下，但很快坚决地说："不行，你没有资格坐这车。"然后用无可辩驳的语气命令："请你下去！"她一下子愣住了——这不仅是因为从小到大还没有谁对她这样严厉过，还因为在这之前她没有想过坐这车是需要一种身份的。当时就凭这两条，以她过去的个性肯定会重重地关上车门以显示她的不屑一顾，然后拂袖而去。可是那一刻，她想起了迟到将对她意味着什么，而且她非常看重这份工作。于是，一向聪明伶俐但缺乏生活经验的她变得从来没有过的软弱，她用近乎乞求的语气对上司说："我会迟到的。"

"迟到是你自己的事。"上司冷淡的语气里没有一丝一毫的回旋余地。

她把求助的目光投向司机。可是老司机看着前方一言不发。委屈的泪水在她的眼眶里打转。然后，她在绝望之余为他们的不近人情而固执地陷入了沉默的对抗。

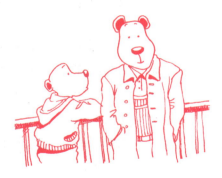

　　他们在车上僵持了一会儿。最后,让她没有想到的是,她的上司打开车门走了出去。坐在车后座的她,目瞪口呆地看着有些年迈的上司拿着公文包向前走去。他在凛冽的寒风中拦下了一辆出租车,飞驰而去。泪水终于顺着她的脸颊流淌下来。

　　老司机轻轻地叹了一口气:"他就是这样一个严格的人。时间长了,你就会了解他了。他其实也是为你好。"老司机给她说了自己的故事。他说他也迟到过,那还是在公司创业阶段,"那天他一分钟也没有等我,也不要听我的解释。从那以后,我再也没有迟到过。"他说。

　　她默默地记下了老司机的话,悄悄地拭去泪水,下了车。那天她走出出租车踏进公司大门的时候,上班的铃声正好敲响,心里第一次为自己充满了无法言语的感动,还有骄傲。

　　从这一天开始,她长大了许多。

责任悟语

　　时间就是金钱,效率就是生命。但是守时、高效并不能依靠别人,因为这是自己需要承担的责任。对个人来说,这是自身的修养;对集体来说,这又是集体团结高效的基础。她和他都曾迟到,上司则对迟到有着明确的态度——除了冷,还是冷。这种冷淡使她和他意识到自身的不足,并且因为主动承担责任而变得更加成熟。

(贾　珺)

一把 10 美分的铁锤

那不是一个玩具锤，是他朝思暮想想得到的一把真锤子。

夏天，奥尔·康迪伊身无分文地在伍尔沃思家的店里闲逛。他看见一把小铁锤，那不是一个玩具锤，是他朝思暮想想得到的一把真锤子。他相信有了这把 10 美分的铁锤，他一定能把自己手头的黄杨木和钉子做成好东西。他不顾一切拿了锤子，悄悄往工作裤的口袋里塞。

结果，被当场抓获了。奥尔辩解说："我没打算偷，我需要这把锤子，但没带钱。"

"没有钱并不意味着你有偷东西的权利，是吗？"

"是的，先生。"

"那么，我该怎么办？把你交给警察？"

奥尔闭口不言，但他的确不想见警察。他对此人顿起恨意，但他更明白其他人可能比这人的做法还要粗暴，便强压了火。

"如果我放你走，你能保证不再到店里偷东西了吗？"

"我保证，先生。"

奥尔走过三条街后，决定先不回家。他转身又朝伍尔沃思家店走。他相信他打算回去是想对那个抓他的年轻人说些什么，然而他又不敢肯定，他是不是想回去再偷那把令他欲罢不能的锤子，而这次不会被抓住。

到了商店外面，他反而不紧张了。他站在大街上往商店里看了至少10 分钟。突然，他感到一阵内疚，最后他没有勇气再去做偷盗的事。他又开始往家走，脑子里一片混乱。

到家后，他告诉妈妈今天发生的事情，甚至连他被放了以后还想回去再偷那把铁锤的想法也告诉了妈妈。

"我不愿意看到你偷东西，"母亲说，"这有1角钱，你去买回那把锤子。"

"不，"奥尔·康迪伊说，"我不会拿你的钱买不是我的确需要的东西。我只是想应该有把锤子，这样我可以做我觉得喜欢的东西。我有很多钉子，一些黄杨木，但没有铁锤。"

第二天，妈妈早上5点起床的时候，奥尔不在家。母亲回家时已经是晚上9点。她看见儿子用锤子把两块黄杨木钉到一起在做板凳。他已经浇了菜园子，整理了院子，家里院子里都很干净。儿子看上去很认真也很忙。

"你在哪儿弄到的锤子，奥尔？"

"在商店。"

"怎样弄到的，偷的？"

奥尔·康迪伊做好了板凳，他坐在板凳上。"不是，"他回答说，"我没偷，我在商店工作换来的。"

"就是昨天你偷东西的那个店？"

"是的。"

责任悟语

　　康迪伊终于可以拥有了自己的小铁锤，并且用它为自己做了一个板凳。但是如果当时店员不原谅康迪伊的过错，或是康迪伊重新去偷那把小铁锤，结果很可能就不会如此。康迪伊是个有责任感的人，他不仅主动向妈妈说了自己的过错，并且不愿意靠妈妈的帮助来实现自己的愿望，而是通过自己一整天的辛勤工作得到了心爱的铁锤。

（翟爱玲）

学会说"对不起"

我最大的收获就是学会了说"对不起",而在这之后我才发现
以前的我为了不说这三个字费了多大的劲惹了多少气。

从刁钻、蛮横的台湾老板那里,我最大的收获就是学会了说"对不
起",而在这之后我才发现以前的我为了不说这三个字费了多大的劲
惹了多少气。在台湾老板那里,只要是你经办的事出了问题,他绝不让
你说原因而只要求你必须道歉。

开始我很不以为然。一次老板让我报方案,我写了三个方案而且详
细陈述了它们各自的利弊,心里还挺得意的。没想到,报到老板那里他
却勃然大怒:"你选定了哪个方案?为什么不告诉我?不想承担责任是不
是?"这都哪跟哪啊?我顿时火冒三丈,在自己心里打起了官司:"让我选
择?你是老板还是我是老板?老板干吗的?不就是管拍板的吗?"就在我
这么想着的时候,老板的叫声也越来越大:"你还不服是不是?"我是不
服,可有什么用?谁是老板?人家是老板,算了算了,别跟他较劲了,得想
个法让他熄火,我好逃跑。想到这儿也没管他说到哪儿了,竟然冲他大
喊了一声:"对不起!"你猜怎么着?老板的嘴立刻闭上了,我又连忙加上
一句:"我拿回去作个选择,一会儿给您送来。""好,去吧!"

通过这件事我琢磨出了一个道理,不管什么事,办糟了,其中固然有
许多原因,但问题的关键是:这事是谁办的谁就该负责。如果你不说"对
不起"而一直强调原因,难免让人觉得你是自己给自己开脱责任,谁也不

傻,是不是? 再说,费那么一大堆话,弄得对方发火,自己也上火,何苦来? 还不如说声"对不起",既简单又把表示歉意的球打给了对方,对方能不接吗? 俗话说:杀人不过头点地。人家都赔礼道歉了,你就是有气,还能说什么? 要想息事宁人,最好赶快说对不起;如果开始没说,对方已经发起火来了再说也不晚,但晚说不如早说。记住,看着对方的样子实在说不出来,那就扭过头对着墙说,不管怎么说,反正,得说。

🌸张海鸥

责任悟语

"对不起"在尴尬境地和关键时刻也可以作为救命稻草——不管是对着人说,还是对着墙说,只要能让对方听到,尴尬的氛围有可能再度活跃,剑拔弩张的双方也有可能互拍肩膀、重归于好。当然,如果没有责任感,那根救命稻草也就很可能失去赖以生存的根。

(贾 珺)

一次握手言和

再接下来的那堂课,她又出现了。教授走进教室时,她主动走上前向他道歉。

在社会科学的课堂上,教授向学生们介绍阿米西人的生活习性与风俗习惯,并播放一部影片。那是教授特地到宾夕法尼亚州阿米西人聚居的城市——兰开斯特拍摄的，内容是城市风光以及阿米西人的风俗民情。兰开斯特同时也是各国游客常常前往参观的旅游胜地。

看完了精彩的影片，同学们纷纷向教授提出很多与阿米西人有关的问题。突然，有一位女同学站了起来，向教授说："我觉得你不该拍这部影片，我认为你这么做侵犯了阿米西人的人身自由。他们跟我们一样是人，难道只因为他们保持传统的生活习惯，就得被当成动物般地观赏？这样太不公平，我觉得你做错了。"

为了教学而精心制作这部影片的教授仿佛突然被泼了一大桶冷水，当众被学生指责实在很尴尬。他说："我不认为我有什么不对，我是为了教学，才到那里拍摄影片，何况那儿原来就是观光胜地，并没有不能拍影片的限制，很多人也这么做啊。"女学生不赞同这种说法，继续与教授争辩，气氛愈来愈僵，两人各执其词，互不相让。最后，女学生气冲冲地说："我不听你的课了，我要走了。"教授也说："你走吧，我不会在乎。"

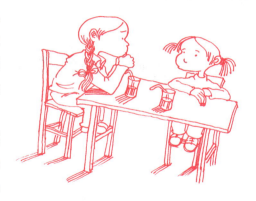

那时已近期末，眼见就要拿到学分，如果那名女同学退了这一堂课，不但得不到学分，成绩单上也会留下记录。通常只有读不下去的学生才会退修课程。接下来的一堂课也没有见到她，同学们都为她感到惋惜。

但是，再接下来的那堂课，她又出现了。教授走进教室时，她主动走上前向他道歉，她说："教授，我真心地向你说声对不起。这几天我一直在检讨自己，虽然我有我的想法和信仰，但是我忽略了你对教学所付出的心力，忽略了你是尽心尽力地对教学负责任。我有不对的地方，请你原谅我。"教授也说："真高兴你回来了，我知道我也有错，我只顾着做自己认为该做的事，却疏忽了对别人应有的尊重与关怀。我也要感谢你，教了我宝贵的一课。"他俩握手言和，相视而笑。

人与人之间的争执很多时候是源自身份和角色的不同，而和解又源自相互的理解和深刻的自省。争执不下的人们容易忽略对方言行的合理性，也看不到自己言行的一些疏漏甚至是错误，于是争执不断升级。和谐的相处需要每个人正视自己的缺点、发现别人的优点，增加相互的尊重和理解。　　（翟爱玲）

华盛顿与樱桃树

我宁愿要一个勇敢诚实的孩子，也不愿拥有一个种满枝繁叶茂的樱桃树的果园。

　　乔治·华盛顿小时候住在弗吉尼亚的一个农场上。他的父亲教他骑马，并且经常带着年幼的乔治到农场上干活，以便儿子长大后能学会种田、放牛和养马。

　　华盛顿家里有一个美丽的果园，里面种着苹果树、桃树、梨树、李子树与樱桃树。有一次，父亲从大洋彼岸买了一棵品种上佳的樱桃树。他非常喜爱这棵樱桃树，把树种在果园边上，并告诉农场里的所有人要对它严加看护，不能让任何人碰它。

　　这棵樱桃树长势很好。春天来了，树上开满了白花，散发出阵阵芬芳，许多蜜蜂都围着它辛勤地忙碌着。想到用不了多长时间就可以吃到樱桃树结的果子，父亲心里非常高兴。

　　大约就在此时，有人送给乔治一把明亮的斧子。乔治非常喜欢这把斧子，他拿着它砍树枝，砍篱笆，可以说是见什么砍什么。一天，他一边想着自己的斧子有多么锋利，一边来到果园边上，举起斧子砍向那棵樱桃树。由于树皮很软，乔治没费多大力气就把树砍倒了。接着他又去别的地方玩了。

　　那天傍晚，父亲忙完农事，把马牵回马棚，然后来果园看他的樱桃树，竟看到自己心爱的树被砍倒在地。他站在那里惊呆了，几乎不敢相信自己的眼睛。是谁胆敢这样做？他问了所有人，但谁都说不知道。

　　就在这时，乔治恰巧从旁边经过。

　　"乔治，"父亲用生气的口吻高声喊道，"你知道是谁把我的樱桃树砍倒了吗？"

　　这个问题可把乔治给难住了，看到父亲如此愤怒，他意识到自己的一时冲动闯下了祸。他犹豫了一会儿，很快就说："我不能说谎，爸爸，是我用斧子砍的。"父亲看了看乔治。那孩子脸色煞白，但直视着父亲的眼睛。

　　"回家去，儿子。"父亲严厉地说道。

　　乔治走进书房，等父亲。他心里很难过，同时也感到非常惭愧。他知道自己实在是太轻率了，干了件傻事，也难怪父亲不高兴。

　　一会儿之后，父亲走进书房。"到这里来，孩子。"他说道。

　　乔治听话地走到父亲身边。父亲静静地看了他很长时间："告诉我，儿子，你为什么要砍那棵树？"

　　"当时我正在玩，没想到……"乔治结结巴巴地说道。

　　"现在树就要死了，我们永远也不会吃到它结出的樱桃了。但比这更糟的是，我嘱咐你要看护好这棵树，你却没有做到。"

　　乔治羞愧难当，脸一红，低下头，眼泪就快要落下了，哽咽着说："对不起，爸爸。"

　　父亲把手放在孩子肩头。"看着我，"他说道，"失去了一棵树，我当然很难过,但我同时也很高兴,因为你鼓足勇气向我说了实话。我宁愿要一个勇敢诚实的孩子,也不愿拥有一个种满枝繁叶茂的樱桃树的果园。一定要记住这一点,儿子。"

此后,乔治·华盛顿从未忘记这一点。他一直像小时候那样诚实,受人尊敬,直至生命结束。

责　　任

它们终于明白了:世间万物,各有所长,应当扬长避短,各尽其责,才能把事情做好。

在一片小树林中,住着公鸡喔喔、小猫咪咪、小狗汪汪和天鹅白白,它们是非常要好的朋友。

喔喔每天负责打鸣,把太阳叫醒。它日复一日地叫着,从来都没有怨言。

咪咪也很勤劳,它虽然在白天睡大觉,可是到了夜晚,它就来精神

了。它用锋利的爪子捕捉老鼠，为人类除害；它也从没有怨言，因为这是它的责任。

白白是它们四个中最高贵的。它很漂亮，就像天使一样。它的责任是负责打扫树林，它总是把它们的住所打扫得一尘不染。

最有力量和威信的要数汪汪了。它很强壮，浑厚的吼声可以吓跑入侵的任何野兽，从而保证它们四个过着平安幸福的生活。

有一天，咪咪到城里去了，回来后，它告诉同伴："我们的生活太单调了，我在城里看到别人的生活，那真是多姿多彩！咱也把咱们的生活方式改变一下，让它变得更丰富吧！"

汪汪首先做出反应："OK！可如何改变呢？"

喔喔发言了："不如我们把每人每天该做的事相互调换一下吧！"

白白说："此话怎讲？"

喔喔接着说："比如该你打扫树林，该我打鸣，咱俩换位，你去打鸣，我来打扫树林。"

"好吧！"白白说，"我同意！"

第二天，它们就换位了。

早晨，白白去打鸣了，但嗓子不好使，叫不醒太阳公公。白白生气了，心想："太阳它耳背，叫不醒就算了。"结果，太阳一整天也没出来。

上午，喔喔去打扫树林，但它缺少经验，不但没打扫干净，反而弄得更乱了。

汪汪和咪咪也换了位。晚上，耗子出来了，汪汪冲向耗子，一不小心，头碰到了桌子角上，老鼠没抓到，反而使自己受了伤，还落了个"狗拿耗子多管闲事"的恶名。

第三天，它们发现食物少了，原来由于昨天太阳一直没有出来，耗子成群结队前来捣乱，而恰巧汪汪与咪咪换了位，让老鼠钻了空子。

它们终于明白了：世间万物，各有所长，应当扬长避短，各尽其责，才能把事情做好。

侯宪忠

责任悟语

　　四位好朋友本领各不相同、职责也有分工,组成了一个很好的集体。集体的安全和幸福取决于四个好朋友的各负其责、团结协作,相互之间都是不能替代的。这次"创新"带来的损失、闹出的笑话,已经让我们看得很清楚啦!

（瞿爱玲）

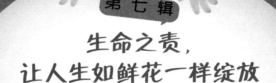

第 七 辑

生命之责，
让人生如鲜花一样绽放

　　一名公交车司机行车途中突发心脏病，在生命的最后一分钟里，做了三件事：把车缓缓地停在马路边，并用生命的最后力气拉下了手动刹车闸；把车门打开，让乘客安全地下了车；将发动机熄火，确保了车和乘客以及行人的安全。他做完这三件事，安详地趴在方向盘上停止了呼吸。这名司机叫黄志全，所有的大连人都记住了他的名字。

　　一个人如果能承担起生命的责任，对自己负责，对他人负责，那么他的人生一定能如花儿一样绚烂绽放。

花开——生命的责任

她笑得开心，似乎好不容易找到了可以为之负责的事："——开花。"

我看见莲姬笑得那么开心，心里很难过。

我和莲姬都是种子，石头缝里的种子，沉睡着寂寞了千年万年，直到一缕阳光以轻柔的手唤醒了我们。

莲姬先于我醒来，她立即开始喋喋不休地感叹阳光是多么明媚，堵在我们上方不知多久，刚刚离开的岩屑是多么知趣……没完没了的，很烦！

以至我不得不打断她的长篇大论："对不起，我还要睡觉。"

她一脸诧异地问："可是，我们不是好不容易才醒的吗？你不想开花吗？"

我冷笑，虽然我一直沉睡，但对外面的世界还是有感知的。花开不过是一时浮华，转瞬即逝，不如做一枚静静的种子，安逸地活着，我才不会去追逐什么美丽的荣耀呢！

但我的同伴似乎死爱面子不爱命，她一股脑儿地使劲长着长着。起初成了一个胖子，很快生了根，发了芽，不过，想从石缝里长出去，好像挺难的啊。

莲姬执著地生长着，她娇嫩的叶顶着顽石，碧绿的血液缓缓流出。我说："明白自己是多么愚蠢了吧。"莲姬还在一个劲儿努力，她草草回

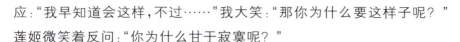

应："我早知道会这样，不过……"我大笑："那你为什么要这样子呢？"莲姬微笑着反问："你为什么甘于寂寞呢？"

"阳光给我们温暖，露水给我们甘甜，大地赐我们生命。大江东去，日月轮回，日日夜夜不曾停息。我们凭什么安安乐乐享有生命呢？我们凭什么心安理得地接受馈赠呢？"莲姬在问，又像在质疑。

"答案就是：来到这个世界上，享有一切美好，也必须付出代价。这代价，是使命，是意义，是责任！是我活下去、努力活下去的理由，我们的责任就是——"

她笑得很开心，似乎好不容易找到了可以为之负责的事："——开花。"

我喃喃地说："这样固然精彩，但一切都有时限。你必定在我面前老掉，死去，枯萎，然后腐烂，化为尘埃。世上千千万万的花儿，谁会记得，谁又会在乎呢？"

她说："我会在乎。"

我不吱声了。

终于有一天，莲姬开了第一朵花。一朵粉色的芍药，朱唇初启，洁齿轻咬，薄薄的花瓣层层舒展，在春晖里，无限的辉煌灿烂。我对她的激情视而不见，对满山遍野的赞叹充耳不闻，只是轻轻地说："再过 20 天，你就不存在了。"

她修正："是 10 天。"

10 天后的清晨，我抬头望见 20 余朵芍药正在春光中怒放。莲姬示意我观望她所预言的死亡：一阵微风吹过，娇艳鲜嫩的盛期芍药忽然整朵整朵地坠落，毫不犹豫，毅然决然。花瓣似流星划出美丽的弧线，然后静静地安恬地躺在地上。多余的时日，她并不需要拥有，生命的全部只是为了 10 日花开！莲姬不想有花谢花败之时，要么笑立枝头，要么归于泥土，她努力跨越委顿和衰老。

告别，留给我最后一次惊心动魄的体验。

她说："这是我最后的舞曲，我尽责了，你呢？"

"再过两天,你必能看到我生根、萌芽;因为我也要开花,开花是我生命的责任!"我说。

金舒悦

担起生命的责任

她的心中有一个愿望,那就是不管生活中发生什么事,一定要坚强地面对,一定要担负起自己的责任,逃避和畏惧都是没有用的。

11岁那年的冬天,她的父母丧生在一场意外的事故中,留下她和5岁的弟弟以及年过7旬瘫痪在床的奶奶。突如其来的灾难使她幼小的心灵受到了前所未有的打击,她抱着弟弟在冰冷的地上无助地哭泣。邻居们看到这对失去父母的孩子,无不为他们感到难过,纷纷感叹:"这么小的孩子没有了父母,唯一的亲人还是个无法自理的病人,这可怎么生活呢?"

谁也没有想到，11岁的她默默地停止了哭泣，擦干了眼泪，对那些帮忙处理她父母后事的人说着感激的话。在她那稚嫩的声音里，人们几乎不敢相信这个一直在父母的呵护中长大的孩子，声音却如此坚强与真诚，仿佛她一下子迈过了许多岁月的门槛而长大了。她拉起了痛哭中的弟弟，用她那还很笨拙的小手，为弟弟擦去脸上的泪痕，坚定地说："你不要哭了，爸爸妈妈不在了，可咱们还有奶奶呢，不要哭了！"

这个11岁的女孩子从此挑起了生活的重担。从那一天开始，她每天早上都早早地起来准备早饭。奶奶虽然不能行动，但还能在床上告诉她如何淘米，如何煮粥和做米饭等。虽然她经常把锅里的水烧干了而米还是生的，但谁都不会责怪她。那一年，11岁的她正在读小学四年级，而弟弟则正在幼儿园里上大班。奶奶不希望他们失去读书的机会，可自己又没有办法照顾他们。她却对奶奶说："奶奶，我和弟弟都要上学，放心吧，我会照顾好弟弟的。"她每天起来都像妈妈在世时那样，把弟弟从被窝里叫起来，让他自己学着穿衣服、学着刷牙洗脸，她还要给奶奶擦脸、端屎端尿，以前父母的活儿全都落在了她一个人的身上。每当弟弟哭着找妈妈时，她就抱着弟弟，鼓励他说："我也想爸爸妈妈，可他们都不在了，以后咱们要像大人一样生活，要是咱们两人就知道哭，那奶奶就没人管了。妈妈说过，男孩子不能这样爱哭，你都忘了吗？"

她总是不厌其烦地安慰和鼓励年幼的弟弟。早上，她安顿好奶奶，就带着弟弟一起出门，先把弟弟送到幼儿园，再到自己的学校去上课。她总是不声不响地上学放学，认真地做好每一件事情。学校里谁也不知道她家里发生的情况，还一直以为她是个备受父母宠爱的幸福孩子。每天放学，她再也不像过去那样，和同学牵着手慢悠悠地回家了，她总是迅速地装好书包，小跑着在老师和同学的视线里远去。因为，她要忙着去幼儿园接弟弟回家，还要忙着照顾奶奶，做晚饭，做那些没有人做的家务。就这样，她居然一直坚持着，像个大人一样照顾着弟弟和奶奶的生活。转眼间，弟弟已经上了小学四年级，这一年，奶奶去世了。临终之前，奶奶拉着她的手，让她照顾好弟弟。奶奶的牵挂之情在脸上凝成了几颗浑浊的泪珠。她哭着，答应奶奶说会照顾好弟弟的。奶奶闭上了眼睛，这个家就成了他和弟弟两个人了。那一年，她15岁，弟弟9岁。家里没有了生活来源，生活更加艰辛。居委会的相关领导想把他们姐弟二人送到孤儿院去，也有人愿意领养弟弟，但都被她拒绝了。

她说，她和弟弟是不能分开的，她要把弟弟带大，让他读书，她要尽到一个姐姐的责任，带领弟弟在人生的道路上往前走。说这话的时候，她的脸上甚至没有一点悲哀，而是人人都能体会出的坚强与独立。无奈之下，居委会除了每个月给他们一些生活补助外，也没有别的办法。她依旧带着弟弟生活，两个人的生活靠微薄的补助是不够的，她也不愿意靠补助生活，于是，她经常利用休息的时间去捡垃圾补贴家用。她遭受了不少的嘲讽，但小小年纪的她，早就学会了忍耐与面对。

她的心中有一个愿望，那就是不管生活中发生什么事，一定要坚强地面对，一定要担负起自己的责任，逃避和畏惧都是没有用的。只有面对残酷的现实，才能一个个地克服困难，解决生活中那些大大小小的麻烦。

日子如流水一样过去，她依然靠打零工、拾垃圾供着自己与弟弟的生活。好在，弟弟很懂事，成绩也很优秀。人们经常看到，在夕阳的余晖下，她与弟弟带着拾来的垃圾，有说有笑地向废品收购站走去的身影。

如今，她已经上了大学，弟弟正在读高中。她知道，未来的生活中还会有很多的困难出现，但她坚信，只要靠自己的努力和坚强，勇往直前，什么都会解决的。因为，在这个世界上，每个活着的人都是有责任的，而更多的时候，则需要我们坚强地担起这份生命中的责任！

责任悟语

面对几乎"不可能战胜的困难"，坚持一天或一月都可以，可"她"却坚持了许多年。正是对这份"生命中的责任"的清晰认识，才使"她"如此坚强、执著。有时，我们的确需要停下匆忙的脚步，细细思量：到底有哪些责任需要我承担的，我又该怎样承担？　（翟爱玲）

对生命负责

嫂子注视着她那几千条蚕说："我既然养了它们就要对它们负责，虽然养它们对我毫无用处，但也是生命啊。"

嫂子养了一大堆蚕，足有几千条呢。

为了这些蚕，嫂子晒得黝黑，累得精瘦。她每天徒步方圆十几里为她的蚕宝宝采桑叶，风雨不误。

我问嫂子为什么养蚕？她回答："什么都不为，就是为了把它们养大、送老。"

你也许觉得奇怪，天底下还有这么傻的人吗？有，就在我的身边，而且还是我嫂子。

去年春天，侄儿花了3角钱买了十来条蚕，一家人养得宝宝贝贝的。听说哥哥还曾为此冒着大雨去采桑叶呢。

养蚕给他们留下了美好的回忆，嫂子就没有把蚕茧处理掉。

可是蚕蛾后来下了几千粒蚕子，春天一到它们就开始蠢蠢欲动了。

小蚁蚕一出生，嫂子就忙活起来了。用她的话说："大小是条命呢，总不能看着它们死。"

一开始，小蚕吃得很少，嫂子还能对付。可随着蚕的生长，它们的胃口越来越大，每天都需要几斤新鲜桑叶。这可难坏了嫂子，她几乎寻遍了郊区所有的村庄才找到几棵桑树，天天轮流采。

嫂子采桑叶从不掐嫩头，她说："不能太贪心，留着还能长呢。"

嫂子是极讲究的人,稍微有点太阳出门就要打伞。可是为了这些蚕,她也顾不上那些了,顶上件衣服就上了路,几天下来就明显变黑了。

我因为喜欢自然风光,便叮嘱嫂子每天务必带上我,她采桑叶我采风,各得其所。

嫂子最怕蛇了,连画上的都怕。可她为了多采点儿桑叶,竟钻进水沟边的深草丛中,那里可是毒蛇出没的地方啊。

一开始我还帮着嫂子采,后来就厌烦了。我对嫂子说:"把这些蚕放生吧,一棵桑树上放百把条,它们自己吃自己长,你就不用累了。"嫂子说:"要是能放生,还用等到现在吗?这是家蚕,怕风雨怕太阳,一放就死。还是好人做到底,把它们养到底吧。"

"还有多长时间蚕才能上架结茧呢?"我问。"还有一个月吧,附近的桑树都被采得差不多了,要到哪里去才能找到新桑树呢?"嫂子担忧地说。

一连几天嫂子都为找不到新桑树发愁,哥哥安慰她说:"大不了都扔掉,你已经尽力了。老鲍的蚕不都扔掉了吗?我还拾了几条没死透的回来呢。"

哥哥所说的老鲍就是去年卖蚕给侄儿的那个人。他采的桑叶大多都卖给学生,给蚕吃得仅是寥寥,只保它有口气。有人看见他的蚕白花花扭成一片,没有半片叶子,心疼地说:"你也喂喂你的蚕吧。"

他头一昂说:"喂它干吗?晚上卖剩下来的才喂,现在喂岂不是给别人喂了?"

养蚕的学生们采不到桑叶只好到老鲍那儿去买,买他一小袋叶子还要外带买5条蚕。

后来他看蚕实在卖不掉了,就索性把它们全倒进垃圾箱里。

那几条被哥哥捡回来的蚕真是命大啊。

老鲍家的蚕到了我家,一头爬在桑叶上硬是半天没有起来。

老鲍的蚕比我家的小,嫂子对它们几个也比较照顾,说它们受过委屈,有了鲜桑叶就先给它们吃。真应了那句古话:"大难不死,必有后福。"

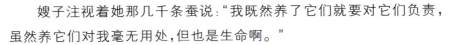
　　嫂子注视着她那几千条蚕说："我既然养了它们就要对它们负责，虽然养它们对我毫无用处，但也是生命啊。"

　　嫂子的话说得多好啊！嫂子没多高文化，人也很普通，但就只这一句话她足可以做许多人的老师。对生命负责，这简简单单五个字，古往今来，说起来容易，做起来难啊！

🌸 诗心云意

责任悟语

　　承担责任，说起来轻巧，做起来困难。责任不能因为我们的好恶、喜厌，想承担就承担，说放弃就放弃。"不抛弃、不放弃，有始有终、善始善终"便是对"责任"的最好诠释，也是我们对自己的"生命"负责的最好诠释。

（瞿爱玲）

生命诚可贵，职责价更高

　　庄义彪带上救援干粮、矿泉水、饼干等物资——约70斤重的行囊开始长达30多公里的急行军，8个小时后终于按时到达指定地点。

　　2008年5月12日，四川省汶川县发生了8.0级强烈地震，造成了重大人员伤亡和无法估量的财产损失。市公安局特警支队在5月13

日接到公安部紧急指令后,于 14 日赶到成都并迅速投入到汶川地震灾区执行紧急抗震救灾任务。5 月 15 日上午,经上级领导的统一安排,包括庄义彪在内的九江市公安局特警支队 28 名同志第一梯队先行进入重灾区汶川县漩口镇。

灾情就是命令,时间就是生命,接到命令后庄义彪立刻出发了。由于当时通往漩口镇的道路在地震中遭到严重破坏,部分路段因为山体滑坡的原因造成车辆不能通行,唯一的方法就是徒步行军。于是,庄义彪带上救援干粮、矿泉水、饼干等物资——约 70 斤重的行囊开始长达 30 多公里的急行军,8 个小时后终于按时到达指定地点。在此次抗震救灾中,庄义彪克服严重感冒给身体带来的不适,投入救援和巡逻执勤工作当中。每天,他和战友们一起,徒步到灾区牛碾村、圣音寺村开展治安巡逻、清理废墟、救助群众,一天下来要步行几十公里,但他始终严格要求,并与其他民警一起严格遵守人民警察条例,不侵占人民群众利益。在漩口镇的小麻溪村,庄义彪随中队的郭敏、王楠等同志爬上数公里长的山路,冒着滑坡和余震及泥石流的危险走访受灾群众,安慰受灾群众,给他们以信心,鼓励他们做好灾后的重建工作。当他在灾区群众临时搭建的帐篷里看见灾区的老大妈没有东西吃,便和其他民警一起"抠出"一部分自带的干粮,送至灾民及小孩手中;他看到有的群众感冒发烧,就把自己的感冒药送给他们,而此时他却还在发烧;在倒塌的房屋面前,看见灾区群众从废墟中清理自己家里的东西时,便主动上前和其他特警们一起用自己的双手在废墟中帮灾民"刨"出粮食、床铺等物资。由于连日长时间、超负荷的救灾工作,再加上饮食、睡眠上的原因,他的头发由局部斑秃发展成大面积脱发,领导和战友们叫他去临时医疗队看看,再休息一下,他毅然说道:"头发脱了没关系,可以再长,抢救灾民比我的头发重要多了,为了能多救助灾民,少休息点、多累一点,哪怕头发掉光了也是值得的!"他这番肺腑之言,更加激励了大家的救灾热情,对救灾工作也更加尽心尽力。庄义彪就是这样用自己的实际行动诠释了:生命诚可贵,职责价更高!

随后庄义彪又和队伍转战漩口镇水田坪村圣音湖小学，到达目的地之后的首要任务就是抢救群众的财产。当他所在的一大队了解到学校的校舍在地震中全部倒塌，学生的课桌椅和书包、课本全部被掩埋后，他和大队全体民警一起冒着余震的危险，经过两个多小时的奋战，将 100 余套课桌椅和学生的学习用具从废墟中清理出来，又走了两个多小时崎岖的山路，将这些物品全部转移到安全地带。

当了解到水田坪村的许多村民领回救灾专用帐篷却不会搭建的情况后，他又和中队民警们冒着炎炎烈日，为分布在两个山头的村民们共搭建了 11 顶帐篷，使水田坪村的灾民从自己搭建的简易帐篷住进了救灾专用帐篷，而他裸露的双肩却被太阳晒得通红。庄义彪用自己的实际行动实践了警察的誓言，用他的执著和奉献树立了人民警察的光辉形象，用他的信念和理想铸造了人民警察的忠诚！

巢宏伟

责任悟语

"职责"，一个听起来多么生硬的词，背后却包含着多少无私的奉献。而这份"无私奉献"的由来，是因为庄义彪知道自己身上的"责任"到底有多重：受灾的百姓将全部的希望寄予在了他的身上，他怎能不全力以赴呢？

（翟爱玲）

活着的一万零一条理由

外祖母常说活着的理由有一万零一条，所以她才留恋生命，留恋那晒进来的满房间的阳光。

不知是由于天性中的忧郁、孤独，还是因为成长的受挫、痛楚，有一段时间，我心里时常会冒出许多有关生命的疑惑。而那时，我的外祖母已年届八十，银发飘飘，说话气喘吁吁，走路时双手不停地哆嗦，像被巨大的无形之手牵引着。但她却像一棵顽强的老树，勤勉地活着，将慈爱的笑容给予她所爱的人。

外祖母常说活着的理由有一万零一条，所以她才留恋生命，留恋那晒进来的满房间的阳光。当我追问她究竟那一万零一条理由是什么时，她总是笑而不答，并让我自个去寻找答案。

我果真去准备了个本子，到处找人攀谈，请他们说出活着的理由。很快，那些理由铺天盖地而来：

有个常来送信的邮差说，他活着是为了亲人，他爱他们，要与他们厮守，共度长长的一生；有个邻居是大学生，他说活着是为了荣誉和生命的尊严。我还问过一位陌生的过路人，他说为了不白白来人世一趟，他要到处走走看看，跋山涉水，去领略生命中许多潜藏的景观，这就是他活着的理由。

最难忘的是一个身患绝症的少女，她长着圆圆的白白的脸，走路都几乎走不动了，还常常出来坐在树下，倾听鸟儿的歌唱。她起初并不知

晓自己的病情，后来有人说话不慎露出了口风，少女却没有为此哭泣，而是更长久地坐在树下，抱住她爱的树。很久很久以后，人们才发现她在树干上刻下三个字：我要活。

渐渐地，我那本子上记载的理由已有数百条了。过了一年，又变成了数千条。虽然远不及外祖母所说的那般浩瀚，但字里行间的真挚动人，却足以说明：热爱生活、善待他人、怀有追求，是多么明智和高尚的选择。

随着阅历的增加，那个本子密密麻麻地记载了无数个活着的理由，它层层叠叠，甚至有的还相互重合，但它们中间熠熠闪光的便是：希望。有了希望就有了黎明、有了企盼、有了转机、有了续写未来的可能、有了对生命价值的思索、有了创造奇迹的起点。

然而，并非人人都能眺望到希望，因为希望总在遥远的前方。我曾听一位身世坎坷的少女谈及，16岁那年她遭受了一次不白之冤，她发誓说，如果第99天她还讨不回清白，就毁灭自己。可到第90天时，她看到了希望，及时修正了誓言。结果，她抗争了整整一年，终于得到了公正的结局。

断断续续好几年，我都认真地搜集着一条条"理由"，终于有一天，我不再热衷于这方面的抄录，而且，我估计，也许那样的理由已达到了一万条。

就在这时，外祖母病危，我赶到医院去看她。当时，她定定地睁着眼，侧着双耳，专注而又陶醉地聆听着什么。我悄声问她在听什么美妙的声音。

外祖母喃喃地说："我在听心跳的声音。"

这何尝不是世上最美的仙乐呢？生命是多么辉煌灿烂，多么值得去珍惜。我流着泪，郑重地将这第一万零一条活着的理由镌刻在心中，永远，永远……

秦文君

177

兵屋生死缘

生活就是这样深刻，最苦的地方往往也有暗香。

在这个世界屋脊之脊的唐古拉山口，海拔 5231 米的地方，有五六间依着山势从下往上排列着的拱圆形小木屋，以油毡搭建而成。每屋前后都有窗户，却无窗扇，袒露着一块一块的小窗格。前窗一旁是门，无门扇，门洞上挂着一块厚墩墩的棉布帘。正是这道帘子，把屋里屋外隔成两个截然不同的世界，屋外严冬的残酷四面埋伏，屋内舒心的暖流温馨地流淌。

最前面那间木屋的顶上有一块木板，写着：唐古拉兵站。这 5 个字删除了高原的寒冷，储藏起明丽的阳光。

这些依山建起的小木屋并不在一个海拔高度上，不知是哪个心底浪漫的人，在每间木屋前的小木板上写出它们不尽相同的海拔高度：5231、5235、5238……有这样浪漫的环境，开这样一个玩笑自然很开心了:住在最下面兵屋的人常常冲着那些"高高在上"的人喊道:"下来住吧,我们这儿海拔低,没有高山反应。"也怪,有些被高山反应折磨得头疼不能入睡的人,搬到下面屋里住下,还真的很快就进入了梦乡。不知这是心理作用还是那仅仅二三米的高度就显出了神奇?

生活就是这样深刻,最苦的地方往往也有暗香。

如果站在山下某个地方眺望,那些小木屋就像布设在天畔的木匣子,遥远,耐看。每逢夜晚,唐古拉山掉进夜色里就看不见了,唯独屋檐下那盏马灯像一只藏不住的眼睛警惕地盯着远方。这是 50 年前青藏高原上的兵屋。

那时青藏公路刚通车,在路上跑的车和开车的人以及公路沿线的设施都是因陋就简。我们汽车连老班长戴常安做梦也没有想到,他会和一个死去的兵在这兵屋里住了一夜,他也险些被当做死人处理了。这种恐惧万状的事,老班长在回忆起来时却更多的是激情和感动。战友献身在进藏路上,虽死犹生。今天,我打开这个埋藏了数十年的故事背后的天空,看到的是一个鲜活的生命。那个兵永远活着。

那天夜里,因为山下的冰河造成堵车,戴常安在 12 点多钟才披着一身冷雪进了兵站。他是模范运输兵,已经安全行车 10 万公里,经常单车执行紧急运输任务。跑车一整天,他浑身困乏得几乎没有一点儿力气了,到站后连脸也没洗就进屋摊开铺盖往地铺上一滚睡觉了,很快便呼噜呼噜地发出了鼾声。鼾声飘出窗户,柔柔地响在坐落于不同海拔高度的小屋前后。已经是次日早晨 9 点多钟了,戴班长还安安稳稳地睡着。

就在这时候,两个兵进了小木屋,戴班长高一声低一声的鼾声吓得他们魂不附体,一个兵很恐怖地尖叫起来:"活啦!活过来了!"另一个兵惊慌失措地说:"怪了,怎么会变成两个尸体呢?"接下来就是一阵凌乱的声音,出出进进的脚步声混杂在一起。戴班长被惊醒了,但仍然是半睡半醒。他实在困极了,翻了个身,把身子缩进被窝,蒙头再睡,鼾声消失。

很快,兵站站长、管理员都来了。大家疑惑万分地议论着:"昨晚我们一个战友因为高山反应未抢救过来停止了呼吸,现在怎么会变成两具尸体？""怪事，实在是怪事，刚才我们还听见打鼾呢！""什么打鼾不打鼾的，这不明明是两具尸体搁在这儿吗？这样吧，抬到卫生所去检查检查。"听口气，说这话的大概是站长。

就在要做"尸检"的时候，戴常安睡醒了。他"噌"一下从地铺上坐起来，揉着惺忪的睡眼，向身边的陌生人发问："怎么啦？是我误了出车的时间吗？"一屋子的人被这突如其来的复活了的"死人"吓愣了，哗一下全跑到了院子里……

这个偶然巧遇的故事的结局就很简单了：戴常安讲了自己夜里进兵屋的前后经过，两个兵讲了他们的战友患高山症抢救未果的经过。死者也是一名高原汽车兵，他带病出车执勤，不慎途中又感冒，病上加病，献出了宝贵的生命……

戴班长很激动地对那两个兵说：你们的战友也是我的战友，昨晚是他远行的头一夜，他一定很寂寞，很想念亲人和同志。我陪了他一夜这是我的责任，也是我的荣幸！之后，3个兵在雪山下挖坑掩埋了英烈。戴常安久久地站在墓前，泪流满面。很快，住在各个不同海拔高度上的零散人员，都纷纷走出来，站在3个兵的后面，向这座雪山坟墓致哀……

这一刻，唐古拉山安详、平和的气氛，告诉人们：死亡不仅仅是肉体的消失，也是精神在世俗之上的再生！

王宗仁

责任悟语

在雪山的小屋中，战士睡得那样香甜，这是怎样一种温暖！不顾个人安危，带病出车执勤，这是怎样一种责任！陪"远行"的战友度过孤独的一夜，却感到十分荣幸，这又是怎样一种情怀！在恶劣的自然条件面前，一群普通的高原兵告诉我们：人类将互相关怀作为自己的责任，是多么的伟大！

（翟爱玲）

生命不仅属于自己

只有母亲才会这样对待生命。她将生命不仅仅看成是自己的，也是关系着每一个孩子的，她将她的爱通过生命的方式传递。

母亲已经去世十几年了，但我和母亲还是会在梦中常常见到，而且是那样清晰。一个人与一个人的生命就是这样系在一起，并不因为生命的结束而终止。

记得那一年母亲终于大病初愈了，那时，我刚刚大学毕业。一直躺在病床上的母亲消瘦了许多，体力明显不支，但总算可以不再吃药了，我和母亲都舒了一口气。记不得是从哪一天的清早开始，我忽然被外屋的动静弄醒，有些害怕，因为母亲以前得的是幻听式精神分裂症，常常是在半夜和清晨时突然醒来跳下床，我真是怕她旧病复发。我悄悄地爬起来往外看，只见母亲穿好了衣服，站在地上甩胳膊伸腿弯腰的，有规律地反复地动作着，显然是她自己编出来的早操。我的心里一下子静了下来，母亲知道练身体了，这是好事，再老的人对生命也有着本能的向往。

大概母亲后来发现了每早的锻炼吵醒了我的懒觉，便到外面的院子里去练她自己杜撰的那一套早操，她的胳膊腿比以前有劲儿多了，饭量也好多了。正是冬天，清晨的天气很冷，我对母亲说："妈，您就在屋子里练吧，不碍事的，我睡觉死。"母亲却说："外面的空气好。"

也许到这时我也没能明白母亲坚持每早的锻炼为了什么。后来有一次我开玩笑说她："妈，你可真行，这么冷，天天都能坚持！"她说："咳，练练吧，我身子骨硬朗点儿，省得以后给你们添累赘。"这话说得我的心头一沉，我才知母亲所做的一切是为了孩子，她把生命的意义看得是这样的直接和明了。在以后的很多日子里，我常常想起母亲的这话和她每天清早锻炼身体的情景，便常让我感动不已。一直到母亲去世的那一天，她都没给孩子添一点儿累赘。母亲是无疾而终，临终的那一天，她都将自己的衣服包括袜子和手绢洗得干干净净，整齐地叠放在柜门里。

也许，只有母亲才会这样对待生命。她将生命不仅仅看成是自己的，也是关系着每一个孩子的，她将她的爱通过生命的方式传递。其实，我们每一个人的生命都是这样的，都不仅仅属于自己，都会天然地联系着他人，尤其是自己的亲人，只是有时我们不那么想或想得不周，总以为生命是属于自己，自己痛苦就痛苦罢了，而不那么善待甚至珍惜，不知道这样是会连及亲人的，他们现在会为我们日夜担心，日后会为我们辛苦操劳。这样的例子不止一人，我的弟弟就是其一。他饮酒成性，喝得胃出血，一边吃药一边照样拎着酒瓶子不放。大家常常劝他，他却死猪不怕开水烫。不止一个人说他："你得注意点儿身体，要不会喝出病来的，弄不好连命都得搭进去。"他却一句"无所谓"，照样以酒为乐，以酒为荣，根本没考虑到他的妻子、他的孩子包括我在内会也是那样轻巧得无所谓吗？他连起码想想如果有一天真是喝出病会给亲人带来多少痛苦都没有。

每次看到他这样子，我便想起母亲，我也曾将母亲当时锻炼的情景告诉给他，但他似乎无动于衷。想想，他没有亲身感受到那情景，母亲每天清晨锻炼身体而想着包括我和他在内的孩子的当时，他喝酒喝得正痛快淋漓着呢。或许，这就是孩子和母亲的区别。只有孩子才始终是母亲的连心肉，孩子脱离母体之后总以为是飞跑了的蒲公英，可以随处飘落而找不到了根系。

我们常说一个人和一个人的感情是可以相通的，其实，一个人和一个人的生命更是可以相连的。

🌹肖复兴

责任悟语

母亲会把孩子看做是生命的全部，一言一行、一举一动都是为孩子着想，蕴涵着对孩子浓浓的爱。可以说，母亲是我们生命中最重要的人，我们已经融进了她们的生命。那我们呢，母亲的生命融进了我们的生命里了吗？

（翟爱玲）

生命的华衣

还有什么比生命更珍贵的？为这仅此一次的生命，难道不该活得漂漂亮亮？

开会的时候，遇到一位老太太，又美丽又丑陋的老太太。

她器宇轩昂地坐在椅子里，仿佛骄傲高贵的女王。女友说，瞧，核桃皮似的，还打扮得艳如桃花，语气中的蔑视和不屑无遮无拦。

我还发现老人扶在椅子把手上的左臂不停抖动，从袖口伸出的则是一只干燥树皮样的手。

但，无法否认，她打扮得极其精致：梳得纹丝不乱的发髻，两只银光

183

闪动的大耳环,朱红色光滑如水的裙子,连指甲都精心修剪过,涂着淡紫色的油彩。我微微笑了笑,算打招呼。"您?"我的目光落在她发抖的手臂上。

涂了口红的嘴咧开,她表情愉悦,虽然丑,却亲善。"我患了帕金森氏综合症,已经两年了,"她更柔和地凝视着我,"你觉得我很可怜是不是?"

我诚恳地摇头。这样的打扮一定专门有人伺候,绝不该属于可怜的人。

"我很丑是不是,不该这样卖弄?"

我无法表态。相貌的丑陋似乎跟装扮的美丽不搭界,但是,假如有一天,我变丑、变老、变得身残体弱,会不会自暴自弃?她不再解释,浅浅笑,风轻云淡。

传说蜗牛从前是没有壳的,软绵绵的身体上伸出丑陋的触须,很多动物都对它嗤之以鼻。蜗牛爬到上苍那里去,祈求上苍赐给它一个壳。

为什么一定要装美丽的壳呢?虚伪还是自欺欺人?

蜗牛沉思片刻,郑重地回答:为了仅此一次的生命。

很久以后,我想起那个已经淡忘了容颜的老太太,突然肃然起敬。

还有什么比生命更珍贵的?为这仅此一次的生命,难道不该活得漂漂亮亮?

🌸 栖　云

责任悟语

生命只有一次,我们有责任让自己变得更珍贵、更美丽、更精彩。蜗牛和老太太选择了美丽的外壳和漂亮的衣服来点缀生命,我们的责任是努力找寻生命中更多的亮点,不虚度光阴,让自己的生命变得更绚丽、生动!

(于露东)

让人忘却生命威胁的责任感

尽快地打通这些孤岛信息是我们每一个移动人心中最急迫的使命，为了这个使命，我要留下！

2008 年 5 月 16 日下午，张勇和队友们已经进入"5.12 汶川特大地震灾害"抢险的第 4 天，作为工程一处抢险队队长，在连续工作几十小时，并且已经缺水少粮的情况下，张勇一面给队友们鼓气，一面带领队友们沿马尔康—理县的路途布放光缆，按照计划，今天要抢通高家庄光缆。就在距离理县县城几公里处，一场高级别的余震毫无征兆地袭来……

高家庄四面环山，峭壁陡立，是理县—汶县—汶川的生命线。地震之后，山体的岩石已经疏松，滑坡非常严重，不停有石头从石壁上滚落，卷起阵阵尘土。头上有飞石，下面又是湍急的河流，情况十分危险，张勇和队员们只得小心翼翼地工作着。工作中，不时有小块的碎石砸在他的脸上、手臂上，划出一道道深深浅浅的血迹，可注意力高度集中的他哪管得上这些小伤口。下午 1 点 25 分，大地突然剧烈震动，霎时间，飞沙走石。无边的昏暗在此刻突然侵袭了湛蓝的天空，不到一分钟，高家庄已由中午变为黑夜，只听得见如雨的石头从头顶呼啸而过却又辨别不出方向。不好，山体滑坡了！张勇作为抢险队队长，迅速对地震灾害作出反应，他一边大声呼喊队友们往安全地方躲，一边拉着身边的队友躲进工程车里，而他自己却是最后一个上车的人。哗！车窗玻璃被突如其来的飞石砸碎了……5分钟后，现场安静了下来，张勇下车逐一检查队员们的安全情况，大家才发现他走路时的异样——飞石从山上打下来，打中汽车玻璃，石块、玻璃碎块一起击中了他的左腰，在确认完所有人都安然无恙之后，张勇这条汉子终于无法支撑下去了，他捂住左腰，缓缓地、缓缓地蹲在地上，事后大家送他到医院时，他已开始吐血丝，经检查，内脏有损伤。

张勇受伤的消息传回工程局后，局领导亲自给他打电话慰问。电话里，医生向局领导建议，阿坝条件恶劣，伤员张勇在抢险队每天吃的都是没有营养的干粮、方便面，而且经常断饮用水，非常不利于病情的治疗，有条件的情况下应该立即让他回家。当领导安排张勇回家时，他坚定地拒绝了。他说，我们现在正在进行一场和时间"赛跑"的战斗，若是不能及时恢复通信，受灾被围群众的生命面临的威胁也就更大，尽快地打通这些孤岛信息是我们每一个移动人心中最急迫的使命，为了这个使命，我要留下！

是的，在巨大危险面前，使命的责任感就是这样让人忘记了生命的威胁。在痛彻人心的灾难面前，身上的职责会驱使着那些具有使命感的人充满勇气。

责任悟语

责任，不仅是要做自己分内的事，更是要将其做好。达到前一个目标，容易；达到后一个目标，一路上充满了需要克服的艰难险阻，有时甚至是对生命的威胁。可由于我们心中有了神圣的使命感，便不再对艰难险阻感到害怕，不再对生命的威胁感到恐惧，我们就能充满勇气地扛起自己的责任。

(翟爱玲)

承担起生命的职责

"对不起,"少年雄鸡说,"但是我是在尽自己的职责。"

一只少年雄鸡守候在奄奄一息的父亲身旁。

"孩子,我已经不行了,"老雄鸡说,"从今以后,每天早晨呼唤太阳的职责,要由你来承担了。"

少年雄鸡点点头,伤心地注视着慢慢闭上了眼睛的父亲。

第二天一早,少年雄鸡飞上谷仓的屋顶。它脸朝东方,高高地挺立着。

"我必须设法发出最大的啼叫声。"它昂起头来,放开喉咙啼叫。但是,它发出来的却是一种缺乏力量的、时断时续的嘎嘎声。

这天太阳没有升起,乌云布满天空,毛毛细雨下个不停,饲养场上的所有动物都气坏了,跑来责怪少年雄鸡。

"真是倒霉透了！"猪叫道。

"我们需要阳光！"羊也叫起来。

"雄鸡,你必须啼叫得更响一些！"公牛说,"太阳离我们有9300万英里远,你的叫声那么细小,它能听得见吗？"

过了一天,少年雄鸡有意早早飞上谷仓的屋顶。它脸朝东方,深深地吸了口气,接着伸长脖子,敞开喉咙大声啼叫。他这次发出的啼鸣声非常洪亮,在雄鸡啼鸣史上是空前的。

"吵死人了！"猪说。

"耳朵都要震破了！"羊叫道。

"头都要爆炸！"公牛抱怨说。

"对不起，"少年雄鸡说，"但是我是在尽自己的职责。"

他心里充满了自豪感，他看见了，在那遥远的东方，一轮红日正从丛林后面冉冉升起。承担起生命的职责来，责任让弱者变强，让强者更强。

责任悟语

我们每个人生来就背负着责任。有时它很小，仅仅是收发作业的琐碎工作；有时它很大，需要付出艰苦努力才能承担。不管责任大或小，从它属于我们的那一刻起，我们就要全力以赴。周围也许会有冷嘲热讽、牢骚抱怨、嫉妒怀疑……所有这些都不能牵绊我们履行责任的脚步，因为我们在尽自己的职责，做完美的大写的人！

（翟爱怜）

负起生命的责任

他告诉自己一定要挺住，否则，秃顶他们会用鲁莽的举动亲手把所有落难者推进死亡的深渊。

在波涛汹涌的大海上，一艘轮船不幸失事。大副带着幸存的 9 名水手跳上了救生艇，在海面上漫无目标地漂流。10 天过去了，大家依然看不到一丝获救的希望。大副守护着仅存的半壶水，不许那 9 个人碰它一下——有水就有活下去的希望，没有了水，大家就再也难以撑下去了。大副是救生艇上唯一带枪的人，他用枪口对着那 9 个随时都有可能疯狂地冲上来抢水的水手，任凭他们对着自己咒骂咆哮。

在这 9 个人当中，最凶悍的是一个秃顶的家伙。他把双眼眯成一道缝，威胁地盯着大副，用他那沙哑的破嗓子奚落他道："你为什么还不认输？你无法坚持下去了！"说着，他猛地蹿上来，伸手去抢壶。大副毫不客气地用枪对准了他的胸膛。秃顶叹一口气，乖乖地坐下了。

为了保护这半壶维系着生命希望的淡水，大副已是两天两夜没有合眼了。他告诉自己一定要挺住，否则，秃顶他们会用鲁莽的举动亲手把所有落难者推进死亡的深渊。然而，干渴和困倦折磨得他再也撑不下去了，他握枪的手一点点软下去，软下去……惶急中，他居然把枪塞给了离他最近的秃顶，断断续续地说："请你……接替我。"然后就脸朝下跌进了船舱。

十多个小时过去了，黎明时分，大副醒了过来，他听到耳畔有个沙哑的声音说："来，喝口水。"

原来是秃顶！

秃顶一只手拿着淡水壶，另一只手稳稳地握住枪对着其余 8 个越发疯狂的水手。看到大副满脸疑惑，秃顶略显局促地说："你说过，让我接替你，对吗？"

一轮朝日终于送来了一艘救援的船。

责任悟语

我们每天都生活在集体中，学习、玩耍都不会只有一个人。当集体中的责任没有具体到自己身上时，我们可能就会放松自己对责任的坚持，久了会使整个集体变成一盘散沙。只有每个人都负起自己那份责任，成功才会向我们走来。　　（朱小华）

歌者的幸福

在边防线的舞台上，我是在用歌声和战友们交流，让我感受到歌声能够给人带来的幸福和作为一个歌者的幸福。

"在遥远的边关抵挡风霜，无边的花朵在身后开放……"总政歌舞团王宏伟一曲嘹亮的歌令观众陶醉不已。作为一名军旅歌手，王宏伟有解不开的边关情结。因为他自己就曾是一名驻守边关的战士，边关的风霜雨雪见证了他走过的脚步，更重要的是因为歌唱守卫边疆的战士，让他感到幸福。

王宏伟出生在新疆北部的一个小农场，1984 年入伍，在新疆博尔塔拉军分区任放映员，之后他还学过维吾尔语，做过仓库政治处干事。从一个普通军人，到深受广大战士喜爱的军旅歌手，他的成长历程是怎样的呢？

他幼年时失去了父亲，小时候受母亲熏陶，喜欢唱歌。第一次作为军旅歌手的"正式演出"是在 1988 年，当时王宏伟在乌鲁木齐陆军学院学习维语，参加对新疆边防某部"红山嘴"驻地的慰问演出。没有闪亮的灯光，没有旋转的舞台，完全是一次因陋就简的演出。但是战士们热烈而持久的掌声让他非常激动。演出结束后，为了不影响连队正常作息，演出小分队决定在半夜离开。

夜里 3 点钟，他们打好行李，悄悄上了车。孰料，车刚走到营门口，只见所有的战士整整齐齐地在营门两侧列队敬礼。这个画面深深印在他的脑海里，激励着他不断地为他们歌唱，把"唱他们"当做是一种责任。

回来后，一有空闲时间，他就练声、唱歌。休息唱、拉练唱、宿舍里唱、水房里唱，战友们嫌他"扰民"，他就夜里跑到操场上去唱；冬天他冒着严寒穿着大头鞋、皮大衣在操场上唱。功夫不负有心人，他的歌声越来越得到战友们的喜欢和赞美。1997年，他调入新疆军区文工团，开始专业演员的生涯。从此，新疆6700公里的边防线上，几乎每一个哨所都留下了他的歌声。

2000年，王宏伟获得了第九届全国青年歌手大奖赛专业组民族唱法金奖和"观众最喜爱的歌手"，随后，他被调入解放军总政歌舞团。

从此，在各种慰问、演出，甚至中央电视台的春节联欢晚会舞台上都有他的身影。从基层连队、仓库，到全国最高水平的剧院，演出规模变了、舞台变了，但他对歌唱的热爱、对边防的感情没有变。

新疆、西藏、内蒙古……在王宏伟的演出日程上，边防慰问永远排在第一。身边的人说他在边防简陋的舞台上状态倒比大剧院还好，王宏伟说："同样在舞台上唱歌，在剧院，我想的是把歌唱好，不要让观众失望；而在边防线的舞台上，我是在用歌声和战友们交流，为战友们唱歌，让我感受到歌声能够给人带来的幸福和作为一个歌者的幸福。"

王 蓓

责任悟语

责任其实也是一种幸福。我们的双肩还很稚嫩，还不足以承担宏大的责任，那就从小事做起吧，学习负责，对成长负责，为迎接自己的美好未来负责！

（于露东）

别让果实长成诱惑

不给孩子们伸手的机会，他们也就没有了偷摘的欲望。不让果实长成诱惑，这是一种责任，也是一种真正的睿智和善良。

她是个懂情调的人，有点儿小资。因为爱梨花的白，她让丈夫在院子里种了一棵梨树。梨树还来不及开花的时候，丈夫去了国外，她便守着梨树守着相思过日子。

梨树寸寸拔高，终于长成了小区里的风景，开了绵白的花，挂了青涩的果。果子还没成熟的时候，就已经引得四邻的孩子目光艳羡。于是，不时有小脑袋在围墙外打探。

她是个善良的人，明白小孩子的心思，明白他们心里和嘴里的那份馋。所以，她会主动给孩子们机会。有孩子趴在围墙上探头探脑的时候，她会回到屋里去。她家的围墙不高，孩子们费不了多少气力就可以爬上来，站在围墙上，就可以够得着树上的果实。她会躲在屋里看孩子们偷摘果子而发笑，孩子们的得逞，也是她心里的一份满足和快乐。

她甚至故意敞开了院门，她不希望有孩子会因翻越围墙而摔伤。

梨树上的果子没有哪一个能真正等到成熟就都已经告慰了孩子们的馋劲。孩子们喜欢她的大度，大人们喜欢她的善良，她的人缘很好。

但终于还是出了事。有个孩子贪恋树顶上的一枚果子，爬上了树，结果摔了下来，折了腿。

孩子在医院里躺了好些日子才康复，一出院，孩子的父亲就提着斧子来到她家，要砍掉她的梨树，说留着这棵梨树终是祸害，不定谁家的孩子又会从树上摔下来。她觉得他这样做有些无理，四邻更是觉得他太过蛮横，自己的孩子贪嘴受了伤，怎么反倒怪起了别人。在人们的指责声中，他抡起的斧子落不下去，悻悻地作罢。

这件事使她觉得很无趣，便生了去国外与丈夫团聚的念头，于是办了签证变卖房产，哪知道第一个跑来要买她房子的，竟是那个要砍掉她的梨树的男人。

房子易了主，院子里的梨树便也有了新主人。新主人还是不容梨树存活，搬来的第一天就要将树砍倒，但被邻居们劝住了。多年来，这棵梨树已长成了小区里的一道风景。大家习惯了看梨树的花开花落，果青果黄。

他犹豫了一阵，还是听了大家的劝，扔了斧子，放梨树一条生路。自此，梨树仍在院子里开花、挂果，仍有四邻的孩子在围墙外打探，艳羡枝头的果实。但他却不容孩子们打这些果子的主意。一有孩子在围墙外探头探脑，他就高声呵斥，他甚至去买了防护网，安在围墙的上头。这样，一树的果实被罩在了围墙里，谁也够不着。

孩子们都骂他吝啬，邻居们也认为他太小家子气，不就是几个梨嘛，何必这样宝贝着。

但他就是宝贝着，任谁都甭想打那些梨的主意。

转眼就是秋凉，一树的梨黄澄澄的。他架了梯子，一个个摘下来。摘了一箩筐，又拆去了墙头的防护网。他将那些梨分装在许多塑料袋里，然后，一家一家地送，让四邻品尝。大家都说，原来这树上的梨不是酸的，原来会有这么甜。

自此，梨树在院子里年复一年地生长，年复一年地开花结果。围墙上的防护网也是安了拆，拆了安。再没有孩子打那些果实的主意，因为他根本不给孩子们机会。但每一年的秋收季节，小区里的人们都能品尝到那一树果实的甘甜。

到了后来，他即使没在围墙上安防护网，也没有谁偷摘过树上的一

枚果实。

他说，他这样做，只是为了不让那一树果实长成诱惑。

他原来是想砍掉那棵梨树的，他觉得，他孩子的受伤，是梨树的过错。但后来他想通了，梨树并没有过错，错的是梨树的主人。它过去的主人是善良的，任由孩子们采摘果子，但恰恰如此，让那一树果实，成了一树的诱惑，诱使孩子们学会了以不正当的手段获得，诱惑孩子们去遭遇因这种获得而带来的危险。

成熟的果实是甜的，但诱惑的果实却是酸涩的。

不给孩子们伸手的机会，他们也就没有了偷摘的欲望。不让果实长成诱惑，这是一种责任，也是一种真正的睿智和善良。

方冠晴

责任悟语

善良的她任孩子摘她的梨子，终有小孩因此摔折了腿，这是她没有意料到的。有时我们也因为这种"善良"，容忍同学去抄袭我们的作业或试卷，其实这也是对同学的一种不负责任和伤害。负责任的表现应该是：守护好自己的果实，不要让它去诱惑别人。

（于露东）

第 八 辑

甩开借口,人生容不得
半点不负责任

　　1982 年 5 月 28 日,一列旅客列车从东北驶向关内的途中,因为一名铁路工人擅自离开岗位,没有把放在轨道上的起道机拿下来,造成了一起震惊中外的列车翻车事故。这次事故致使 10 节车厢报废,3 名旅客丧生,还给国家造成了 119 万元的经济损失。

　　每个人的肩上都背负着这样那样的责任,而每一份责任都承载着生命中不同的重量。人生容不得半点不负责任,责任一丝一毫的缺失,都会给生命的画卷带去无法抹去的污迹。

他的军装是怎么回事

如果你们希望成为一个团队的领导者，就必须先成为这个团队的一员。只顾自己成功，缺乏职责感的人，永远也不会是个成功的领导者。

预备军官培训班，是美国培养军官的一个场所。1989年，我作为一名预备军官学员被弗吉尼亚理工大学录取。

正式开学之前，新学员先要接受一个夏天的军训，教官对我们要求很严格。这个夏天是对人心理和体能的双重考验，有很多人在军训结束前就知难而退了。幸好我哥哥是弗吉尼亚理工大学军官培训班的毕业生，他向我传授了好些窍门儿，让我多多少少有了点儿准备，军训的时候表现得比其他同学好一些。

"换装"是一个常见的训练项目，我们要在两分钟内跑步回宿舍，脱下普通制服，换上正式军装，再跑回大厅集合接受检查。制服上连一根线头、一点儿污渍都不能有，铜纽扣和腰带必须闪闪发亮，鞋子必须光可鉴人。

开头几次，没有人能在两分钟内穿戴整齐，大家不是被罚扫厕所，就是被罚做俯卧撑。不过我私下按哥哥教的窍门儿练习，换装的速度越来越快。终于，下一次训练的时候，我在规定时间内完成任务，笔直地站在了大厅里！

负责考核我们的欧布赖恩中尉向我投来赞许的目光。就在这时，我的室友吉米衣冠不整地跑进大厅。中尉顿时皱起眉头："他的军装怎么这么糟糕？"吉米的样子真让人不敢恭维，上衣扣子没扣，腰带不知道哪儿去了，皮鞋像拖鞋一样被踩在脚下。"他的军装是怎么回事？"中尉又问了一遍，我这才意识到他是在问我。

"不知道。"我莫名其妙地回答，心想吉米没穿好军装是他的问题，跟我有什么关系啊。欧布赖恩中尉显然看透了我的心思，训斥道："明知同伴没法完成任务，你怎么能自顾自跑出来呢？没错儿，换装这个项目，你过关了，但团队职责这项，你却不及格。"我从来没见过中尉如此生气的样子，心里既不服气，又有些不知所措。

中尉把脸转向全体预备军官，大声说："你们要记住，军官培训班的目的不是教你们如何换装，只要反复训练，任何人都能在两分钟内换好军装。

"军官培训班的目的是培养军官，培养领导者。如果你们希望成为一个团队的领导者，就必须先成为这个团队的一员。只顾自己成功，缺乏职责感的人，永远也不会是个成功的领导者。"

我想我一辈子也不会忘记欧布赖恩中尉的话，从那天起我才开始明白领导者的真正含义。每当看到同伴有困难的时候，我就会听到中尉的声音："他的军装是怎么回事？"

[美]卡普·丹尼斯　王　悦／编译

责任悟语

不放弃自己的每一份职责，这是尽职尽责的表现；而不抛弃身边的每个朋友、战友，这更是忠于职守的所在。当今社会中单打独斗不再具有战斗力，而团队合作却让人们无往不胜。记住团队的职责，记住自己的责任。

（王　蕴）

承担责任

逃避责任的心态不但令人遗憾，有时还显得相当可笑。

如果我们不着手解决人生的难题，问题就永远无法解决。

这句话看起来是老生常谈，但很多人却似乎不懂得其中的道理：我们必须先扛起解决问题的担子，才能解决问题。只说一句"这不是我的问题"，毫无帮助；光是期待别人替我们解决问题，问题也不会消失；唯一的办法是挺身站出来说："这是我的问题，我来解决。"

有很多人——太多人——为了逃避随问题而来的痛苦，会告诉自己说："这个问题是别人害我造成的，或者是我无法控制的社会因素造成的，所以应该由别人或社会来负责替我解决。这不是我一个人的问题。"

逃避责任的心态不但令人遗憾，有时还显得相当可笑。我随部队驻扎在冲绳时，遇到一位美军士官，因酗酒的问题相当严重，转来找我做心理治疗。这位士官否认自己饮酒过量，也拒绝承认酗酒是他个人的问题。

他说："冲绳晚间无事可做，太无聊了。"

我问："你喜欢看书吗？"

"是啊，我喜欢看书。"

"那你晚上何不用看书来代替喝酒呢？"

"营房里太吵了，看不下去。"

"那么去图书馆怎么样？"

"图书馆太远了。"

"图书馆会比酒吧更远吗？"

"好吧，我承认我没那么爱看书。我本来不是个爱读书的人。"

我换个话题继续问："你喜欢钓鱼吗？"

"喜欢啊。"

"何不用钓鱼来取代喝酒呢？"

"因为我白天得工作啊！"

"晚上难道不能钓鱼吗？"

"不行啊，冲绳晚上没有钓鱼的地方。"

"不会吧。我就知道好几个能夜间钓鱼的俱乐部，我介绍你去参加，好吗？"

"呃，其实我也不那么喜欢钓鱼啦。"

我说："听你的意思，好像冲绳一带，除了喝酒就没有别的事可做。可是事实上，我看你在这儿唯一喜欢做的事就是喝酒。"

"唔，我想是吧。"

"可是喝酒带给你不少麻烦，像这次你的麻烦就不小，不是吗？"

"我有什么办法！这个该死的小岛就是逼得人非喝酒不可！"

我们尝试了很久，但这位士官就是不肯把酗酒当做一个靠毅力，再加上外界的一点儿帮助就可以解决的问题。最后我只好告诉他的司令官，我无能为力。而那位士官之后还是继续酗酒，终于被撤职，军人生涯就此断送。

责任悟语

　　在成长中，我们会遇到形形色色的问题和困惑，而这一切都是我们的人生中所必须承担的责任。如果一味逃避和推托，问题非但得不到解决，还会造成不必要的麻烦。学会承担责任，面对问题，是我们寻找未来希望和取得骄人成绩的法宝。　　（王　蕴）

责 任 感

可是她没有放弃,并且紧紧抓住希望不放,她很清楚自己对自己的责任,她用了自己的热情做生命的阳光!

那天遇到了一件特恐怖的事情。

人的生命是由自己去定义的。热爱生活的人觉得生活格外的精彩,有意思的是往往好运和快乐也会加倍地多起来;漠视生命的人,阳光灿烂他会觉得刺眼,和风细雨他又觉得凄迷,命运也变得多舛了。如果你不想给自己添麻烦的话,就应该对自己、对生活负起责任来。

一位学生朋友经常给我写信,说她的学生生活和当年的何炅很有些相似:都担任学生干部,都参加很多很多的课余活动,都开朗活泼,学习成绩也都不错,而她问的那些当干部遇到的难题倒还真是我当年也十分头痛的,于是便对这位学生朋友有说不出的亲切感。

可有一天我收到她的来信,信上告诉我她正为表姐的病逝而伤心,她的好几个亲人都患有一种骨病,需要做几次大手术,而最后一次手术危险性最大,很少有人能闯过去,表姐就没能从最后一次手术台上下来。

女孩在信中告诉我,她也有这种病,而几个月后,就是她最后一次手术的日子。我被深深地震撼了。

从她以往的信中,我感觉到的完全是一个不识愁滋味的阳光少年,却不知道她的生命中隐藏着这么一道深深的阴影!她又是用了怎样的坚强和勇气去照亮自己的生活!包括这封伤心的来信,也是以"我会好

好珍惜每一个日出"这样热情的语言来结束，我真的很钦佩她！

微笑了一天回到自己的小房间面对一天天逼近的挑战时，午夜醒来由骨的深处传来丝丝无法排解的疼痛时，一同跋涉的亲人败下阵去匆匆离别时，她面对的压力也许足以让一个人放弃对生活的信心。想必她一定很辛苦。可是她没有放弃，并且紧紧抓住希望不放，她很清楚自己对自己的责任，她用了自己的热情做生命的阳光！

这样认真生活的人，生活也会善待她！她一定会过得很幸福、永远。

责任悟语

　　认真生活，对自己、对生活负责，这是我们每个人都应该懂得的人生道理。在面对挑战、压力、痛苦的时候，只要我们记住这条人生准则，即使命运对我们再残酷，我们也能活出自己的精彩，实现自己的价值。生活鄙视不负责任的懦夫，敬重认真负责的勇士。

（王　蕴）

卸不掉的责任

从那以后，他便每天赶很远的路去检测铁轨，不过那时候，他早已经被铁路部门辞退，他所做的一切，都是没有报酬的。

换了一个新的地方住，对一切都不太熟悉，所以，每天我都很少出门，只是偶尔隔着那扇大大的窗子，看看外面那广阔的林地。

两个礼拜过去了，一位住在附近的老人却引起了我的注意。每天早晨很早，他总要斜挎着一个破旧的帆布口袋，沿着林中那蜿蜒的小道，轻轻地走向纵深处；太阳将近落山时，才疲惫地返回。而且风雨无阻。

终于，我按捺不住好奇心，在一天早晨，悄悄地尾随在他的身后。

走了很远，眼前忽然开阔了一些，几条铁路静静地躺在那里。

老人从帆布口袋中掏出了一把小锤子，弯下腰去，仔细地敲打着铁轨。

原来，他是一位铁路养护工，我恍然大悟。不过，像他这样的年龄，早应该退休了，为什么还要……

一个早晨，我照例隔着窗子望着老人的举动，没想到，这次，他竟然拐到我的门前，敲了我的门。

"年轻人，为什么跟着我？"门一打开，他就很严肃地质问我。

为什么？我找不出合适的理由，只好原原本本地把我的疑问说给他听。

他的脸色和蔼了许多："告诉你，或许对你会有用处。"

在去铁路的路上，我终于走进了他的内心深处：许多年前，他在铁路上从事养护和检测的工作，和他在一起的，还有一个人。有一天，他得了重感冒，不能去铁路上，工作就由那一个人来承担了。那个人在检测铁轨时，疏忽了一些，几颗松掉的螺丝漏了过去，没有想到，就那么松掉的几颗螺丝，竟然会造成火车颠覆，于是，惨祸发生了。

后来，事故原因查出来，他们俩因此蹲了监狱。那个人，还没有等到刑满就病逝了，而他，也变得十分衰老。

然而，十几年的监狱生涯，并没有洗去他心中的忏悔，他一直认为，那次事故是他一手造成的，责任，不可推卸。

从那以后，他便每天赶很远的路去检测铁轨，不过那时候，他早已经被铁路部门辞退，他所做的一切，都是没有报酬的。

"我一辈子，都不会安心的！"老人深深地叹息了一下，两行浑浊的眼泪流了下来。

望着老人，我忽然明白了我们也应为一份责任，而付出一生的努力，就像这位平凡的老人一样。

🌸 刘国涛

责任悟语

一次小小的疏忽和失误，酿成一辈子的苦果，让人良心难安，永远自责。最平凡普通的老人也懂得责任不可推卸的道理。所以，精心对待一切应该认真对待的事情，肩负起所有我们应该承担的责任吧，不要等到品尝苦果的泪水流过，才后悔不迭……

（王　蕴）

滴 水 之 责

在庆典接近尾声时，大酋长拔掉了大桶上的木塞子，往每个人的杯中都注满了酒。当大伙一饮而尽时，才发现喝下去的并不是酒，而是清水。

一群狼被猎人赶进了一个洞里。

猎人在洞口安装了一只兽夹，哪只狼先出洞就会被兽夹夹住；不过，其余的狼就可以逃脱了。

狼群在洞里饿了一天--夜，它们讨论着谁先出洞的问题。

老狼说："我年岁最大，我先出洞不太合适吧。"

小狼说："我的年龄最小，不该我先出去。"

母狼说："我家里还有三只小狼崽等着我喂奶，你们忍心饿死它们吗？"

一只跛脚狼说："我已经负伤了，你们应该照顾我。"

最后只剩下一只壮狼了，它说："我可以先出去。不过，如果我最后冲出去，我可以为大家报仇，去咬死猎人。"

几天后，猎人从洞里拖出了一只又一只饿死的狼。

狼，本来是很聪明，团队意识极强的动物；但是，这群狼太自私，所以酿成了统统被饿死的悲剧。

有时候，动物也是人类的一面镜子。

在一次隆重热烈的丰年祭庆典中，大酋长要求每一户家庭都要捐出一壶酒，并且倒在一个大桶里，以便大家共享。

只看到每一户都积极响应大酋长的号召，郑重其事地倒下家里酿的酒，很快地就集满了一大桶。

在庆典接近尾声时，大酋长拔掉了大桶上的木塞子，往每个人的杯中都注满了酒。当大伙一饮而尽时，才发现喝下去的并不是酒，而是清水。

原来，家家户户都以为在那么多的酒中，倒入自己的一壶清水一定不会被察觉。

故事毕竟是故事，但故事的确反映了现实生活中存在的问题。

在城市楼房走廊中，每两户或三户人家的门外都有一盏共用灯。如果共用灯的灯泡坏了，有争先恐后换灯泡的人家，但不是很多。不少住户觉得这又不是自己一家的事，莫不如等一等，看一看再说。碰巧这个楼层的几户人家都这么想，大家都等一等，看一看，结果便是好多天没人换灯泡，大家摸黑上下楼，一黑就是多少天。长此下去，就是原来一贯争先恐后换灯泡的人家，也难免灰心和消极下去。较劲到最后，往往是年纪大的人家先出来换灯泡，或者是老人自己换，或者是晚辈帮助换，因为年纪大的人比年轻人更需要光明。

一个家庭的成功，一个集体的成功，一个军队的成功，一个民族的成功，一个国家的成功，无一不是集众人之力的成功。拔河时，即使只少了一个人的力量，也可能导致整体的失败。天下兴亡，匹夫有责。天下好比大海，匹夫好比滴水，大海是由滴水组成的，滴水也只有在大海中才能永生。大海不可轻视滴水的渺小，滴水也不可漠视对大海奉献的责任。

🌸蒋光宇

责任悟语

微土积成大山，滴水汇成海洋。我们每个人虽然渺小、平凡，但都有自己的责任和力量。对于我们所属团队的成功，我们的力量缺一不可。从现在做起，从自己做起，从身边的小事情做起，负起我们应有的责任，我们的家园才会更加繁荣强大。　　（王　蕴）

甩开借口

美国成功学家格兰特纳说过这样一段话："如果你有自己系鞋带的能力，你就有上天摘星的机会！'甩'开借口，我们才能与责任同行！"

巴顿将军在他的战争回忆录《我所知道的战争》中，曾写了这样一个细节：

"我要提拔人时常常把所有的候选人排到一起，给他们提一个我想要他们解决的问题。我说:'伙计们,我要在仓库后面挖一条战壕,8 英尺(约 2.4 米)长,3 英尺(约 0.9 米)宽,6 英寸(约 0.15 米)深。'我就告诉他们那么多。那是一个有窗户或有大节孔的仓库,候选人正在检查工具时,我走进仓库,通过窗户或节孔观察他们。我看到伙计们把锹和镐都放到仓库后面的地上。他们休息几分钟后开始议论我为什么要他们挖这么浅的战壕。他们有的说 6 英寸深还不够当火炮掩体。其他人争论说,这样的战壕太热或太冷。如果伙计们是军官,他们会抱怨他们不应该干'挖战壕'这样普通的体力劳动。最后,有个伙计对别人下命令:'让我们把战壕挖好后离开这里吧,那个老畜生想用战壕干什么都没关系。'"

最后,巴顿写道:"那个伙计得到了提拔,我必须挑选不找任何借口地完成任务的人。"

任何借口都是推卸责任。在责任和借口之间,选择责任还是选择借口,体现了一个人的行事风格和生活态度。借口能消磨人的斗志,或让人遗忘自己的责任。借口在我们的耳畔窃窃私语,告诉我们不能做某事或做不好某事的理由,它们好像是"理智的声音"、"合情合理的解释",冠冕堂皇,却常常让我们沉湎于令人腐化的温床,并为此付出失败的代价。

美国成功学家格兰特纳说过这样一段话:"如果你有自己系鞋带的能力,你就有上天摘星的机会!'甩'开借口,我们才能与责任同行!"

西点军校的莱瑞·杜瑞松上校在第一次赴外地服役的时候,有一天连长派他到营部去,交代给他 7 项任务:要去见一些人;要请示上级一些事;还有些东西要申请,包括地图和醋酸盐(当时醋酸盐严重缺货)。杜瑞松下定决心把 7 项任务都完成,虽然他并没有想好要怎么去做。果然,事情并不顺利,问题就出在醋酸盐上。他滔滔不绝地向负责补给的中士说明理由,希望他能从仅有的存货中拨出一点儿。杜瑞松一直缠着他,到最后不知道是被杜瑞松说服了,还是被他缠得没有办法了,中士终于给了他一些醋酸盐。

　　杜瑞松上校的举动给我们提供了一个责任的范本。杜瑞松回去向连长复命的时候，连长并没有多说话，但是很显然他有些意外，因为要在短时间里完成 7 项任务确实非常不容易。或者换句话说，即使杜瑞松不能完成任务，也是可以找到借口的。但是杜瑞松根本就没有想去找借口，他心里根本就没有过推脱责任的念头。

　　拿破仑·希尔说："制造托词来解释自己的行为，这已是世界性的问题。这种习惯与人类的历史同样古老，这是成功的致命伤！"哲学家艾乐勃·赫巴德说："我对自己一向是个谜，为何人们用这么多的时间制造借口以掩饰他们的弱点，并且故意愚弄自己。如果用在正确的地方，这些时间足够矫正这些弱点，那时便不需要借口了。"富兰克林·罗斯福因患小儿麻痹症而下身瘫痪，他是最有资格找借口的。可是他从来不找任何借口，而是以十足的信心、勇气和顽强的意志向一切困难挑战，成为美国总统。他以病残之躯在美国历史上，也在人类历史上写下了辉煌的篇章。

　　当你为自己寻找借口的时候，你要想到做任何事情都没有借口和抱怨可言，责任就是一切行动的准则。

责任悟语

　　对于所负的责任，我们无权寻找任何借口，因为那是在消极地推卸责任。责任和借口之间永远都需要我们来选择，积极的生活态度，雷厉风行的行事风格，是我们行动的标尺。让消磨我们斗志的借口永远被责任所覆盖吧。

（王　蕴）

真正的负责

马罗尔医生为我解开了谜底，他的回答也彻底改变了我对"职责"一词的理解：埃米落选的原因正是她"负责过头了"。

我曾经在美国印第安纳医学院附属儿童医院收集论文资料。负责接待我的马罗尔医生手下有两个实习医生，一男一女。

接触多了，我发现这两个人的工作态度有天壤之别。男实习生纳特严格遵守法定工作时间，一分钟也不肯超时；而女实习生埃米每天清晨就走进病房，经常忙到深夜。我觉得纳特对医生的责任划分得过于泾渭分明了。我不止一次听他说："请你去找护士，这不是医生的职责。"埃米正相反，她身兼数职：为小病人量体重——护士的活儿；给小病人喂饭——护士助理的活儿；帮家长定食谱——营养师的活儿；推病人去拍 X 光片——输送助理的活儿。

医学院每年期末都要评选五名最佳实习医生。今年的评选结果却令我大吃一惊，埃米名落孙山，纳特却出现在光荣榜上！

马罗尔医生为我解开了谜底，他的回答也彻底改变了我对"职责"一词的理解：埃米落选的原因正是她"负责过头了"。她把护理病人当成了自己一个人的职责，事无巨细统统包揽。但世界上没有超人，缺乏休息使她疲惫不堪，情绪波动，工作容易出错。而纳特则看到了职责的界限，他知道医生只是治疗的一个环节，是救死扶伤团队中的一员。病人必须在医生、护士、营养师、药剂师等众多医务工作者共同参与下，才能更快康

复。他严格遵守游戏规则，不越雷池半步，把时间花在医生的职责界限内。因此，纳特能精力充沛，注意力高度集中，几乎杜绝了任何错误。

马罗尔医生最后说："埃米精神可嘉，但她的做法在实践上行不通。医学院教了她4年儿科，并不是为了让她来当护士或者营养师的。我们希望她能学会真正的负责，这样才能真正不辜负自己的专业知识，有利于病人康复。"

王　悦

责任悟语

负责不是越俎代庖的盲目行动，也不是卑微低贱地浪费才华；真正的负责是用自己最闪光的一面照亮人生，是把那些独一无二的才华施展在最需要自己的地方。真正的负责才能铸就有意义的人生。

（王　蕴）

杜鹃和斑鸠

用埋怨的时间，去为梦想努力吧，唯有这样，我们才可以在寒冷的冬日里，享受到一份属于自己的温馨！

一只杜鹃在树枝上发出阵阵哀啼，一只可爱的斑鸠听到了，便向她询问，希望能帮助她排忧解难。

斑鸠站在枝头与她絮语:"杜鹃,你的鸣叫为什么这样哀怨啊?是不是因为春天即将离开,冬天逼近,爱情也将逝去,阳光也不再和煦温暖啊?"

杜鹃悲哀地说:"我这样可怜,怎能不伤心?请你帮我评评理。今年春天我曾幸福地恋爱,不久就当上了母亲。谁知孩子们完全不想与我相认,难道这就是我所盼望的报恩?当我看到小鸭子把母鸭围住,十分亲昵,而母鸡一声召唤,小鸡就向母鸡扑去,我怎能不感到羡慕?而我无依无靠,孤孤单单,我根本不知道什么是孩子们对母亲的依恋。"

斑鸠回答道:"可怜的杜鹃,我对你深感同情。如果孩子们如此不孝顺,那我可无法忍受,尽管这类事层出不穷。可是你说你已经生育过孩子,你什么时候筑的巢?我怎么从没看到呢?在我印象中你总是不停地飞来飞去。"

杜鹃不屑地说:"浪费大好时光,卧在巢里去孵卵,做那种事简直愚笨如猪!我总是在别人的鸟巢里下蛋,让他们替我代孵。"

斑鸠禁不住讽刺道:"那你还希望从孩子们那里得到什么温暖吗?"

🔖[俄]克雷洛夫

责任悟语

杜鹃可怜吗?不,它没有承担过孵卵的责任,就享受不到小杜鹃给的温暖。没有播种就没有收获,没有付出就没有回报,没有努力就没有成功,我们都明白这样的道理,却总还有人怨叹命运与生活的不公。用埋怨的时间,去为梦想努力吧,唯有这样,我们才可以在寒冷的冬日里,享受到一份属于自己的温馨! (章 杰)

一个与九个

十个孩子中，只有一个孩子作了正确的选择，另外九个的选择
是错误的，为什么九个人的过错要让一个无辜的人来承担？

大学毕业不久我曾去一家知名的企业应聘，面试的最后是一道测试题：有十个孩子在铁轨上玩耍，其中九个孩子都在一条崭新的铁轨上玩儿，只有一个孩子觉得这可能不安全，所以他选择了一条废弃的、锈迹斑斑的铁轨，并因此遭到另外九个孩子的嘲笑。

正在孩子们玩儿得专心致志的时候，一辆火车从崭新的铁轨上飞速驶来，让孩子们马上撤离是来不及了。但是，如果你正在现场，就会看到新旧铁轨之间有个连接卡，如果你把连接卡扳到旧铁轨上，那么就只有一个孩子失去生命；如果不扳，你就只能眼睁睁看着九个孩子丧生在车轮下。现在，火车马上就要驶过来了，你该怎么办？

我思考了几秒，觉得很难回答。但是我看到几位负责面试的经理表情严肃地盯着我，我又必须做出回答。我仿佛看见一辆飞速行驶的火车正在向九个孩子冲过来，于是我有些紧张地说：如果非要作决定，那我还是扳吧，毕竟这边有九个孩子……

所有面试的经理依然表情肃穆，其中一个正是这个企业的总经理，他对我说：对不起，你的面试没有通过。我有些沮丧地站起身来，鼓起勇气问：可以告诉我应该怎么做吗？

总经理说：你为什么要去扳铁轨呢？十个孩子中，只有一个孩子作了正确的选择，另外九个的选择是错误的，为什么九个人的过错要让一个无辜的人来承担？你应该以事物的对错来作决定，谁错了，谁就应该承担过错，因为谁都要为自己的行为负责！

叶　子

责任悟语

我们的人生都是属于每个独立的自己，所以，我们的每次选择都面临着某种对自己的责任。无论最后的结局是对还是错，这都是我们自己的选择。生活有时候就是这么残酷无情，我们要对自己做出的任何选择负责。

（王　蕴）

与爱同行,责任是
人生油画中不可缺少的色彩

一位平凡的养路工,蹬着破旧的三轮车,带着扫帚等工具,负责清扫那条伸向田野的水泥路。尽管每天都会有送煤车和放牧的奶牛经过,但是经过养路工的清扫,路面上很难发现煤渣和牲畜粪便的痕迹。即使是行动不便的时候,养路工也会始终坚守岗位,为了尽到自己工作的职责,让路面恢复光洁,甚至会请家人帮忙清扫。而这一切的付出,都源自于养路工高度的责任感和他心中的那份爱。

在人的一生中,爱与责任同行。一个拥有爱心的人,他生命里程中的一切行为都是对爱的诠释,更是一种责任的表现。

一 路 阳 光

我们行走在各自不同的人生道路上，无论你的脚下多么精彩，请不要忘记那些在你身后默默付出汗水、微笑和关爱的人们。

每次晨练，我都要经过条宽敞的水泥路。那是一条延伸到田野中的路，一年四季，路的两旁都有庄稼相伴。尤其是在秋天，高高的玉米秸子像两条绿色的围栏，护在水泥路的两旁，因而也使其多了一些诗情画意。

我只要出去得早，总会遇见一位肤色黧黑、身材瘦小的老人。他蹬着一辆很旧的三轮车，里面放着扫帚和锨等工具。从他身边跑过的时候，见他的脸上总是挂着微笑。虽然不相识，我也喜欢抬手跟他打一个招呼，而后擦身而过。

后来，我才知道老人是一名养路工，专门负责清扫这条伸向田野的水泥路。尽管每天都会有一些往附近热电厂运送煤炭的车辆经过，还有一些养殖场的农人赶着奶牛到田野的草地上放牧，但是，从这条路上经过时，洁净的路面上很难发现煤渣和牲畜粪便的痕迹。

我猜想，老人每天一定天刚擦亮就出来工作。因为当我经过那条路的时候，他的工作已经结束，开始往回返了。

那一天，我外出晨练比先前早了半个小时，见老人正将扫成堆的一些垃圾往三轮车里装。我停下步子跟他打招呼说："大爷，你每天都这么早工作吗?"

他爽快地笑道:"是啊,我这也是'晨练'啊!"

我又问他:"那你吃完早饭再出来清扫不是一样吗?"

老人仍笑着回答:"当然不一样了,每天晨练的人那么多,如果我把路上搞得满是尘土,或者你们不慎踩上牛粪啥的,你们还不在心里头骂我呀!这样多好,你们心情好,我也就心情好。"

听了老人的话,我忽然有一种莫名的感动。

有一段时间,我连续几个早晨没有遇到老人,那条水泥路也渐渐失去了原先的光彩。星罗棋布的牛粪和散落的煤渣将路面污成了一个大花脸,这就像是一个十八九的妙龄女郎,陡然之间变成一个老妪似的,令人感觉极不舒服。其中有一些晨练的人开始绕着道儿走了,或者干脆待在社区的广场上锻炼。

半个月之后,我又见到了老人的身影,只是他走起路来有点一瘸一拐的。原来在前些日子,他早晨出门时,因为天气大雾,他的三轮车被一块石头硌翻了,跌伤了一条腿。

尽管老人再三阻拦,我还是拿起锨来帮他清理垃圾;而后,另有一些晨练的人也停下来,一起帮助老人。

剩下的路面,我估计老人至少得清理四五天,才能够有个眉目。然而,第二天早晨,我有点不敢相信自己的眼睛了,那条长长的水泥路竟然又恢复了先前的光洁。

从旁边经过时,我惊讶地问道:"大爷,你会变魔术吗?"

老人欣慰地笑着说:"我哪有三头六臂呀?昨天,我把老伴和两个儿子、儿媳都搬来了!"

当我跑到盐滩边,又折身从原路跑回时,太阳已经升起来了。刚刚睡醒的太阳,像一块晶亮的红玉。阳光异常柔和平静地洒满了脚下的这条水泥路,令人感到异常温暖。

我们行走在各自不同的人生道路上,无论你的脚下多么精彩,请不要忘记那些在你身后默默付出汗水、微笑和关爱的人们。尽管在有些时候,那只是属于他们的一种职责。但是,正是因为他们心中多了一份责任感,才会付出如此多的关爱,使这个世界变得越来越温暖。

矫友田

喜欢绵羊的理由

不为任何功利而选择绵羊的人,才真正明白了爱的真谛,那就是责任、怜惜和付出。

拖了两个月,我们这帮在城里的老同学终于聚会了。因为机会是如此难得,气氛就显得更为热闹。

酒意正酣时,有人提议每人讲个笑话助兴,不笑罚酒。

在东倒西歪的嬉笑声中,"皮球"很快踢给了我。我说:"我不会讲笑话,这样吧,我说个心理小测验充数,注意啊,很准的。"

大家于是纷纷叫好,在督促声中,我的心理小测验开始了:

216

你带着五种动物穿越沙漠，它们是老虎、猴子、绵羊、马和狗，因为环境恶劣，不可能把它们都带到最后，必须要一一放弃，你会按什么顺序放弃呢？假如可以留下一个，最终你会留下哪个呢？

马上就有人嚷嚷着要发言，为了不影响其他人的选择，我提议每个人都将自己的答案写下来，汇总给我。

答案最后出来了，各自的选择都有所不同，有的最终留下了老虎，有的是马或猴子。但除了一个女同窗外，其他人最先都放弃了绵羊。

先问这个最终留下绵羊的，为什么会这样选择？她的回答是：所有动物里面，绵羊是最温柔、最无害的，万一其他动物反目，反而对自己不利，不如带着绵羊安全，必要时也可以丢卒保车。

再问其他人，为什么会最先放弃绵羊？大家都说这是明摆着的道理，在艰苦的环境中，它是最没用、最不能帮助自己的动物，反而也许是个累赘，当然要首先甩掉。

留下老虎的人解释取舍原因："老虎力量大，有它在身边，遇到什么猛兽都不害怕，至少可以让它抵挡一阵，自己趁机脱身。"

留下马的人说："马跑得快，可以骑着它比较早地走出沙漠。"

留下猴子的人说："猴子很聪明，说不定可以帮我想出什么逃生的主意；再说了，即使没用，它也不至于成为拖累。"

留下狗的人则说："狗是最忠诚的动物，什么时候都不会背叛我，需要的话还可以杀掉吃肉。"

每个人都为自己的选择找到了合理依据。

谜底开始揭晓：老虎代表的是对金钱和权力的追求，猴子代表的是子女，绵羊代表的是伴侣和爱人，马代表的是父母，狗代表的是朋友。这个问题的答案意味着你会在艰难困苦的环境中最先放弃什么，你最看重的又是什么。

所有人都起哄了，说不对不对，绵羊怎么会代表伴侣和爱人呢？大家都最先放弃绵羊，难道都不能和爱人共患难？有几个携"家属"

来的，更是大为光火，说设计这个心理测验的人，肯定自己心理不是太正常。

其实，选择绵羊的人，还是有的。

我遇到一个男孩，给他做这个游戏。他想了想说："假如只能保留一个，那我就保留绵羊吧。"

我笑了："是不是因为所有动物中绵羊是最温柔、最无害，带在身边比较放心？"选择绵羊的人不是没有，但多是这种原因。

他淡淡地说："那倒不是，其实也没有什么好解释的。你想想吧，在所有动物中，绵羊是最没有自我保护能力的，怎么能轻易把它弃置在一个恶劣的环境中呢？"

那一刻，忽然觉得自己完整了，好像找到了上帝造人时，遗落在人间的自己的另一半——那个同我一样为了这种理由选择了绵羊的人。

这个小小的游戏，使我在不经意间洞察了一个人的内心：在选择的过程中，我们太多地考虑了别人对我们的"实用"之处，生命中真切充沛的情感，就被这种"实用主义"稀释得淡薄了。不为任何功利而选择绵羊的人，才真正明白了爱的真谛，那就是责任、怜惜和付出。

丛 绿

责任悟语

一道简简单单的心理测试题，却让很多人袒露了内心实用主义的污点。太多的人追求的是利己的功利，太多的人关注到的永远都是自己。对于弱者的同情和责任，对于生命的爱与尊重，这失落了很久的天使，什么时候才能永驻心间？ （王 蕴）

妙 手 仁 心

因为他免疫力缺陷,更加容易得病,更加要给他进行治疗。所以这个群体我们有责任给他以关爱,给他以照顾。

救护车鸣笛的声音,他和同事都听惯了,见怪不怪,甚至听时,还会有一种职业化的冲动。有一句话可以形容他们:良医闻声而动。但是,这一次非同寻常。

急救车送来了一位处于昏迷中的病人。她的右腿根部包扎了厚厚的一层绷带,不断涌出来的鲜血,把白色绷带变成一线"红泉"。接诊医生,初步判断这名患者患的是动脉血管瘤,随时可能因大出血而死。他作为血管外科主任,迅速赶来,问过她的病史后,得知她有多年的吸毒经历,他便让医护人员抽取病人的血液样本送检。

结果让全场的人大吃一惊:这位女病人,是一位艾滋病患者!

这如何是好?瞬间,他有了茫然无从的慌乱之感,毕竟,这里不是传染病院,没有那么齐备的隔离防护设施。瞬间过后,他决定要做这台手术。毕竟在全国,还没有艾滋病人的专门医院,如果不做,病人随时都有可能死亡,而手术成功,她还可以在世上活十几甚至几十年。

他和同事们,带着本能的惧怕心理和神圣的医学使命,迅速为病人制订了一个详细而周密的手术方案。

这是一台特殊的手术,参与这次手术的人员都是经验丰富的专家,但为了应对突发情况,医院还是组织了另外一组医生在手术室外待命。如果在手术台上一旦有医务人员被感染,第二组医生将接替他们继续手术。他们做好了牺牲的准备,冒着极大的风险,救治病人!

进入手术室的每一位医生除了穿上正常的手术衣以外,外面还穿了一层不透水的手术隔离衣,手套戴的是双层;另外,再戴一个大的防护罩,把眼睛都防护起来。

下午4点钟,麻醉科的医生开始对患者实施麻醉。就在麻醉即将结束的时候,所有人都担心的意外出现了:患者伤口上的那个动脉瘤突然破裂,血喷溅得老高。

血管外科的医生李全明第一个冲上手术台,双手按住了患者的出血点——难能可贵的是,他当时安全防护措施还没来得及做好,但作为一个医生,他本能地上前,去努力控制住病人出血。随后,医生黎明又冲上了手术台。

由于对病人动脉瘤的喷血处理及时得当,出血很快止住了,他对身边人说:"这里压住以后,一切小心,包括递器械,递刀子都慢一些,一定要准,好吧,开始——"

6个小时后,手术结束了,一切都顺利,手术成功了,而且,医护人员无一被感染。

这是中国第一例为艾滋病人进行的动脉血管瘤手术。他,就是长沙中南大学湘雅医学院附属第二医院血管外科主任舒畅。

事后,舒畅医生接受央视记者采访时说:"(如果)因为你有艾滋病病毒,我就不给你治,这是完全不应该的。艾滋病(人)实际已经成为一个群体了。你把他和这个社会隔离开来,这是不可能做到的,也不应该做到的。他们也是人。因为他免疫力缺陷,更加容易得病,更加要给他进行治疗。所以这个群体我们有责任给他以关爱,给他以照顾。"

没有大话套话,一字一句,透着厚重的四字:妙手仁心。

这位患者手术成功后,很快康复出院了,舒畅医生给她送了一幅自己手书的毛笔字:沉舟侧畔千帆过,病树前头万木春。

艾滋病人,一个渐渐被主流社会歧视、遗弃的弱势群体,一如即将倾覆的舟船，而世上如舒畅先生一般的医生，正用自己的慈悲与仁心，催生一个春天，万木竞发的美丽春天。

陈志宏

责任悟语

有时候，责任不仅仅是履行义务。责任心的伟大，更在于不分尊卑贵贱地关注每个需要帮助的人。尤其在对待弱势群体的怜惜与安慰中，那份责任更凸显出其仁慈的气质和大度的尊严。我们应该把责任定义得更广一些，把责任心放飞得更高一些。 （王 蕴）

爱与责任画等号

是的，徐立振在妻子得病后的这14年中，正是用自己的实际行动诠释着"为了以后自己不后悔"的诺言。在徐立振的心里，爱就是一种责任。

这是农九师166团十三连的一户人家，男主人徐立振是团水暖公司的经理，今年已经59岁了；女主人原是十三连的职工，现患病在家。他们家有两个女儿，现在都已成人成家。

这个家庭的不幸开始于1993年7月，女主人突然长时间高烧不退，被确诊为患了系统性红斑狼疮。这是一种血液病，患病后机体将慢慢丧失免疫力，并且尚无根治方法，患者一般寿命只有几年。听到这个结果，徐立振惊呆了……

　　他没有将妻子的真实病情告诉妻子和两个女儿。在新疆医学院第一附属医院治疗了一个星期后，妻子的病情基本得到控制。徐立振带着妻子回到了家。

　　徐立振照顾病中的妻子就像照顾孩子，一天三次他按时把水倒好、凉好，把药递到妻子的手上，看着她喝下去，再去做别的事。在按照医嘱进行西医治疗的同时，徐立振开始自学中医。他买回了《医科大全》、《中医针灸大全》等书，每天晚上把妻子服侍好之后，他就像学生一样开始挑灯夜读。在灯光下，他戴着老花镜，按照医书的说明一次次地寻找穴位、尝试针灸。几个月后，徐立振发现用针灸的方法把自己身上的小病治好了，那一天，他激动地哼起了小曲。高兴归高兴，能缓解妻子的病症才是至关重要的。他拿着那包针兴奋地跑到妻子跟前，要给妻子针灸。原以为妻子可能会不相信自己而拒绝，没想到妻子却非常配合。第一次针灸很成功，妻子说很有效果，感觉很好。这以后，徐立振坚持每天给妻子针灸一次，每两天给妻子拔一次火罐。

　　但随着病魔的侵蚀，妻子的身体越来越弱，有时连小小的感冒都抵抗不了，一感冒，就开始高烧不退，同时伴随出现其他的并发症状，而且生病的频率也越来越高。简单的服药已不能有效地帮助妻子消除痛苦。医生告诉他，这时候必须通过输液才能加快妻子感冒等病症的消失。于是，徐立振又学会了输液。

　　作为水暖公司经理，徐立振对全团的自来水供应、暖气供应以及环境卫生、物业管理等负有主要责任，而这些也都是一些非常琐碎的事情。在单位他倾力做好本职工作，遇到水管爆裂等突发事件，他会冲在第一线和职工一起抢修。在单位职工的眼里，徐立振是一位雷厉风行的好领导；在妻子和女儿眼里，徐立振是一位懂爱、会爱的好丈夫、好父亲。

　　尽管每天要操心并侍候妻子的饮食起居，甚至有时还得忍受妻子因为病痛而莫名的发火动怒，可徐立振觉得这样的日子还是幸福的——毕竟可以每天看到妻子在家门口迎接他和女儿们归来，毕竟家

是完整的。

可不幸又接踵而至。2002 年夏季的一天中午，当妻子走出院门迎接将要下班归来的丈夫时，刚好一辆出租车鸣着喇叭驶了过来，为了躲避车辆，妻子摔倒了。骨骼酥松的妻子腰椎严重损伤，骨盆摔断，并因此瘫在了床上。

这以后，徐立振更辛苦了。上班前要侍候好妻子，把电视打开，把一大罐子水和适口的零食等放在妻子能够得着的地方。有时，如果妻子想活动、想晒太阳的话，他会用自己瘦弱的身体搀扶她走出院子。想到妻子多年没有出过门，想到妻子很想知道外面的变化，徐立振买回了一个数码摄像机和一台电脑，学会了使用摄像机和电脑。在星期四集市日的那一天，他会拿着摄像机去赶集，在买一些日常用品的同时，他更多的是在摄像，把集市的繁荣热闹，还有妻子熟悉的朋友的面孔拍下来，回去后再从摄像机传输到电脑里给妻子慢慢观看。

徐立振的两个已经出嫁的女儿十分孝顺。从妈妈得病开始，她俩每天都会抽时间轮流回娘家照顾妈妈。她们在为母亲尽孝心的同时，也在为父亲减少一份负担。特别是母亲瘫在床上之后，两个女儿回娘家就更勤了，她们想，多做些侍候母亲的事，父亲就少受些累。

又是一年。大年初一那天，徐立振看两个女儿带着孩子都围在母亲身边说笑，便起身去厨房给妻子做饭。没想到他刚端着饭来到房间门口，却看到大女儿含泪跑了出来，妻子也好像很生气的样子。见状，他立即就明白这是因为妻子被病魔折磨得心情烦躁，不理解女儿们的心意而发生了不和。当时，徐立振没有责备妻子，也没有质问女儿。在帮助妻子吃完饭后，他把两个女儿叫到身边，对她们说："你妈妈身体不好，你们应该知道自己该怎么做，为了以后自己不后悔，我们应该去理解她，对她更好一点儿……"

是的，徐立振在妻子得病后的这 14 年中，正是用自己的实际行动诠释着"为了以后自己不后悔"的诺言。在徐立振的心里，爱就是一种责任。

🔖 张丽梅

223

生活中无处不在的浓浓亲情诠释着相濡以沫的爱，这份爱是来自心灵的力量，而这份力量的背后藏着的正是责任。这份责任在夫妻之间、亲子之间默默传递，温润着人们心中最脆弱而柔软的角落。爱不是挂在嘴边的美丽语言，爱是行动，更是责任。

（王　蕴）

守　护

"嗯，那你认为做好一个安检员最重要的是什么？""责任，还有爱心。"

"想要证明你是男子汉吗？到我们矿工作吧！"一块硕大的广告牌竖立在矿区的入口，牌子的左下角还有一行小字：本矿急招矿底作业技术员一名，安全检查员一名。

一个 20 岁出头的男子正望着广告牌出神，看得出来他正在为是否去应聘而犹豫。良久，他走了进去。三个小时后同一个地点，一个四十几岁的中年妇女也在望着广告牌出神。路过的人注意到她脸上的表情很复杂，渴盼、犹豫甚至是一丝恐惧，然后头也不回地朝矿区的办公楼走去。

"是这里招人吗？"女的不太确定地问。

"是的，"年轻的矿工迅速答道，"不过想应聘的话可要亲自来。"很明显，他把她想成是来应聘的某个男人的家属了。

女人思考了一小会儿，沉着地说道："你说得对，不过我觉得更重要的是先要搞清楚来应聘的人是否适合职位的要求。"说完目光毫不避讳地紧盯着问她的年轻矿工。

"哦，对。"年长的矿工觉察到这话里回敬的意味，抢过了话头，"那就说说你丈夫的工作经历吧。"

一缕悲戚从女人眼里飞快闪过，很快恢复了正常："我丈夫大学毕业就在煤矿工作，做了多年的井下作业技术员……"

"不好意思，几个小时前我们已经招录了一个技术员了。"年轻的矿工听到这里又忍不住插话说。

"是的，我知道。不是还有另一个职位吗？"

年轻的矿工觉得有点不对，但又找不出什么，只下意识地说："这样啊，你继续。"

接下来，中年妇女流利地叙说了她丈夫的工作情况。从她的话里，两个矿工了解到她的丈夫曾经做了很多年的技术员，后来又做了几年的安检员，六次被评为优秀工作者，还得到过全省煤炭系统的嘉奖表扬。她在讲述这些事情的时候，脸上的表情时而微笑时而担忧时而关切，相比大多数煤矿工人的妻子，她少了份惊恐和抱怨，多了些理解和宽容。两个矿工觉得眼前的女人不简单，她在诉说过程中时不时展示出来的丰富的煤矿采掘技术和安全知识，令人难以相信她只是出于关心而知道了这些。

"看得出来你丈夫的确很优秀，那就叫他明天自己来吧。"老矿工说道。

"我丈夫不能来了。"中年妇女说这话的时候声音有点儿颤。

两个心急的矿工似乎没注意，只是吃惊地问为什么。

答案叫人震惊："他死了。"

"矿难，"中年妇女接着说，"一次矿难死了二十几个人。"

两个矿工沉默了。

"我丈夫下井去解决问题，再也没上来。"说到这里，她的眼睛已经开始红了。

"那你？"老矿工从失神中清醒过来，小心翼翼地问道。

中年妇女忽然变得坚毅起来，大声而果断地答道："我就是来应聘安检员的。"说完她用灼灼的目光紧紧地盯着两个神色各不相同的矿工。

老矿工拧紧了眉头，许久，他才抬起头，以同样的目光紧盯着眼前的女人，缓缓问道：

"你系统地学习过安全方面的知识吗？"

"我从嫁给丈夫的那天起就没停止过学习。"女人自信地回答。

"嗯，那你认为做好一个安检员最重要的是什么？"老矿工又问。

"责任，"中年妇女顿了顿，说，"还有爱心。"

这个答案比自己预料的还要好，老矿工不自觉地想道。

"最后一个问题，如果你觉得不好回答的话可以不回答。"老矿工忍不住好奇地问道，"这么多煤矿，为什么选了我们？"

中年妇女的脸上露出了温柔和关爱的神色，用一种充满母性的声音轻轻地回答："上午来应聘的技术员就是我的儿子。"

🌸 黄　泥

责任悟语

如果让母亲给我们一个理由，一个时刻关注自己孩子的理由，也许母亲们根本无从作答。爱和责任不需要理由，爱和责任只需要用行动去证明。深切的母爱让每个心灵温柔，那种与生俱来的本能让每个平凡的母亲变成圣母，她们守护着这个世界的爱和责任。

（王　蕴）

搁浅的承诺

内心那巨大的谴责,始终让我没有信心重新面对那份弄错的承诺,它同我所有珍贵的记忆一起被搁浅在心灵最深处。

　　清晨上班时,发现中学门口拥满了人,将视角移向红红的布标才发现一年一度的高考来临,思绪很快回到我那年高考。虽然事隔多年,回想起来才发现哪怕是其中一个小小的细节都还记得那么清晰:那是高考前一段时间,学校提早放假让学生在家综合复习,我在数学上遇到了一道难题,于是心急地跑去找老师。7月的天,淅沥沥地下着雨,走进学校,一片安静,低年级的学生在上课,办公室里,老师们各自在忙着备课,只有操场上空,那面由我们班级送的五星红旗在风雨中挥舞。而我的数学老师正在开会,于是我在门外耐心等着。一小时过去,开会结束,我性急地冲入人群找到老师,老师看见我,笑眯眯地问明来意,然而在不便解答的情况下,将我所带的难题留下,并承诺在考试前一天给我解答。

　　回家的路上,顿失了来时的期待与兴奋,那种求知的迫切被一句承诺所搁浅,在一种淡淡的失望中偷偷地掉下了几滴有些不明原因的眼泪,心想:他怎么能这样?……

　　高考如期而至,第一门是语文,考场内静悄悄的,每一位考生都全力以赴在卷纸上作答,而考场外,天依旧小声哭泣,不仅淋湿了大地还浇透了每一位关心着学子的人的心。第一门考试结束,跟着人群走出考场，心里沉沉地不知什么滋味。"小何"——不远处，传来数学老师的呼叫声，也许是高考的紧张让我忘记了那个雨天的承诺，以至于数学老师的出现还令我大吃一惊。"是不是有点紧张，没关系我们都相信你一定能行，好好继续，这是那天的题目，回去好好看吧，尽力就好！"亲切问候之后，老师递给我一叠厚厚的稿纸又匆忙离开了，或许学校还有处理不完的事。

回家的路上，打开那叠稿纸，上面用红蓝双色笔细细地从头分析到尾，每一个步骤每一个结论都写得很仔细，左面还有老师写的有关联的知识内容，最后还有相应的结论……顷刻，那个雨天的承诺浮现在脑子里，然而稿纸上分析的长长的题目，并不是我那天所问的那题，或许，或许是问的人太多弄混了，又或许老师匆忙中记错了题目，再或许……不知为什么，一时间，我竟然为老师找了无数个弄错的理由，心里没有丝毫责怪老师的想法。谁言普通高中的老师不负责任？谁又能随意评价这些默默为学生付出的老师？或许只有我手中的这叠厚厚答题，只有这个雨天的小小承诺才得以让我更清楚地读懂"老师的伟大"！

如今毕业工作了很久，却没有勇气去看一眼这位数学老师，或许是因为没能考上老师所希望的大学，更或许是没有顺应天意走上教师的岗位。内心那巨大的谴责，始终让我没有信心重新面对那份弄错的承诺，它同我所有珍贵的记忆一起被搁浅在心灵最深处。

何丽华

责任悟语

也许是在不经意间，一句誓言，一番承诺，会让人一辈子记忆犹新，成为生命的组成部分，永远埋在心底。即使在履行承诺时不小心弄错了，一个平凡的人也会因为那份责任感而让人铭记一生。只因为，那种责任感像一把火炬，在燃烧，在传递…… （王 蕴）

温　　暖

范老师的人生给了我太多太多的启示，她对学生负责的精神、认真对待钢琴教育的态度和在病魔面前坚强不屈的意志在我脑海中永不消失。

　　2007 年 3 月 26 日下午 4 点 30 分，上海音乐学院附小钢琴专业教师范民娟在徐汇区中心医院辞世，享年 65 岁。当我得知这个消息的时候愣住了，我呆呆地望着天空，我不明白老天为什么要那么残忍，要那么急于把我的好老师带走！回想起过去范老师为我操劳的点点滴滴，心中总会感到深深的歉意。面对这个悲痛的事实，我只能把对老师的无限怀念和千言万语化做两行滚滚的泪水。

　　还记得两年前，范老师正在给我上课，头上突然直冒冷汗，我知道范老师又胃疼了。我一再恳求她，让她回家休息，范老师望着我，深情地说："好孩子，谢谢你，但我一定要上完这堂课，这是我的责任！"她的目光中充满坚定，令我激动不已，温暖传遍全身。是啊！"责任"两个字早已融入了范老师的血液，成为她的人生信条，成为她的生活动力。不曾忘，范老师在病中为我补课；不曾忘，她因为怕耽误上课半分钟而匆匆拿起干面包狂奔在通向学校的路途中；不曾忘，范老师在课堂上手捂发疼的胃而执意不下"火线"。一想到这些，一股暖流便会在心底流动，这桩桩件件，成全着她尽职尽责的理想，见证着一名优秀教师的执著与伟大。

范老师很注重为学生打扎实的基础。她希望在打基础的阶段里不要太在意自己的分数和名次。在我考进上海音乐学院附小的第一节课中，范老师问我："你是想永远守住'荣誉'这个宝座，还是想现在把基础打好，以后能更好地发展呀？"我说："想打基础！"范老师便温柔地笑着说："好！这样就对了。"范老师虽然只教了我一年，但是在这一年中，她把所有知识毫无保留地传授给了我。在范老师教我的这段时间里，我懂得了音乐表现中的张弛、放松中手腕的协调、节奏不稳的真正原因，等等。

在课后，范老师会拿出许多礼物来送给我，现在，我把它们都珍藏了起来。每当我把它们拿出来细细欣赏时，仿佛我捧着的不是一个个普通的礼物，而是一颗爱学生的火热的心。

范老师在 2005 年 5 月生病后，依然是那样尽职尽责，她用她所有的力量为我撑起一片音乐的蓝天。在我有困难而不得不去麻烦范老师时，她仍然会像以前那样耐心仔细地给我讲解；我每次去看望她时，她总会不顾自己身体的恶劣，从床上坐起来，给我讲一些故事，讲一些音乐知识。在我五年级的时候，由于多种原因，我的专业成绩一落千丈，在几次演奏会和考试失败后，我彻底失去了信心，这时，范老师给我指引了方向，让我重新找回了自信。她对我说："你是一颗包着泥土的钻石，只要去掉这层泥土，你就会闪闪发光啦！你很有乐感，很有表现欲望，你的音乐可以打动我。乖孩子，要相信自己，相信自己最优秀，相信自己是最棒的！我也相信你！大家都相信你！"那一次，我感动得热泪盈眶。

现在，当我遇到困难、碰到挫折时，耳边总会想起范老师对我的鼓励，她的谆谆教导时时在我耳边萦绕。

范老师的人生给了我太多太多的启示，她对学生负责的精神、认真对待钢琴教育的态度和在病魔面前坚强不屈的意志在我脑海中永不消失。

我永远都会感到幸福与满足，因为我曾经拥有范老师，拥有她那伟大而无私的爱……

高育彤

责任悟语

> 一份生活的动力，一则融入血液的人生信条——责任，让师恩永存，让师爱常在。相信范老师那无私的动力和信条已经融入了每个学生的血液，也融入我们的血液——做一个负责任、有爱心的人，拥有一颗博大而虔诚的心。
>
> （王 蕴）

爱就是要对你负责

是的，爱你就是要让你负起责任来，对自己，对亲人，对爱人。如果说责任感折磨着一个人的话，那它也能使人完成非凡的伟业。

一个年轻人来到美国，打工一年后，他报考了南加利福尼亚大学硕士，没有考上。第二年接着考，还是没有考上。第三年，仍然没有考上。他开始感到沮丧、绝望和不安。很快，他国内的女朋友也来到美国，她直接拿到了耶鲁的奖学金。当她开始上学时，他仍然无所事事地在街上晃荡。

不久，她答应了他的求婚。因经济拮据，他们什么人也没有请，只是在路边的一个小馆子撮了一顿，当天晚上，他们入住到一家小旅馆里。

很快，他在一保险公司找到一份工作，生计有了着落。

但随即，他在无意参加完一个名为"百万富翁"的培训班后，在一名叫斯皮尔斯的理财专家的"怂恿"下，他毅然向公司递交了辞呈。他铁了心：无论如何，我不想再回到职位上去，我的生命里将不再有任何老板！

在他做出了这个无法挽回的决定后，妻子淡淡地说："我希望你作的是一个理智的决定，你要对自己负责。你要明白，如果再这样混下去，我们的关系就会有问题。"

后来，经过了那段最黑暗、最难熬的日子。他在来到美国后的第六年——1991年，他通过演讲、写作和投资挣到了第一个100万美元，至2003年个人资产已达1亿美元。

这个人就是华裔亿万富翁万江先生。

万江说："妻子为什么会在那个时候和穷困潦倒的我结婚呢？后来我问她这个问题时，她只是轻描淡写地说：'我感觉到那些日子你很消沉，我希望有一件事可以让你负起责任来。'"

他还说："辞职后，我没有埋怨妻子那种做法，她虽是在给我施加压力，但我理解她的心情，她需要的是一种安全感，我要对她负起责任来。"

万江的成功证明，人们最出色的成功，往往在处于逆境的情况下做出的。思想上的压力，甚至肉体上的痛苦，都可能成为精神上的兴奋剂。

是的，爱你就是要让你负起责任来，对自己，对亲人，对爱人。如果说责任感折磨着一个人的话，那它也能使人完成非凡的伟业。

陈明聪

责任悟语

真正的爱从来都不是温顺的宠溺，不是放手的纵容。真正的爱是要用责任磨砺人的锋芒，让人振奋精神，无往不胜地努力。爱与责任相辅相成，才能谱写出人生的激越乐章。 （王蕴）

慈爱的教鞭

责罚,其实是为了给学生一个参考的界线,因为人生中许多事情确实是一失足而成千古恨的,一旦走错了路,也就没有回头路可让你重新选择。

少时教我语文的潘老师要退休了,我特地回老家参加他的退休告别宴。宴会中,一位已近中年的师兄举手示意大家安静下来,说是要送老师一份特别的礼物。只见他从身后拿出一个包装精美的长礼盒,在众人期待的目光中小心翼翼地打了开来。"哇——天哪!那不是老师的教鞭嘛!"众人齐声惊呼。

我上学时,在素有"文化之乡"美誉的家乡梅县,教鞭依旧是教育权威的象征。人们眼里再顽劣的孩童,终究还是会在如雨般挥落的教鞭下求饶悔过。那时潘老师还年轻,他从不会轻易使出这招,直到有一位学生闯下了滔天大祸,面临被学校开除的危险。

"老师下手并不重,可我硬是不肯认错。"中年师兄回忆着——

没想到那时,潘老师突然叹口气道:"我是你老师,却没有教好你,其实这也是我的过错,我有责任。"于是,潘老师每打师兄一下,就用教鞭重重地打自己一下!师生的僵持,在此起彼落的教鞭声中无声地进行着。全班同学一开始目瞪口呆,到后来啜泣声四起。等潘老师重重地打了自己三四十下以后,教鞭竟然一点点裂开了。那原本死不认错的师兄终于忍不住"扑通"一声跪下,一把抱住潘老师,泪流满面地向老

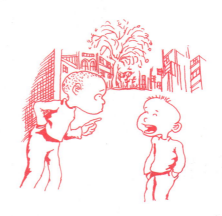

师忏悔认错。学生红紫的掌心，老师淤肿的大腿，一条打裂的教鞭，终于唤回了一个濒临失足的少年回头悔改的真心。

"责罚，其实是为了给学生一个参考的界线，因为人生中许多事情确实是一失足而成千古恨的，一旦走错了路，也就没有回头路可让你重新选择。"如今已是满头银发的潘老师，温暖慈祥的语气一如昔日，"但再严厉的责罚，都离不开慈爱的动机；真正的慈爱，是应该只有爱没有愤怒的。而这些，孩子们终究会明白……"

哽咽无语的师兄，走到潘老师面前深深鞠躬："我要感谢恩师，是您当年把我打醒……"

可以想象，当年那位不羁的少年决定偷偷收藏起这一根教鞭时，他就已经醒悟了。这根凝聚着慈爱的教鞭，穿越了时空，成为一位少年整个人生永恒的支柱。

林少汀

责任悟语

教鞭象征了威严和严厉，教鞭更是让人望而生畏的权威。然而，当爱融入了教鞭的责罚，当责任牵住了教鞭的脚步，教鞭竟然成了慈爱的象征。把爱融入这个世界，明白自己肩上的责任，这就是老师的教鞭教给我们的一切。

（王 蕴）

爱 心 传 递

只要一想起收件人脸上荡漾开来的那种快乐的表情,即使再恶劣的天气,再危险的境况,也无法阻止我一定要将邮件送达的决心。

日本有一项国家级的奖项,叫"终生成就奖"。

在素来都把荣誉看得比自己的生命更为重要的日本人心目中,这是一项人人都梦寐以求,却又高不可攀的最高荣誉。在日本,有无数的社会精英,一辈子努力奋斗的目标,就是为了能够最终获得这项大奖。但最近一届的"终生成就奖"却在举国上下的期盼和瞩目中,出人意料地颁发给了一位名叫清水龟之助的小人物。

清水龟之助是东京的一位邮递员,他每天的工作就是将各式各样的邮件,快速而准确地投送到每一个相关的家庭。与那些长期从事尖端科技研究的专家学者们相比,清水龟之助所从事的这项工作,似乎根本不值一提。

然而,就是这位长期从事着如此平淡无奇的邮递工作的清水龟之助,却无可争议地获得了这项殊荣。这是因为在从事邮递工作的整整25年中,清水龟之助的工作态度始终和他到职第一天那样认真和投入。在不算短暂的25年中,他从未有过请假、迟到、早退、脱岗等任何缺勤情况。而且他所经手投递的数以亿计的邮件,从未出现过任何差错。不论是狂风暴雨,还是地冻天寒,甚至在大地震的灾难当中,他都总是能够及时而准确地把邮件投送到收件人的手中。

是什么样的力量支持着清水龟之助得以几十年如一日，持之以恒地把一件极为平凡的工作，铸造成了一项伟大的成就呢？

清水龟之助对此感慨地说："是快乐。我从我所从事的工作中，感受了一个敬业者无穷的快乐。"

清水龟之助说，他之所以能够25年如一日地做好邮递员工作，主要是他喜欢看到人们在接获远方的亲友捎来的音信时，脸上那种发自内心的快乐而欣喜的表情。自己微不足道的工作，竟然能够给别人带来莫大的心灵安慰和精神快乐，这使他感到欣慰，感到自己的工作神圣而有意义。他说，只要一想起收件人脸上荡漾开来的那种快乐的表情，即使再恶劣的天气，再危险的境况，也无法阻止我一定要将邮件送达的决心。

责任悟语

人不仅靠各种物质给养活着，更重要的是一种支撑生命的精神支柱。一个人的敬业精神是内心深处对自己所从事职业的尊重，是对自己所负责的事情的责任心。人能承担责任的大小与他得到尊重的多少成正比。

（王　蕴）

236

责任的本能是爱

有时候，责任的本能是爱，责任的动机也是爱。有人拉紧你，不一定是束缚你，而是爱你。

小时候和妈妈逛街，她总把我的手牵得很紧，紧得让手心出汗。我不喜欢这样被她牵着，时常挣脱向前方一阵猛跑。我总是确信自己不会和妈妈走失，而妈妈总会在我挣脱后跟着我跑。

可是有一次，我和妈妈竟然走失了。现在回想起来，仍会有当时的急迫与不安，甚至是深深的恐惧。那天，妈妈带我去商厦给爸爸买领带。在领带专柜，她要了几种不同款式的领带，仔细地比较着。妈妈没空再牵着我，叫我在她身边等，可我哪有耐心。突然我发现不远处有个玩具专柜，于是和妈妈说了一声就向那儿跑去，也不管她是否听到。

玩具柜的营业员阿姨对我说，楼下有好看的布娃娃，而且挺便宜。我回头看妈妈还在挑领带，便一个人下楼了。在楼下逛了一圈，没找到什么布娃娃，于是又折回楼上。谁知，妈妈竟然不在那儿了，我一下子慌了。

我也忘了向营业员求助，便使劲在人群中搜寻。可从我身边来来去去的都是陌生的脸。一瞬间，焦急、悔恨、自责一起涌上来。泪水，自然流了下来，我感到了从未有过的陌生和恐惧。这时，忽然听见有人在大声呼唤我的小名。还没等我回转身来，一股暖流便将我包围，妈妈把我抱得那么紧，那么紧……

那一年，我7岁。

去年中秋节，我们一家人去奶奶家吃饭。我和妹妹先吃完，我便带着她去逛夜市。那里人很多，一不小心就容易走失。作为姐姐，我有责任看好妹妹，于是就握紧她那肉鼓鼓的小手。我们在人群中走着，她不断地问这问那。逛了一圈，我们回到奶奶家。在楼下，妹妹突然问我："为什么牵我这么紧啊？"那一刻，7岁时的记忆忽然展现。我笑一笑说："因为爱你啊。"

有时候，责任的本能是爱，责任的动机也是爱。有人拉紧你，不一定是束缚你，而是爱你。不要一心想着挣脱，好好地享受这温暖吧。

🌹 吴珺娴

责任悟语

　　爱与责任似乎是与生俱来的双胞胎，它们有相似的味道，相仿的灵魂。学会了爱，我们就学会了如何履行责任；学会了履行责任，我们就知道了爱的真正含义。责任和爱从来不会把我们束缚，而是给了我们更大的鼓励和支持，让我们自信前行。　　（王　蕴）

习惯就是一种责任

"习惯是什么意思？""习惯就是一种责任。"

　　一个女孩上大学已经3年了，却很少回家，她只给父亲写过一封信，而就在这唯一的一封信里，却充满了对父亲的埋怨和不解。

　　信上说她不理解父亲。小时候，父亲很爱她，一下班就回家，给她讲故事，陪她玩耍；她有什么愿望，父亲总能帮她完成。但令她觉得委屈的是，她的高考成绩不太理想而想复读时，父亲作为一名正式教师，每个月有 893 元的工资，却以家里经济困难为由，拒绝了她的要求。另外，从 2002 年的暑假开始，女儿发现原本生活、工作都很有规律的父亲，经常一出去就几天不回家，其理由竟然是"打牌"。然而，学校的陈校长却不相信这个曾经的慈父、以前极其敬业的老师会迷上赌博。在陈校长的再三追问下，他说出了自己的秘密。

　　原来他并未去打牌，而是在离家 10 里远的一个煤矿当上了矿工。作为矿工，一个月还可拿到 1500 多元，这在当地已是很高的收入。可令人奇怪的是，在家里的一个笔记本上，却详细地记着他欠下的两万多元的外债。那么，他这些年挣的钱都用到哪儿去了？

　　这与一个承诺有关。

　　2002 年，他偶然知道奇隆村的蒲志华家里非常困难，刚上小学的小女孩面临辍学。小女孩对读书的渴望让他想起自己未读过书的姐姐。他清楚地知道：这个小女孩如果不读书，她一辈子都可能摆脱不掉贫困。这时，他向这个小女孩伸出了手。

　　他就是乡村教师刘念友。

　　这个隐藏了 3 年的秘密被揭开后，一个被埋藏了 28 年的更久远的秘密呈现在人们面前。从 28 年前走上讲台起，刘老师就从来没有停止过资助贫困学生，现在他正在教的 17 个孩子，全都接受过他的资助。

　　从爱到爱的路上，他——一个文弱书生，下矿井挖煤，节衣缩食，承受着女儿的不解和埋怨，甚至还要经受社会上某些人的嘲讽。可是，他依旧执著。

　　记者问他："你会一直资助下去吗？"

　　刘念友说："资助贫困学生已经成了我的一种习惯。"

　　记者又问："习惯是什么意思？"

　　刘念友说："习惯就是一种责任。"

负责任其实是一种习惯,这种优良的习惯并非与生俱来,而是凭借良知,沿着高尚道德所指引的道路前行而习得的心灵支柱。这种负责任的态度,严肃对待生活的秉性,就像一盏暗夜中的灯塔,照亮了心灵的旅途。人生,因勇于负责任而灿烂无比。　　(王　蕴)

责任——与爱同行

渐渐地,我明白了爸爸的话:爱与责任同行,责任与爱同行。

很小的时候,我喜欢坐在爸爸的肩膀上,让他把我扛得高高的。记忆中,他的肩膀好宽好宽,坐上去感到非常踏实。那时,我常常会想:要是一辈子都待在上面不要下来,该有多好啊!

我曾经很傻气地问爸爸:"为什么你的肩膀会这么宽呢?"他笑了笑,说:"因为责任很重,我要把它们都扛起来。"他的声音很厚重,给人一种很有力量的感觉。而此后,我就再也没有坐过爸爸的肩膀,因为我怕把它压坏了。后来,稍大一些,又和爸爸谈到这个话题。当他知道了我幼稚的想法时,说了一句令我终生难忘的话。他说:"其实有责任也是一种幸福,因为爱与责任同行。"

我抬起头,却捕捉不到他的眼神。我不知道他在看什么,就那样定定地,望着未知的远处。那里是什么呢?我猜想,也许是奶奶,也许是妈

妈和我，也许是社会，也许是人生。然后我看到幸福从他的脸上一圈一圈微微地荡漾开来，甚至融化掉了他整个冷峻的面容。爸爸若有所思的样子，竟让我突然有了一种想要承担些什么的冲动。

慢慢地，我长大了，开始在生活的洪流中体验到了自己肩上的责任。家里并不富裕，爸爸妈妈每天都在为生计而忙碌奔波，这让我很难过。爸爸曾是一个有远大抱负的人，如今却不得不去面对一些平凡而琐碎的事情。尽管他从不埋怨上天没有给他太多的眷顾，但那些说不出的话，我都明白。所以我在心里发誓：以后要挣好多好多的钱，让爸爸妈妈过上最好的生活；我会拼命学习，努力成为他们的骄傲；做好一切事情不再让他们担心，为他们分忧，使他们快乐，让他们成为人人羡慕的父母。因为我爱他们，所以这是我的责任。

对于我深爱着的社会，虽然我做不出什么大的贡献，但我也在尽自己最大的力量去使它变得更好：在集体中，我认真地做着作为一名班干部应该做的每一件事；同学学习上遇到困难时我全力帮助，朋友生病时我送出声声关怀……在校外，我也时时做好事帮助他人。不管在校内还是校外，我都严格要求自己要做一个优秀的中学生。因为我爱他们，所以这是我的责任。渐渐地，我明白了爸爸的话：爱与责任同行，责任与爱同行。

肩负责任，播种爱，收获幸福。我明显地感到自己的肩膀变宽了，肩上的责任变重了，可一点儿也不痛。相反，我很快乐。

责任悟语

爱与责任，从来就是一对不离不弃的双胞胎。没有责任的爱，是苍白的爱，失去了生命的厚度与宽度，也就没有了延伸的余地；没有爱的责任，是沉重的责任，失去了爱的温暖与滋润，也就改名叫做了负担。微笑着承担我们的责任吧，有责任在的地方，就有爱的存在！

（于露东）

离你最近的地方、
路途最远、
最简单的音调、
需要艰苦的练习、

——[印]泰戈尔

第 十 辑

责任意识，有一个家园需要我们共同来守护

2003 年，作为参加"世界大学生英语演讲比赛"唯一的中国大学生代表梁萌，不幸被 SARS 病魔侵袭。为了避免自己的疫情扩散，传染到其他人，梁萌毅然地放弃了此生唯一参加此项赛事的机会。当别人为她惋惜时，她说："有这样的比赛机会对我来说是很幸运的，但在这个特殊时期放弃比赛，是我的责任，是作为一个中国人的责任，更是作为一个地球公民的责任。"

社会是每一个人的家园，我们有责任去守护它，为了我们共同需要的那份和谐与美好。

令人汗颜的罚单

资源是大家的,你只能消费属于你自己的那一份!

　　德国是个工业化程度很高的国家,说到奔驰、宝马、西门子……没有人不知道,世界上用于核反应堆中最好的核心泵是在德国一个小镇上产生的。在这样一个发达国家,人们的生活一定是纸醉金迷灯红酒绿。

　　到达港口城市汉堡后,我们习惯先去餐馆,公派的驻地同事免不了要为我们接风洗尘。走进餐馆,我们一行穿过桌多人少的中餐馆大厅,心里犯疑惑:这样冷清清的场面,饭店能开下去吗? 更可笑的是一对用餐情侣的桌子上,只摆有一个碟子,里面只放着两种菜,两罐啤酒,如此简单,是否影响他们的甜蜜聚会? 如果是男士买单,是否太小气? 他不怕女友跑掉?

　　另外一桌是几位白人老太太在悠闲地用餐,每道菜上桌后,服务生很快给她们分掉,然后被她们吃光。

　　我们不再过多注意她们,而是盼着自己的大餐快点上来。驻地的同事看到大家饥饿的样子,就多点了些菜,大家也不推让,大有"宰"驻地同事的意思。

　　餐馆客人不多,上菜很快,我们的桌子很快被碟碗堆满,看来,今天我们是这里的大富豪了。

　　狼吞虎咽之后,想到后面还有活动,就不再恋酒菜,这一餐很快就结束了。结果还有三分之一没有吃掉，剩在桌面上。结完账，个个剔着牙，歪歪扭扭地出了餐馆大门。

出门没走几步，餐馆里有人在叫我们。不知是怎么回事：是否谁的东西落下了？我们都好奇，回头去看。原来是那几个白人老太太，在和饭店老板叽里呱啦说着什么，好像是针对我们的。

看到我们都围来了，老太太改说英语，我们就都能听懂了。她在说我们剩的菜太多，太浪费了。我们觉得好笑，这老太太多管闲事！"我们花钱吃饭买单，剩多少，关你什么事？"同事阿桂当时站出来，想和老太太练练口语。听到阿桂这样一说，老太太更生气了，为首的老太太立马掏出手机，拨打着什么电话。

一会儿，一个穿制服的人开车来了，称是社会保障机构的工作人员。问完情况后，这位工作人员居然拿出罚单，开出 50 马克的罚单。这下我们都不吭气了，阿桂的脸不知道扭到哪里去了，也不敢再练口语了。驻地的同事只好拿出 50 马克，并一再说："对不起！"

这位工作人员收下马克，郑重地对我们说："需要吃多少，就点多少！钱是你自己的，但资源是全社会的，世界上有很多人还缺少资源，你们不能够也没有理由浪费！"

我们脸都红了，在心里都认同这句话。一个富有的国家里，人们还有这种意识。我们得好好反思：我国是个资源不很丰富的国家，而且人口众多，平时请客吃饭，剩下的总是很多，主人怕客人吃不好丢面子，担心被客人看成小气鬼，就点很多的菜，反正都有剩，你不会怪我不大方吧。

事实上，我们真的需要改变我们的一些习惯了，并且还要树立"大社会"的意识，再也不能"穷大方"了。那天，驻地的同事把罚单复印后，给每人一张做纪念，我们都愿意接受并决心保存着。阿桂说，回去后，他会再复印一些送给别人，自己的一张就贴在家里的墙壁上，以便时常提醒自己：

钱是您的，但资源是大家的！

📖 留　克

地球是一个大家庭,它用有限的资源养活着我们一家人。你浪费的资源多一点,意味着别人获得的资源就少一分。所以,我们都应该记住:资源是大家的,你只能消费属于你自己的那一份! 每个人都有节约资源的责任和义务。　　　　(李　俊)

美国警察爱管"闲事"

警察又把我送回地铁站,我说那房东骗了我。他说不要轻易相信人,但可以相信警察。

我对美国警察最早的印象是在美国独立日那天。骑在马背上维护秩序的警察,威风凛凛、气度非凡,像极了美国早期的西部牛仔,那一直是我心目中的硬汉形象,敬佩不已。然而美国警察那种事无巨细的、爱管闲事的劲头,有时都觉得他们是不是有点儿不务正业。

刚来美国时,我在路上总是看到这样的情景:一两个修路工人在修路,几个人围着指手画脚,而同时又总会有一两个警察全副武装地站在那儿看护着。就觉得很怪,这修路和警察有什么关系呢?就问美国的朋友,朋友反而很奇怪我会这么问:"路上有那么多的行人车辆,万一不注意伤到了人怎么办?""可行人车辆自己会注意的呀!""万一有人不注意,所以警察就有责任站在那里监护!"这才明白原来这也是美国警察的责任。

　　一次，我看到一则租房广告，房子在摩顿中心，步行 5 分钟到地铁站，价格很便宜，很符合刚来美国囊中羞涩的我的要求，就即刻给房东打了电话约了看房时间。下了地铁，按照房东指的路线找来找去，就是找不到那地方，倒霉的是临出门时忘记带房东的电话了。走了远远不止 5 分钟的路程，10 分、20 分都有了；后来头都走蒙了，就在那里绕起了圈圈。

　　突然一部警车停在了旁边，很意外，看看周围确实就我一人，于是赶紧站着不动了。

　　"你需要帮助吗？"很和蔼的大个子警察。

　　"不需要，谢谢！"原来是想做好事啊！不过还是离警察远点儿好。看看警察没有了反应，抬腿就溜。

　　可一会儿，那警察又来了，心里就有点儿发憷了，是不是看我转来转去像形迹可疑的人呢？

　　"你真的不需要帮助吗？"

　　"我迷路了！"赶紧递上地址，以证明我是在寻找人而不是想干什么违法的事。

　　"这里还很远呢，你走路是走不到的！"他看了一眼纸条，语气里似乎有点儿幸灾乐祸。

　　"那我就不去了！"既然那么远，就没有必要去看了。

　　"我可以送你去！"

　　这是坚决不可以的，无缘无故地上了警车，别人看着还以为我干了什么坏事呢！可我越推辞，那警察就越坚持，看到已有人在注视了，就只好快快地上了警车，好在一路上他没有拉警笛，要不然没有到那里，我已经被吓昏过去了。到那里把那房东骂了一通，他看我和警察一起，魂都吓飞了，忙说对不起他说错了，不是到地铁站 5 分钟，而是到巴士站 5 分钟，再坐巴士到地铁站。

　　警察又把我送回地铁站，我说那房东骗了我。他说不要轻易相信人，但可以相信警察。而我想难道这也是你们的责任吗？如果是，那为了履行这些责任，得需要多少警察啊！

没有过多久，就又给警察好心地管了一下，不过这次是在他的职责之内，我阻碍了交通：我的车在繁华路段抛锚在路的中间了！虽然我已经打了紧急灯，可还是有车不明就里地停在了我的后面。我只好下车去通告他们。我站在那里手还没有举起来，还没有实地尝尝做交通警的滋味呢，一辆警车就呼啸着来到了我身边。一黑人警察极威严地说我阻碍了交通！

我知道，可我也不想啊，我的车抛锚了！我无奈地指指我的车。

那你去那边，他指指路边。我乖乖地过去。他指挥着车绕道而行。车少了，他就钻进我的车里，一只脚放在地上用力蹬，手转动着方向盘，后退着把车移到路边。（我这才知道，车死火了，一个人也可以把车移动，而不是我想象的要几个人推。不过后来我专门试过，我不够高，使不上腿力！）

他说他打电话叫人来把我的车拖走。我问他要不要付钱。（后来我很后悔这么问，这么关键的时刻还在考虑钱的事，看来我这人的思想觉悟也太低了！）他说要。我说那我还是打给 AAA 吧，我是他们的会员。他说那好。不到 10 分钟，AAA 的车就到了。

那时我就想警察叔叔多管点儿闲事，对我们老百姓来说还真是一件好事！心里又感动又感谢。我想，这才是好警察啊！怪不得在美国无论你遇到了什么事，都可以打 911 找警察呢！在美国，警察只是一种职业，而不是一种特权。

🌹 寒星静月

责任悟语

美国警察管得事情的确很多，不过，挺佩服他们这种工作作风，无论事情大小，只要关系到百姓，就属于他们的职责范围。正是由于有了尽职尽责的警察，人们的生活才多了一分坦然与放心。

（李　俊）

不敢愧对盛开的鲜花

在这里人们对大自然、对环境的态度，已经由爱护升华到尊重。

初到澳大利亚，听当地朋友讲，这里是环境、动植物第一，人第二。心中颇感惊诧。

从墨尔本往南约 300 公里就到了南太平洋。海岸是刀削般的峭壁，经海水长年侵蚀，峭壁已退却了很远，海水中还残存着一些奇形怪状的巨石，被人们称为"十二门徒柱"、"伦敦桥"等，很是壮观。不过，最吸引我的还是那浪花飞沫。海风卷着巨浪一路冲来，凶猛地撞击在悬崖峭壁上，溅起的层层飞沫竟是那样厚重、洁白，简直就是一片"雪原"，纯净得让人心颤。离开这里上车之前，人们照例要去洗手间。导游笑着说：现在大家是幸运的。因为很久以来环保部门都不允许在这里修建厕所，这场官司打了 20 多年。直到 2000 年，在满足了他们提出的对污物科学处理等极苛刻的条件之后，偌大一个旅游观光景点才有了一个洗手间。也就是说，在此之前，受委屈的是人。

菲利浦岛上聚居着两千多只小企鹅，现已辟为保护区。观赏企鹅归巢别有一番情趣。企鹅每天日出之前就下海觅食，晚上才上岸。夜幕降临了，我们坐在清冷的海边上，眼盯着茫茫大海，静静地等候着。突然，一排海浪把小精灵们推上了沙滩。一只、两只……刚上岸还有些胆怯，尔后就成群结队地奔了过来。澳洲的企鹅只有鸽子那样大，油光发亮的黑色羽毛，雪白的肚皮，走起路来摇摇晃晃，活脱脱一位倒背着双手的"老太爷"。多想把这憨态可掬的形象拍下来啊，可是我掏了几次相机，最终还是没有取出来。因为上岛之前已被警告：为防止闪光灯刺激企鹅的眼睛，不许照相！随行的朋友也许看出了我的心思，便说：你知道这些"老太爷"们的身价有多尊贵吗？去年两只企鹅迷失方向，漂泊到了对岸的新西兰。它们身上都有标志，是新西兰政府专门派了一架飞机把它们送回来。

在悉尼的玫瑰湾，一条林荫大道两旁，绿茵茵的草坪上散落着一幢幢别墅，每幢别墅都有一个或五彩缤纷或别致精巧的小花园。"这房子的主人一定很有钱。"不知谁说了一句。"不光要有钱，更要有责任心。"澳大利亚朋友马上说。原来在澳大利亚，私家花园的维护修整是要对社会负责的。这里用工特别昂贵，许多时候根本就雇不到人，不管你有多高的身份，每周也得拿出半天时间在花园中精心操作。不久前有一位政府高级官员搬走了，这里的房子没卖，有一个多月没过来修整，花园杂草丛生，花木枯萎，结果被邻居告上法庭。他在交纳了罚款之后，还深表内疚，愧对了那些盛开的鲜花，因为它们也有生命呀！

我渐渐领悟到，在这里人们对大自然、对环境的态度，已经由爱护升华到尊重。

薛津泉

责任悟语

尊重是相互的，人与人之间如此，人与自然之间也是如此。尊重大自然，大自然会回报我们一个舒适安然的生存环境；不尊重大自然，它的报复足以毁灭无数的生命。把这份尊重当成一种责任，我们的家园才会变得更加和谐与美好！　　　（李　俊）

爱管"闲事"的西班牙人

看她这么固执,我一边在心里责怪她"多管闲事",一边很不情愿地擦起车来。埃里斯太太盯着我把车擦完,又亲自检查了一遍,才放我出门。

西班牙的哈卡是比利牛斯山脚下的一座小城。初到哈卡,有一天,我准备开车出门。我刚发动了车子,邻居埃里斯太太站在了我的车头前。我下车问她:"有事吗,埃里斯太太?"她说:"我要告诉你的是,你的车有点儿脏了。"

"埃里斯太太,我会洗的,感谢你的提醒!"

可是,埃里斯太太似乎并没有离开的意思。我就问:"还有其他事吗?"她说:"你要上街,我认为你应该马上洗车!"

我努力保持着"和颜悦色",说:"我知道了,埃里斯太太,谢谢你,我会洗的!"

"不,我认为你得立刻洗!"

看她这么固执,我一边在心里责怪她"多管闲事",一边很不情愿地擦起车来。埃里斯太太盯着我把车擦完,又亲自检查了一遍,才放我出门。

我开车到了一个图书馆附近。车停稳后,一个保安热情地走过来为我服务。我看他这么热情,就拿出小费给他。谁知一不小心,把口袋里的两枚硬币带了出来。两枚硬币顺着斜坡,滚进了下水道。

251

我付了小费，准备离开。这时，保安说："先生，你的硬币……"我说："不要了！"他却拦住我，很坚决地说："那可不行！"说完，他拿出手机打了一个电话。

　　这是干什么？我自己的钱不要了，难道还犯法吗？

　　不一会儿，两个身着工作服的人朝我们走了过来。在那位保安的指挥下，这两个人将下水道的盖子撬开，取出了那两枚硬币。保安掏出钱，作为那两个工作人员的报酬，然后把两枚硬币还给了我。

　　我对此很不理解，就问保安为什么这么做。保安说："我觉得这是我的责任。"

　　我把上述"遭遇"说给了在西班牙待了很多年的一位老乡听，他听完哈哈大笑说，这些"闲事"，每个西班牙人都会管。在西班牙，人们没有"闲事"的概念，无论是谁的什么"闲事"，其他人都要过问，而且会很负责任地一管到底。

　　先说问路。你问到的那个西班牙人如果听不懂你的话，就会去找能听懂你话的人来帮助你。因为他知道，如果他不帮你，你就会继续在那里问路。西班牙人视时间为生命，如果你恰好问到了他的家人、朋友，就可能耽误他们的时间，甚至影响他们去办要紧事。

　　如果你的车没有擦洗，西班牙人就更要管了。西班牙是个十分注重环保的国家，对影响环境的行为一律严惩。你把"衣冠不整"的车开到街上，就可能被处罚，警察还会问你住在哪个社区。你一个人被处罚了还不算，你居住的社区也会被记录下来，以后警察会不定期地到你所在的社区突击检查。这样，别的社区的人们会认为，你们的社区一点儿环保意识都没有，会因此对你们"另眼相看"的。

　　我随后的一些经历再一次印证了老乡说的话。在西班牙人看来，每天自己周围发生的那些看似和自己无关的"闲事"，其实最终都会七拐八拐、或多或少地和自己扯上关系，所以一定要管。

唐元春

责任悟语

我国有句俗话："各人自扫门前雪，莫管他人瓦上霜。"告诫我们少管他人的闲事，只管把自己的事情做好。这种观念要是放在西班牙，是截然错误的。如果每个人都只管自己门前的雪，难免别人瓦上的霜不会掉落到你的院子。所以，最好的做法是：扫好自己门前的雪，进而也帮别人做点力所能及的小事。　　　（李　俊）

对陌生人的责任

我们都体会到人间的友爱，但是，她从小就感受到这种友爱存在于陌生人之间。

在美国住了快 10 年，万圣节一直没有认真过过。万圣节又叫鬼节，过节时大家扮成各种怪样子，装神弄鬼，吓唬人玩。其中最重要的一个节目，就是天黑后孩子上门来要糖，你不给，人家就可以捉弄你一番。我对此一向不适应。陌生人来敲门，不断地下去开，又烦人又没有安全感。前几年住在纽黑文，那里治安不好，过万圣节就更无乐趣。

今年搬到波士顿，女儿也长到 5 岁，渐渐懂事了。万圣节前一周，她就惦记着买服装，晚上去要糖。去年的万圣节，这一节目是由妻子带着她和一群幼儿园的小朋友及其家长集体行动。如今新到一个地方，路都不认得，也找不到伴，为安全起见，只好由我带孩子出门。

夜色漆黑一团，到处都阴森森的，我们完全被一个陌生的、似乎是充满危险的世界所包围。我拉着女儿的小手，走在漆黑的路上，深一脚浅一脚。我在心里不断犯嘀咕：这么晚敲陌生人的门要东西，是否太打扰了呢？是不是自讨苦吃？

女儿倒是比我有信心。她穿着粉色衣裙，背上有一对翅膀，一副小天使的样子，自告奋勇地按第一家的门铃。那扇门一打开，屋里灿烂的灯火顿时撕开夜幕，仿佛是天堂对她打开了门。夫妇两人见了她就心花怒放："哎呀，我的小天使、小宝贝，你真漂亮、真可爱！"他们一边招呼我们进屋，一边要把一小篮子巧克力倒在女儿手中的篮子里。我急忙拦住，说她实在要不了这么多。主人兴致未尽，不停地问孩子几岁了、上学没有、喜欢什么、住在哪里，这一下我心里不仅放松许多，而且开始分享女儿的喜悦。

再往前走，女儿变得越来越勇敢，见一栋房子就自己冲上去按门铃。那家只有女主人在。她见了孩子，高兴地说："我自己的女儿已经上大学了。她像你这么大时，也这么漂亮。"我随口问一句："她在哪里上大学？"

"哈佛。"我眼睛一亮，马上问："她中学在哪里上的？"心里想的是自己的女儿以后去哪里读书。女主人看出我的心思，又知道我们初来乍到，马上找笔给我留电话，说她在这一带的学校做社会工作，关于当地学校的问题一定要来问她；还说等她女儿回来，要请我们来家里吃饭，好好聊聊；临走又翻自己的书架，找出三本5岁孩子的儿童读物要我们带走。

女儿的情绪自然越来越高涨，她觉得自己是全世界最得宠的人。很快，手中篮子里的糖太多、太重，已经拿不动了，只好提前回家。回到家洗漱完毕，倒头就睡了，不过睡前说了一句："今天我有这么多的快乐！"

看着她那张熟睡的小脸，我突然对自己住的社区和邻居们产生了由衷的热爱。同时，回想一下自己小时候成长的经历，也一下子领悟到万圣节的意义。

我的女儿和我是在完全不同的社会中长大的。我们都体会到人间的友爱，但是，她从小就感受到这种友爱存在于陌生人之间。她知道，在漆黑的、看起来很危险很可怕的夜里，她可以从陌生人那里得到无限的甜蜜。人家怎么对待她，很大程度上决定了她长大后如何对待别人。而我们这一代人，则主要是从亲友熟人中感受到这样的温暖，很难懂得陌生人之间的纽带和感情。

最令我感动的是这次打扰的最后一家。主人是个盲人，生活全靠一只导盲犬。我开始还觉得给她找了太多麻烦，女儿首次看到是个盲人，也有些害怕。可是，盲人热情地在桌子上给孩子摸糖，嘴里不停地说："你的声音像个天使。"

我赶紧说："我们每天上学都经过你的房子。"她听了越发高兴，一个劲儿地说："看来我们早就是朋友了。"我看着她准备得整整齐齐的一桌子糖，实在想不出这么一个生活不便的盲人，为招待素不相识的孩子要花多少时间，而在漆黑的夜里对陌生人敞开大门，又是多么大的信任！看来，一个生活颇为不幸的人，也本能地懂得自己对陌生人的责任。

"爱你的邻人"这样的训导，几乎在各个文化中都有，这样的精神在不同社会中的存在形态却有天壤之别。我们面临的挑战不是如何记住这样的话，而是如何使之成为我们的生存状态。

🌸 阴　谋

责任悟语

你是不是也挺想过这么一个可以随意向陌生人索要糖果的万圣节呢？其实，我们缺少的不是节日，而是对陌生人的爱和信任，以及对陌生人负责的精神！从现在起，每天对你周围的人展露笑颜，你就会发现你的生活充满阳光！

（李　俊）

一块 625 欧元的树皮

树也有生命，交通肇事者，要为伤及到的任何有生命的物体负责，所以，那棵被撞伤的槭树也不能例外。

德国里特堡的高中生克雷斯蒂在驾车旅行时，发生了一起车祸。为了避让一辆迎面而来的运货卡车，克雷斯蒂紧急转向，结果撞到了公路边的一棵槭树上。

这是一棵有 20 年树龄的大树，很粗壮，所以，克雷斯蒂的小汽车当场就撞报废了，而克雷斯蒂本人也撞成了严重脑震荡。

克雷斯蒂还没有痊愈出院，一张由当地林业部门开出的付费信函已经邮寄到了他的家里。付费账单上写着：克雷斯蒂先生，由于您肇事撞破了路边槭树的树皮，所以请您到银行支付 625 欧元费用。下面，还附了一份应付款项明细。

第一项，树皮伤害费。被撞槭树树围长度为 89 厘米，虽然事后依然郁郁葱葱，挺拔如初，但树皮受损部分长 33 厘米。按照规定，肇事者应赔偿槭树价值 980 欧元的 55%，539 欧元。第二项，受损树皮清理费。事故发生后，护树人员花了 3 个小时清理受损树皮，应付劳务费79.5 欧元。第三项，见习费。一名实习生在清理现场帮忙 0.25 小时，按规定付费 1.5 欧元。第四项，医药费。树干伤口处被涂上了 5 欧元的药膏，应由肇事者支付。

"不就是擦伤一块树皮吗？何必这样小题大作？"相信很多人看了这

张罚单后都会这样认为。

但德国的林业部门却郑重其事，他们有一套令人匪夷所思的理论：树也有生命，交通肇事者，要为伤及到的任何有生命的物体负责，所以，那棵被撞伤的槭树也不能例外。

责任悟语

接受了这一张罚单后，相信克雷斯蒂以后驾车一定会非常谨慎。正是由于对所有生命的尊重，德国人才会拥有如此好的生存环境。善待我们身边的每一个物体，哪怕它只是一棵树，它也会回报我们更多的氧气、更好的绿荫！　　　　　　　（李　俊）

和邻居澳洲老奶奶的故事

举报小孩喝酒是这里所有人的责任和义务，就像我们老师批评犯错的学生那般正常而简单。

我高中时代就到澳大利亚留学。父亲的一位在澳工作的何姓朋友颇费周折地给我们找到了一处房子。这样，我们一行 4 个男孩子便与一个名叫玛利亚娜的单身老太太做了邻居。

玛利亚娜用我们中国话来说，就是个孤寡老人。作为邻居要多照应些。我们商量了许久，觉得帮助玛利亚娜打扫室内卫生是最起码的，也是我们力所能及的事情。玛利亚娜像以前一样热情地欢迎我们进屋，可是当我们说明来意时，她的神情转瞬变得极为严肃，并且生气地问我们："你们是认为我老得连做清洁的力气都没有了吗？"我们被她的这种态度弄得十分尴尬，又不明就里，只是突然间觉得以前那个和蔼的玛利亚娜不见了，换之的是一个不通人情世故，甚至是十分怪异的老太太！

事后，我们把这件事情告诉了帮我们找房子的何叔，而何叔的解释大大出乎我们的意料。在澳大利亚，如果让18岁以下的未成年人到家庭以外的场所干活，无论是否是小孩自愿，均被定性为虐待未成年人的违法行为，情节严重的，可以判处有期徒刑。何叔说，要想帮助老太太也很容易，到学校开个证明说你们是做义工即可。做义工就是像国内的青年志愿者一样，义务献工而不取任何报酬。做义工不仅各类学校经常集体组织，而且澳政府大力提倡。这就是老外的"死板"，无非是多办个手续。他们认准的按规则办事，就是自找麻烦也甘心情愿。

当我们再次来到玛利亚娜家里，把学校的证明拿给她看时，她笑着挨个在我们每人脸上亲了一口。自此以后，我们和玛利亚娜奶奶的关系越来越亲密，每半个月去帮助她做一次家务几乎成了一种习惯，当然，每次都要把学校的"证明"在她眼前晃动一下。

没有想到的是，尽管我们和玛利亚娜奶奶的关系处得不错，但还是出事了，老太太把我们送到了警察局。事情是这样的，为了庆祝一位室友的17岁生日，我们厚着脸皮从何叔那里要了一瓶香槟。何叔实在拗不过，就千叮咛万嘱咐这酒一定要偷着喝。在澳大利亚，18岁以下的未成年人绝对不允许喝酒，也不可能买到酒，如果有谁胆敢出售酒给未成年人，经查证落实，该家商店肯定要被吊销执照。

尽管我们紧闭门窗，但还是招来了玛利亚娜奶奶的亲自光临。她一敲门，我们就赶紧藏好了酒和酒杯。她也只是在客厅里站了一会儿，既没有问我们这是做什么，也没有说明她此行的来意，充其量只是翕动了几下鼻翼就匆匆离开了，但我们还是大致猜出了她是为了警告我们不要喝酒,只是不好明说罢了。虽然如此,我们并没有停止。大约半个小时过后,老太太又来敲门了,我们问明了是她,就又赶紧藏起空瓶子和酒杯,哪知慌乱之中打碎了一个玻璃杯。顶不住她一阵紧一阵地敲门,让她进屋时,地上的玻璃碎片还没有彻底收拾干净。这回老太太可没有那般和颜悦色了,她一板一眼地告诉大家:"孩子们,你们知道我经历了一种怎样的煎熬吗?我是在亵渎法律啊,也是在变相地害你们!但你们还是不知道自我改正,我只好向警察局报告了,否则我就犯下了知情不报之罪了!"无论我们怎样哀求,最后还是被三位警察带到相当于我们的社区值勤点的地方。做完了笔录,写完了"悔过书",如果此时还没有律师、监护人或者说担保人出现,很可能就因这点儿"小事"被遣送回国。我们这才意识到问题的严重性,给何叔打电话,他的住处无人接听,只好给他的电话留了言。可能已是深夜,他的手机也关机了。我们像热锅上的蚂蚁般急得一筹莫展,真恨死那个该死的老太太了。而恰恰就是在这个时候,一个熟悉的身影出现在我们面前,玛利亚娜来了!她平静地对我们说:"孩子们,别着急,我来接你们回家!"

有了玛利亚娜的担保,我们又很快获得了自由。

获得自由的第二天,何叔来看我们,何叔问清楚了情况后,长长吁了一口气:"真该感谢玛利亚娜奶奶呀!她主动充当你们的担保人,不仅要交纳一笔保证金,以后还要对你们负责任;如果你们今后有谁再出现同类错误,警察第一个就会去找她。""既然这样,她为什么还要举报我们呢?"我问。"这就是文化的差异了,举报小孩喝酒是这里所有人的责任和义务,就像我们老师批评犯错的学生那般正常而简单。但是,举报之后却又充当担保人,而且是为了一群无亲无故的外国小孩,却不是每个人都能做得到的。所以,你们一定要吃一堑长一智,不要再给任何人添麻烦了。"何叔解释说。

听何叔这样一讲,我们怨气顿消。明天要到玛利亚娜奶奶家去表达谢意。我想,能碰到这样的一个好邻居,是我们的幸运。

🌸 黑 潇

259

感受瑞士人的环保意识

看到这一幕，我真的感到，对环境的自觉爱护意识，已深入到了他们的骨髓里。

　　2006年"五一"长假，我去瑞士旅游了6天。6天里，瑞士留给我最深刻的印象就是——洁净。在瑞士，我从苏黎世时而乘车，时而步行，一直到洛桑，没有看到一处不洁净的地方，每一个角落都干干净净，没有一片纸屑、果皮等杂物；墙壁、广告牌匾等更是洁净如新。这让我特别惊讶，感叹不已。而通过与瑞士人的接触，令我更感觉到了这个国家环保意识深入人心。

　　到瑞士的第一天晚上，我就被上了一堂环保课。住在旅店里，房间中有蓝绿两种颜色的垃圾箱，当时我没明白垃圾箱还要放两个的意义，就将果皮、塑料包装袋等垃圾一股脑儿塞到了一个垃圾箱里。第二天早晨起床洗漱后，旅店服务人员到房间收拾时，她打开垃圾箱，将里面的东西作了分类。原来两个垃圾箱一个是放可回收垃圾，另一个是放不可回收垃圾的。看着服务人员细致地分拣着，我的脸立刻红了起来，连忙表示歉意。

第二天,我到了瑞士首都伯尔尼,这是个小巧的中世纪风格城市,完整地保留着中世纪城市的美丽风貌。从这一点也看出,瑞士人在保护文化古迹方面的意识和成果,因此它被联合国教科文组织列入了世界文化遗产名录。在餐馆用午餐时,我与一位叫伦斯特的瑞士人认识了,他见我这副东方面孔,就主动和我打招呼。伦斯特是位中学教师,瑞士的官方语言是德语,但伦斯特的英语特别好,我们之间交流没有任何障碍。当得知我是中国人时,他说他对中国十分感兴趣,有机会一定要到中国去旅游。他也是在休假旅游,目的地是费里堡,恰好和我去洛桑的方向一致,于是我们结伴上了路。

在这一路上,我感受到了伦斯特强烈的环保意识,每遇见路上有碎纸片等杂物,他便弯身捡起来拿着,走过垃圾箱时放进去。我问他,每个瑞士人都会像他这样做吗? 他说,相信很多人会的,因为这样做是很自然的事。在半路上,遇见了十几个年轻人正坐在树荫下野餐。见了我们,很热情地招呼,我们便在他们旁边坐下来歇息。这时,飞来了几只灰蓝色的小鸟,落在跟前的树上吱呀地叫着,一个女孩揉碎一块面包,张着手呼唤小鸟,让我惊奇的情景出现了:先是两只小鸟飞来,大胆地落在她手上,啄食面包屑。接着几只小鸟都飞过来了,有的小鸟没地方落,就落在了他们放食物的纸上面,毫无顾忌地参与了他们的野餐。

这是多么和谐的一幕啊! 人与自然、人与小鸟,构成了一幅十分和谐美妙的画面。

看我惊讶感叹,伦斯特对我说,瑞士人从不伤害小鸟,所以一些小鸟不怕人。就是一些很警觉的松鼠、兔子等小动物也不怕人,常常会主动接近人群,向人要食物,与人嬉戏。

年轻人起来走之前,将垃圾捡得干干净净,放进随身带的一个塑料袋里;有的人还俯下身来,爱惜地将坐过的草地用手抚平。看到这一幕,我真的感到,对环境的自觉爱护意识,已深入到了他们的骨髓里。

重新上路后,我对于瑞士人保护环境的自觉性表示了由衷的赞叹,而伦斯特认为在瑞士,每个人都认为保护环境是自己义不容辞的责任，糟蹋环境会受到众人的批评和斥责，会很难在社会立足。最后，他大发感慨："你看，我们瑞士多美啊，这是上帝对我们的偏爱，给了我们这么美丽的蓝天绿地，我们怎么能不去爱它、保护它呢？"

到了费里堡，他到目的地了，我还要向洛桑走，分别前，他请人为我们拍了几幅合影，最后握手道别时，我说欢迎他到中国旅游，他说有机会一定去中国看古老的长城。

李洪洋

责任悟语

我们自己的小房间乱了，会想到要收拾一下；家里的地板脏了，也知道要帮助父母洗洗擦擦。对家的爱惜，让我们肩负了维护它的责任。其实，周遭的环境也是我们的家，环境不佳，直接影响的还是生活在其中的我们！让我们每个人都把保护环境当成自己义不容辞的责任吧！

（李 俊）

第十一辑

责任无界,在职责的
天平上人人平等

三国时,诸葛亮命马谡守街亭,马谡不听王平的建议,扎营于山上。司马懿看出破绽,用计大败马谡。丢失街亭,使诸葛亮的此次北伐断了进退咽喉,被迫悄悄撤军。事后,诸葛亮大哭,痛悔自己在用人方面的失误,挥泪斩了马谡后,又上书自贬三级,以右将军身分行丞相之职,担负起了自己的责任。

在职责的天平上人人都是平等的,没有人可以随便逃避自己的责任,无论谁犯了错误,都得接受惩罚。

高尔基照章办事

伟人之所以成为伟人的前提,在于他们把自己等同于一个普通人,承担着一个社会公民应尽的责任。

高尔基是苏联的大文学家。他处处严格要求自己,以人品和文品为世人做出表率,受到人们的尊敬。

有一年冬天,莫斯科远郊的一个小镇上,冰天雪地,寒气逼人。一个阴冷的下午,小镇上唯一的一家剧院门口排起了长长的队伍。镇民们穿着厚厚的大衣,高高的皮靴,脖子上绕着又长又宽的围巾,连同嘴巴一块儿裹住了。妇女头上扎着羊毛头巾,男人则戴着毛茸茸的皮帽。看不清每个人的五官,只看见一双双眼睛和一个个鼻子。他们在排队买票,城里话剧院这次到镇上演出的是高尔基的戏剧《底层》。恰巧,高尔基外出开一个文代会,回来时冰雪封住了铁路,火车停开,所以就在这个小镇临时住了下来。这天他散步经过小镇戏院门口时,发现镇民们正排队购买《底层》的戏票,心想:不知道镇民们对《底层》反应如何?趁着回不了城,不如也坐进戏院,观察观察镇民们对该剧的意见。高尔基排队买了票,他刚回身走出没多远,只听身后有追上来的脚步声,回头一看,是一位男子跑了过来。那男子跑到高尔基跟前,打量着,谨慎地问道:"您是高尔基同志吧?"

"是,我就是。您——"高尔基好奇地问道。"我是戏院售票组的组长。刚才您买票时,我正在售票房里,我看着您面熟,但您戴着围巾和

帽子，我一下子不敢确认是您。您走路的背影，使我越发感到您可能就是高尔基，所以我跑过来问问您。"

"噢。"高尔基和蔼地笑了。他握住售票组组长的手说："现在，您认出我了。有什么事要我帮忙吗？""嗯，没什么。只是，这钱请您收回。"售票组组长从衣兜里掏出钱递给高尔基。

"这是为什么？"高尔基奇怪地问。"实在对不起，售票员刚才没看清是您，所以让您花自己的钱买了票，现在我来退回给您。请您多包涵！"

"怎么，我不能看这场戏？"

"不，不，不，不是这个意思。这个戏本来就是您写的，您看就不用花钱买票了。"组长解释道。"噢，是这样。"高尔基明白了。他想了想，问售票组组长道："那布是纺织工人织的，他们要穿衣服就可以不花钱，到服装店去随便拿吗？面包是面粉厂工人把小麦加工后做成的，工人们要吃面包就可以不花钱，到食品仓库里去随便取吗？我想您一定会说，这不行吧。那么，我写的剧本一旦上演，我就可以不论何时何地到处白看戏吗？"

"这——"售票组组长一时无言以对。"告诉您吧，同志，我们写戏的人，除领导上规定的观摩活动以外，自己看戏看电影，一律都要像普通人一样照章办事。就像现在，我要看戏，就得买票。"说完，高尔基乐呵呵地笑了起来。售票组组长也笑了起来。他们愉快地道了别。

高尔基排队花钱买票看自己写的戏的故事传开后，大家都很敬重他，说他是照章办事、遵规守纪的人。

责任悟语

高尔基曾经说过："最崇高最伟大的职务，是在世界上做一个人。"任何人，不管成就如何，不论职务多高，他首先必须是一个遵章守法的社会公民。伟人之所以成为伟人的前提，在于他们把自己等同于一个普通人，承担着一个社会公民应尽的责任。 （尤守金）

校长向我道歉

我一边走自己的路，一边严肃地说："叫校长到我这儿来！两天没看见他啦，是不是又跑出去玩了？"

不知为什么，我在学校完全是另一个样子，老是捣蛋。以前我很笨，但从不做坏事。现在呢，我是个留级生，不但很笨，还是个流氓。我们班主任安娜就是这样说我的。

以前别人骂我："你不害臊吗？"我埋下头说："害臊……"可现在我会嬉皮笑脸地回答："不！"我知道为人应该善良，但是在学校不可能善良，何况也不要求我这么做，只要求我听话……

班主任安娜走进教室，满脸不高兴的样子。我们站起来，身体挺得笔直。

"坐下！"安娜命令，"现在你们写作文。"

"今天的作文我不打分，因为这是《少先队真理报》的征文，题目是《如果我是一位教师》。"

"天哪，要是出错怎么办？"

"错误由我来检查、改正。"

"如果我不想当老师呢？"我坐在座位上问，"那怎么办？"

"安德烈，谁也不会请你去当老师的！"老师生气地说，"你完全可以不写！"

但我还是随心所欲地写了，可能出了很多错。管他呢！

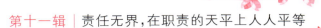

　　我在作文中写道：学校不该像现在这个样子，而应完全相反。比如说这样：我来到学校，所有的老师看见我都很高兴！"你好，亲爱的安德烈！"他们一副满脸堆笑的样子。

　　"你们好！"我一边走自己的路，一边严肃地说，"叫校长到我这儿来！两天没看见他啦，是不是又跑出去玩了？"

　　"他在开会。"老师们替他辩解。

　　"我马上就会弄清楚他到底上哪儿去了！"我威胁道。

　　校长跑来，一副惶恐不安的样子，眼睛看着地面。

　　"是你叫我吗，安德烈？"

　　"对，跟我到教室去！"我生气地点点头。我走进教室，他胆怯地在门口站住了。

　　"你瞧瞧，我为什么叫你来……你瞧，教师们又不遵守纪律了，在课堂上搞得很不像话。"

　　"又犯老毛病啦？"校长叹了一口气。

　　"你想想！昨天地理老师尤利雅管彼得叫'糊涂虫'，难道你们的教学法就是这样？"

　　校长难过地把双手一摊："唉，安德烈，我已经跟她说过无数次了。我简直拿她没办法！不过，你也要体谅她。她家中出了一件很不愉快的事……"

　　"算了……"我长叹一声，"与其在此哭丧着脸，不如好好钻研一下教育学。重要的是要做一个善良的人，要爱学生……"

　　"是的，爱学生。"他唯唯诺诺地答道，在我的示意下退了出去。

　　第二天是星期天。老远，我看见校长从学校出来，一边走，一边查看房子的门牌号码……当校长敲了敲我家的小篱笆门，走进院子时，我吓得急忙躲到桌子下面。

　　一定是来告状的。幸好我家没大人……

　　"安德烈！"校长在外面喊道，"如果你在家，就让我进来。"

　　"我读了你的作文！你听见了吗？"等了一会儿，他又喊道。

我没回答。有什么好谈的？他找的不是我，是我妈妈，是来告状的。

"安德烈！"他突然伤心地说，"我同意你的一些意见……你听见了没有……"

"反正我不开门！"我吼了一声。

"我自己以前也想过，"他轻轻地说，好像在自言自语，"是的，我的工作应该做得更好一些……孩子们跟我在一块儿才会觉得有意思，很平常……我们互相理解……我做过努力，但不完全成功……你懂吗？"

"关我什么事？"我在窗帘后面叹了一口气。

"就是关你的事！"他回答，"爱学生……叫别人怎么爱你？你谁也不需要。你活着，读你自己的书，别的一切对你都无所谓。你从旁边观察别人，嘲笑别人的弱点……跟你在一块儿心里都发冷……"

"不错，"他突然说，"你在学校表现不好，这我也有责任，应该向你道歉。我也想过，我们学校应该是全体学生的第二个家……"

他坐在门口的台阶上，忧郁地抽着烟，不再像一个威严的校长，而只是一个普普通通的人。我打开门，走到台阶上，他往旁边挪了挪，我挨着他坐了下来……

[俄]H.索洛姆科

责任悟语

世上每一个人的灵魂都是平等的。不论是校长还是学生，是领袖还是平民。有缘同在一个集体，我们都有责任帮彼此完善人生。选择把自己的灵魂与谁的摆放在同一高度，你就会收获与谁相似的人生！

（尤守金）

总统与小偷的情谊

有时候，一个小小的善意可以改变人的一生。没有人生来就是总统，也没有人愿意生而成为小偷。

美国第三十任总统卡尔文·柯立芝（1872—1933），曾与一个小偷有过一段耐人寻味的情谊。

那是 1923 年 8 月下旬的一天，柯立芝总统和夫人住在华盛顿维拉德饭店三楼的套房里。

黎明前的黑暗尽管短暂，但格外的黑暗。蒙眬中的柯立芝被一阵窸窸窣窣的声音惊醒。他睁开眼睛，发现潜入卧室里的一个人正在翻弄他的衣服，从衣袋里把钱包掏出来，并拿到了一块表。

柯立芝没有惊动还在熟睡的夫人，更没有呼叫特工保卫人员。他悄悄地从床上起来，走到小偷跟前，轻声地指着表说："我希望你最好不要把它拿走。"

本来就做贼心虚的小偷听到突如其来的声音大吃一惊，当发现房主人非常慈善并没有恶意时，便壮着胆子问："为什么？"

柯立芝说："我指的不是表和表链，而是指你拿的那个表链上的表坠。"

小偷下意识地看了看表坠，不解其意地想：这和其他的表坠并没有什么区别呀？

柯立芝看出了小偷的疑惑，又说："你把表坠拿到窗前仔细看一看，看看刻在表坠背面的字。"

小偷走到窗前，借着黎明的微光轻声念道："众议院院长卡尔文·柯立芝惠存。"落款是"马塞诸塞州州议会赠"。小偷顿时瞪大了眼睛，扭头看着柯立芝将信将疑地说："你就是柯立芝总统？"

柯立芝点点头说："不错，我就是柯立芝。那个表坠是议会送给我的，我很喜欢。表坠对你没有什么用处，你需要的是钱，来，咱们商量一下怎么样？"

小偷壮着胆子把钱包举了举说："我只要这个，其他什么我都不要！"柯立芝清楚，钱包里共有 80 美元。

待年轻人坐下来后，柯立芝问他为什么要偷东西。年轻人说：自己是个学生，和大学里的同学假期一块出来玩，花费太多了，钱花光了，没有钱支付旅店的费用，只好出来偷钱，没想到竟偷到了总统的头上。

柯立芝不但没生气，反倒帮这个年轻人算了算两个人的住宿和返回学校的车票加起来所需的费用，然后，从钱包里取出 32 美元交给了年轻人，说："这钱不是你偷的，而是我借给你的！"柯立芝还嘱咐年轻人，天快要亮了，特工保卫人员就在饭店走廊里巡逻，最好尽快按来时的原路返回去。年轻人听罢，赶紧从爬进来的窗口又爬了出去，瞬间便消失在黎明前的晨曦里。

柯立芝与小偷耐人寻味的情谊，不仅体现在对小偷的教育和帮助上，还体现了对小偷人格的尊重。

在小偷走后，柯立芝把这件事告诉了夫人格雷斯。后来，柯立芝又把这件事告诉了两位挚友：一位是家庭律师史蒂文斯法官，另一位是自由撰稿人和摄影师麦卡锡。同时，柯立芝要求一定要保守秘密，不得扩大范围，并从未透露过这个年轻人的姓名。

柯立芝与小偷耐人寻味的情谊，还表现在小偷没有辜负柯立芝总统的教诲，如数地把钱还给了柯立芝总统。关于这一点，在柯立芝的挚友麦卡锡的笔记中有明确的记载：柯立芝讲到的这位年轻人，后来如数偿还了这 32 美元的"借款"。

柯立芝总统逝世 15 年以后，这件事情已经过去将近 25 年了。麦卡锡请求柯立芝夫人允许公开这件事情。柯立芝夫人遵从丈夫的意愿，委婉地拒绝了麦卡锡。麦卡锡一方面理解和尊重柯立芝夫人的意见，另一方面进一步核实了事件的具体情节，并请求允许在柯立芝夫人去世后，公开这件事情。

1957 年 7 月 8 日柯立芝夫人去世，三个月后麦卡锡也离开了这个世界，没来得及向世人公开这件事情。不过，当麦卡锡活着的时候，曾把这个故事的始末告诉给了一位同事。

光阴似箭，转眼就是 34 年。保密的时间一过，秘密就不再是秘密。在麦卡锡死后，他的这位同事认为，时过境迁，一切保密的理由都不复存在了，于是根据麦卡锡生前写的文章改写了一篇报道，将此事公之于众。

总统柯立芝将小偷转化为借钱人的故事，无论是当时要求保守秘密，还是后来将过时的秘密予以公开，都是够耐人寻味的。品味这件小事的整个经过，确实可以让人领悟到非同寻常的友善、智慧、大度和责任感。

责任悟语

有时候，一个小小的善意可以改变人的一生。没有人生来就是总统，也没有人愿意生而成为小偷。总统之所以成为值得人们尊敬的领袖，是因为他懂得所有人的人格都是平等的，尊重每一个人，尽可能地保持他们人格尊严，也是我们必须谨记的责任之一。

（尤守金）

规则面前人人平等

遵守统一的规则，不逾越、不违反，才会形成团结和谐的社会。

　　曹操，东汉末年的丞相，后被封为魏王，是三国时期著名的政治家、军事家。曹操带兵军纪十分严明，并且自己也以身作则，带头遵守，因此，他的军队很有战斗力，很快就消灭了多股强大的军阀割据势力，统一了中国北方。

　　曹操看到中原一带，由于多年战乱，人民四处流散，田地荒芜，就采纳部将的建议，下令让军队的士兵和老百姓实行屯田。很快，荒芜的土地种上了庄稼，收获了大批的粮食。有了粮食，老百姓安居乐业了，军队也有了充足的军粮，为进一步统一全国打下了物质基础。

　　可是，有些士兵不懂得爱护庄稼，常有人在庄稼地里乱跑，踩坏庄稼。曹操知道后很生气，他下了一道极其严厉的命令：全军将士，一律不得践踏庄稼，违令者斩！

　　将士们都知道曹操一向军令如山，令行禁止，决不姑息宽容，所以此令一下，将士们小心谨慎，唯恐犯了军纪。将士们操练、行军经过庄稼地的时候，总是小心翼翼地通过。

　　有一次，曹操率领士兵们去打仗。那时候正好是小麦快成熟的季节，曹操骑在马上，望着金黄色的麦浪，心里十分高兴。

　　正当曹操骑在马上边走边想问题的时候，突然"扑棱棱"的一声，从路旁的草丛里蹿出几只野鸡，从曹操的马前飞过。马受到惊吓，嘶叫着

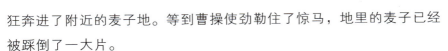

狂奔进了附近的麦子地。等到曹操使劲勒住了惊马，地里的麦子已经被踩倒了一大片。

看到眼前的情景，曹操把执法官叫来，认真地对他说："今天，我的马踩坏了麦田，违犯了军纪，请你按照军法给我治罪吧！"

听了曹操的话，执法官犯了难。按照曹操制定的军纪，踩坏了庄稼，是要治死罪的，可是曹操是主帅，怎么能治他的罪呢？

想到这儿，执法官对曹操说："丞相，按照古制'刑不上大夫'，您是不必领罪的。"

"这怎么能行？"曹操说，"如果大夫以上的高官都可以不受法令的约束，那法令还有什么用处？何况这糟蹋了庄稼要治死罪的军令是我下的，如果我自己不执行，怎么能让将士们去执行呢？"

"这……"执法官迟疑了一下，又说，"丞相，您的马是受到惊吓才冲入麦田的，并不是您有意违犯军纪踩坏庄稼的，我看还是免予处罚吧！"

"不！你的理不通。军令就是军令，不能分什么有意无意，如果大家违犯了军纪，都去找一些理由来免于处罚，那军令不就成了一纸空文吗？军纪人人都得遵守，我怎么能例外呢？"

执法官头上冒出了汗，他想了想又说："丞相，您是全军的主帅，如果按军令从事，那谁来指挥打仗呢？再说，朝廷不能没有丞相！"

众将官见执法官这样说，也纷纷上前哀求，请曹操不要处罚自己。

曹操见大家求情，沉思了一会儿说："我是主帅，治死罪是不适宜。不过，不治死罪，也要治罪，那就用我的头发来代替我的首级（脑袋）吧！"说完他拔出了宝剑，割下了自己的一把头发。

责任悟语

"王子犯法，与庶民同罪"，这是我们听得最多的说法。其实，它不过说明了一个道理：在规则面前，人人平等。遵守统一的规则，不逾越、不违反，才会形成团结和谐的社会。 （尤守金）

加加林认错

加加林无疑是一个勇者,勇在敢于承认和改正错误。正是他
在关键时候的一次"回头",让人们重塑对他的印象。

那绝对是一个历史性的时刻:1961 年 4 月 12 日,苏联航天员加加林在太空飞完了 108 分钟,平安地回到了地面。它意味着人类圆满完成了探索太空的第一次飞行。

加加林因此成了全世界的英雄。几分钟后,世界各地的电台、报纸争相报道这个 25 岁的矮个子航天明星。他在国内更是享受到非同一般的政治待遇:与火箭之父科罗廖夫并肩坐在一起,被苏共中央总书记赫鲁晓夫热情接见,和政要、名人拥抱、举杯,大大小小的勋章挂满胸前,军衔从上尉升为少校。后来,他又被选送到茹科夫斯基军事学院和高等军事学院研究生院深造。他走到哪里都会成为焦点,受到别人的追捧。

在巨大的荣誉面前,加加林有些忘乎所以,他常常驾着国家奖给他的伏尔加轿车在街道上横冲直撞。有一天,加加林开车又闯红灯,撞翻了另一辆汽车,两辆车都变得面目全非。幸好,他与另外那位驾车者都只受了点轻伤。责任本来不难判断,但赶到出事地点的警察认出是加加林,事情就发生了戏剧性的逆转。警察微笑着向加加林敬了一个礼,当即保证"追究肇事者的责任"。那位真正的受害老者虽然负了伤,但看到面前站着的是加加林,也赔起了笑脸。警察拦下一辆过路汽车,嘱咐司机将加加林安全送到目的地,却留下那个真正的受害者。

加加林坐在汽车上，心里却像搁了个滚烫的烧饼一般难受。他让司机迅速把车开回出事地点，在警察和老人面前诚恳地认错，帮助老人修好汽车，承担了全部的费用。

加加林无疑是一个勇者，勇在敢于承认和改正错误。正是他在关键时候的一次"回头"，让人们重塑对他的印象。

游宇明

责任悟语

作为航天员，加加林尽到了一个航天员应尽的责任，所以获得了无数的荣誉；作为驾驶员，加加林也没忘记他应该承担的责任，所以赢回了人们对他的尊重。我们也一样，无论你是谁、在干什么，都请谨记自己的责任，只有这样才会赢来别人的尊重！

(尤守金)

李离错判自罚

责任当前，不偏袒、不徇私；利益当前，不舞弊、不贪溺，方能成就大义人生！

晋国王宫，君臣们正在争论。晋文公和几个大臣都认为：李离应无罪释放，因为他执法公正，刚正不阿，乃不可多得之人才，而且晋国如今内忧外患，正值用人之际，李离纵然错判了他人，也罪不该死。但是，有一个大臣却持反对意见，他认为"王子犯法与庶民同罪"，若典律不严，则民心必乱，无法做到依法治理天下。但晋文公决定赦免李离。原来，李离是晋国执掌司法的大臣，他在一次判案中，错杀了一个无辜的人，按照律例，必须处以死罪。

令所有人吃惊的是，李离竟然一再主动要求处以死罪，他甚至不愿走出监牢，还写了一份言辞恳切的奏章，讲明道理，恳请晋文公治自己死罪。晋文公愁容满面，对此事不知如何是好。太监为他出了个主意：找丞相去说服李离。

丞相到了监牢，听说李离已经绝食三天了。他想出一个好办法：以喝酒为名，劝李离吃东西。果然，他略施小计就轻而易举地使得李离进食了。但是，他想劝说李离放弃自罚的目的却没有达到，李离像中了魔似的，求死之心不可动摇。

一计不成，晋文公只好自己出马了。他亲自来到牢房，紧紧地抓住李离的手："本王命你掌管司法以来，社会安定，这是晋国之幸，更是百姓之幸。你责任重大，出点小错在所难免，何必要自罚？"李离义正词严地说："国家之典律，理应共同遵守，'王子犯法与庶民同罪'，身居司法高职，又怎能知法违法？我意已决，还请大王发落吧！"晋文公无言以对，只好作罢。

无奈之下，晋文公只好顺从了李离的意愿。正当他犹豫地要下令的时候，宫门外聚集了许多为李离请愿的民众。人们振臂疾呼："李大人清正廉洁，大王不可杀他！""人非圣贤，孰能无过？"晋文公把自己的无奈说给百姓听，一个老百姓想出办法：让李离错判的受害人妻子出面，恳请李离不要自罚。晋文公有些为难：人家刚刚死了丈夫，怎么愿意做这种事呢？这时，却见一女子拨开众人，上前来说："我愿意随同前去！"此人正是受害人的妻子钟氏。

李离一见钟氏，立即跪倒在地。钟氏劝慰李离："人死不能复生，你又何必过分自责！大人是国家栋梁，只要大人为民众请命，夫君在天之

灵也一定会原谅的！"李离却说："我李离知法又怎能违法，你回去吧！"
钟氏告诉李离全城百姓都跪于宫门外，等待大人走出监牢。李离听了
此话，犹豫了一下，走了出去。晋文公看见李离走了出来，不禁笑道：
"看来寡人的脸面竟不如一名村妇！"

李离赶忙对百姓们说道："各位乡亲，快请起来。"但大家却一动
不动，其中有一人说：大人若不答应放弃自罚，我们就跪地不起。李离
答应了大家，他说："我扪心自问，并无大功，却得大家如此厚爱，备感
不安。然一旦执法不严，执法者违法，则典律何以服人？"说着，迅速从
一侍卫腰间拔出宝剑，架在自己脖子上，"我深受大王之恩，感谢各位
乡亲之情，然我无以为报，既然大王不肯批复，我唯有自刎以儆效
尤。"宝剑"当"的一声落地，李离也应声倒下。晋文公抚尸大哭，民众
也失声痛哭。

责任悟语

　　李离错判冤案，自刎谢罪以维持律法的尊严，获得千古传颂
的名声；包拯侄子违法，忍痛斩杀以保证法治的清明，留下铁面
无私的佳话。究其根本，他们都是谨记自己责任的典范。责任当
前，不偏袒、不徇私；利益当前，不舞弊、不贪溺，方能成就大义
人生！

（尤守金）

周亚夫驻军细柳营

踏实守责的人认真专注，就会获得生活丰厚的回报；游戏人生的人马虎随意，也就常常遭受生活的戏弄。

　　公元前 158 年，匈奴大举侵犯汉朝北部边疆。烽火，从边境一直燃到长安城。汉文帝赶忙派三位将军带领三路人马去抵抗，为了保卫长安，另外派了三位将军带兵驻扎在长安附近：将军刘礼驻扎在灞上，徐厉驻扎在棘门，周亚夫驻扎在细柳。

　　后来，汉文帝有些不大放心，准备去视察一下，同时带些东西亲自去慰劳各路将士。

　　他先到灞上，刘礼和他的部下一听皇帝要来了，都纷纷骑着马出来迎驾。汉文帝的车队进入军营，一点儿阻拦都没有。汉文帝慰劳大家一阵子，然后离开，刘礼等人忙不迭地欢送。

　　接着，他又来到棘门，受到的迎送仪式也是一样隆重。

　　最后，汉文帝来到细柳。周亚夫军营的前哨一见远远有一彪人马，立刻报告周亚夫。将士们披盔戴甲，弓上弦，刀出鞘，完全是备战的样子。汉文帝的先遣队到达营门，守营的哨兵立刻拦住，不让他们进去。先遣队的官员威严地吆喝道："让开，皇上马上驾到！"

　　营门的守将毫不慌张地答道："军中只听将军的军令，将军没下令，你们就别想进去！"

　　双方正在争执中，文帝的车马就到了。守营的将士照样拦住不放。

汉文帝只好命令侍从拿出皇帝的符节，派人给周亚夫传话说："我要进营劳军。"

周亚夫接到符节，便下命令打开营门，让汉文帝的车队进入军营。护送文帝的人马一进营门，守营的官员又郑重地告诉他们："军中有规定：军营内不许车马奔驰。"

皇上的侍从们都很生气。但汉文帝却吩咐大家放松缰绳，缓缓前进。到了中营，只见周亚夫披盔贯甲，手持兵器，威风凛凛地站在汉文帝面前，拱拱手作个揖，说："臣盔甲在身，不能下拜，请允许臣按军礼朝见。"

汉文帝听了，大为震动，也扶着车欠了欠身，表示回答礼，接着，又派人向全军将士传达他的慰问。

慰问结束后，汉文帝离开细柳。在回长安的路上，汉文帝的侍从都愤愤不平，认为周亚夫对皇帝太无礼了。但是，汉文帝却赞不绝口，说："这才是真正的将军啊！灞上和棘门两个地方的军队，松松垮垮，就跟小孩子过家家一样。如果敌人偷袭，不做俘虏才怪呢。像周亚夫这样严于治军，敌人怎敢侵犯啊！"

从此，汉文帝认定周亚夫是个军事人才，就把他提升为负责京城治安的军事长官。第二年，汉文帝病重。临死的时候，他把太子叫到跟前，特地嘱咐说："如果将来国家发生动乱，叫周亚夫率军作战，准错不了。"

责任悟语

对待同一件事情的不同态度，足以折射出人与人之间不同的品性：恪守职责的人认真专注，就会获得生活丰厚的回报；游戏人生的人马虎随意，也就常常遭受生活的戏弄。能够承担责任的，必定是认真踏实的人！

（尤守金）

责任

"小平顶"任局长是我推荐的,我当时还说过用党籍担保,如今他犯了法,难道我就没有责任? 我能推卸责任吗? ——我是有很大责任的,尽管我已退休。

早上,局长上街买菜,听到了一件烦心事。

局长退休已有两年了。

局长的家住在看守所附近。在职时,每天上下班,局长都要从看守所门前经过。

看守所高高的围墙上拉着一道道铁丝网,靠门的地方竖着一个高高的岗亭,岗亭上总有全副武装的警察扫视着下面。

骑自行车那会儿,局长还是个科长。每次经过看守所,他都要朝岗亭上望望。他知道,在警察的视线范围内,在那一排坚固的房子里,那些人的自由受到了限制。他常想,一个人失去自由真是可悲又可怜,享受自由才是最快乐的,人活在世上,苦点、累点、穷点、富点又有什么呢? 平平安安过一生,这就是幸福,何苦要干那些蠢事!

骑摩托车那会儿,局长已当上副局长。虽说分管机关,可以随意支配局里的公务车,但局长真是不到万不得已,从不动用,上下班都是骑摩托车。每次经过看守所,他照例要朝岗亭上望望,然后坦然而过。他常想,那些坚固的房子里,有许多人真是可惜了,人民才给你一点小小的权力,你还没有很好地为人民办点实事,还没有忠实地履行自己的义务，就找不着北了，如今落到这步田地，也算是活该！

可以正常坐上轿车那会儿，局长已当上了局长。虽说局里给局长配了专车和专职驾驶员，但局长还是经常要驾驶员到办公室帮忙打杂，或是读书看报。局长上下班，大多数还是骑摩托车。每次经过看守所，仍习惯性地朝岗亭上望望。有时，应酬实在是晚了，局长坐轿车回家，也要在车内扭过头来朝岗亭上望望。他常想，许多人担任一般职务时，都能踏踏实实工作，各方面无可挑剔，为什么坐上一把手交椅后就脚下踩空了呢？这些人真对不起领导的提拔、组织的培养，对不起人民群众的期盼，对不起妻子儿女美好的希望，该剐！

一路走下来，局长担任过若干官职，口碑都不错，从没有犯过错误。

快要退休时，组织部门请局长推出一至两个局长人选。局长经过深思，在三个副局长中只推了一个跟自己跟得紧的张副局长，人称"小平顶"。他的推荐理由是，业务精通，头脑活络，善于交际，局里人难办或办不成的事，"小平顶"出马准成。

后来，局长退休时，"小平顶"自然坐上了局长的宝座。

局长拎着菜，一路想着烦心事，不觉已到了看守所门前。他站住了，神情忧郁，仰着脸，凝视着岗亭子上的警察。确实，多少年来，他从没这样专注过。看着看着，他仿佛觉得警察的眼睛直逼自己，枪口正在对准自己的脑门。虽说是夏天，他觉得后背上透着股阴阴的凉气，拎着菜篮的手失去了知觉。

弄不清自己是怎样跨进家门的，局长一下子瘫倒在沙发上。老伴儿直说他今天像是丢了魂，早上起来还神气骨碌的。老伴儿问是不是病了？不睬。是不是在外与人吵架了？不睬。是不是在外丢钱了？不睬。再问，局长竟然发火了，你烦不烦，走开。

老伴儿没见过这架势，走了两步又跑过来。她清楚，几十年来，丈夫可不轻易发火，今天到底怎么了？

老伴儿一屁股坐到局长身旁，两眼盯着局长。

局长抬起头，望了望老伴儿，随即又垂下了脑袋。唉！局长重重地叹了口气，双手拍了拍自己的嘴巴。然后，慢慢地拉过老伴儿，拍拍老伴儿的手心，别怪我今天脾气不好，我真的烦心。老伴儿理了理局长飘乱的头发，轻轻地问道，为什么？

局长停了停，低声说，刚才在菜场上，市纪委的同志告诉我，"小平顶"出事了，贪污受贿全能，数额不小，已经被"双规"了。

老伴儿一脸惊讶，看他这人平时挺本分的，你也经常夸他有能耐，想不到蒙裆裤没穿几天就犯事儿了，依我说，抓得好，抓得好。不过，一人做事一人当，你跟着耍什么脾气？

局长一把推开老伴儿，站了起来，你懂什么呀，"小平顶"任局长是我推荐的，我当时还说过用党籍担保，如今他犯了法，难道我就没有责任？我能推卸责任吗？——我是有很大责任的，尽管我已退休。

　　　　　　　　　　　　　　　　　　📖 姚国龙

责任悟语

> 责任常常与权力相伴，它们就像一对双胞胎，有责任的时候，同时会有权力存在；而有权力的时候，责任也应该形影不离。如果仅仅把权力捧在手心，而忘了把责任背在背上，你就会在道德的深渊越滑越远。真正有益的人生是，即使在权力不在的情况下，也把责任记在心头！
>
> 　　　　　　　　　　　　　　　　　　（尤守金）

走向成功，用责任感书写人生传奇

沃尔顿为了赚取就读耶鲁大学的学费，利用假期为房主迈克尔粉刷房屋。沃尔顿对待工作一丝不苟，认真负责。就在即将完工的时候，由于他被绊了个跟跄，雪白的墙壁上被倒下来的门沾上了红印。但修补过后，沃尔顿仍不满意，最终决定把房子重新粉刷一遍。迈克尔十分欣赏拥有强烈责任感的沃尔顿。在迈克尔的帮助下，沃尔顿顺利读完了大学，并通过努力，一跃成为了世界上最大的沃尔玛零售公司的董事长。

责任是一种机遇，把学习和工作看作是自己神圣的使命，用积极的态度去面对它，勇敢地去承担它，便能看到成功的曙光。

做人，就要有责任感

"我对自己所从事的事业越来越热爱，对提高专业水平的渴望也越来越强烈。这个动力来自对病人求生愿望的理解，来自对解除病人痛苦的责任感……"

那一年，他前往英国爱丁堡大学附属皇家医院进修。在进行英语培训时，他接到了他的导师——呼吸系主任弗兰里教授写来的信："按照英国法律，你们中国医生的资历是不被承认的。所以，你进修期间不能单独诊病，只允许以观察者的身份查病房或参观实验室……"他像被人当头浇了一盆冷水，他没想到未曾谋面的导师竟给他这样一个忠告。

他怀着惴惴不安的心情去拜见弗兰里教授。教授的第一句话就问："你来干什么？"他恭谨地说明了自己的想法。弗兰里教授却不冷不热地说："你先看看实验室，查查病房，一个月后再考虑做什么吧！"第一次会见不到 10 分钟，走出教授的办公室后，他心里是说不出的压抑。他情不自禁地问自己：难道中国人真像外国学者心中想得那样无知吗？不！我一定要争这口气！这种复杂的情绪始终伴随着他，直到他真正实现了诺言。

从那以后，他真的从巡查病房做起。有一次，在胸科查房时，遇到一位患肺原性心脏病的亚呼吸衰竭顽固性水肿的病人。医生对他已使用了一周的利尿剂，但他的水肿仍未见消退，生命也危在旦夕。多数医生主张继续增加利尿剂的剂量，他却提出不同方案，认为病人是代谢性碱中毒，应改用酸性利尿剂治疗。

两种意见相持不下，大家都等待着弗兰里教授的裁决。弗兰里教授沉吟半晌，以复杂的目光看着面前这位执拗的中国医生，最终没有同意他的意见。但是他仍旧坚持自己的意见，非要先给病人做血液检测，然后再决定用哪一种药。弗兰里教授只好同意。结果表明，患者的确是代谢性碱中毒。于是，弗兰里教授毫不迟疑地下达指示："按照中国医生的治疗方案办！"

病人连续3天服用了酸性利尿剂后，病情果然有了好转。第4天，中毒症状完全消失，水肿开始消退。这下英国同行们信服了，都向他竖起大拇指，连弗兰里教授也带着歉意和谢意对他说："你是一个负责任的医生，我不如你。你给我上了一课，谢谢！"而他只笑笑说："我只是在尽我的责任而已。"

2003年年初，广东等地爆发不明肺炎，在疫情最严重时，他主动请缨"把最危重的病人转来"。为此，66岁的他曾连续38个小时救治患者。他勇敢否定了卫生部所属国家疾病预防控制中心关于"典型衣原体是非典型肺炎病因"的观点，在全世界率先探索出了一套富有明显疗效的防治方案。

为此，他在全国可以说无人不晓。人出名了，很快有人来找他做广告。只要他说一句话"这种药疗效好"，他立刻就可以得到150万元。但是他立刻拒绝了，并在电视新闻上做出声明，只说了四句短短的话——"他们要给我150万元"、"让我说他们生产的药品疗效好"、"这件事情被我拒绝了"、"因为这不符合我做人的原则"。

他就是钟南山。

"我对自己所从事的事业越来越热爱，对提高专业水平的渴望也越来越强烈。这个动力来自对病人求生愿望的理解，来自对解除病人痛苦的责任感……"钟南山如是说。

一面墙改变一个人的命运

一面墙改变了沃尔顿的命运，更确切地说，是他对工作负责的态度改变了他的命运。

沃尔顿收到了著名的耶鲁大学的录取通知书。但是，因为家境贫穷，他交不起学费，面临失学的危机。他决定趁假期去打工，像父亲一样做名油漆工。

沃尔顿接到了一笔为一栋大房子刷油漆的业务，尽管房子的主人迈克尔很挑剔，但给的报酬很高，沃尔顿很高兴地接受了这桩生意。在工作中，沃尔顿自然是一丝不苟，他认真和负责的态度让几次来查验的迈克尔感到满意。这天，是即将完工的日子。沃尔顿为拆下来的一扇门板刷完最后一遍漆，把它支起来晾晒。做完这一切，沃尔顿长出一口气，想出去歇息一下，不想却被脚下的砖头绊了个踉跄。这下坏了，沃尔顿碰倒了支起来的门板，门板倒在刚粉刷好的雪白的墙壁上，墙上出现了一道清晰的痕迹,还带着红色的漆印。沃尔顿立即用切刀把漆印切掉,又调了些涂料补上。可是,做好这些后,他怎么看都觉得补上去的涂料色调和原来的不一样,那新补的一块和周围的也显得不协调。怎么办?沃尔顿决定把那面墙再重新刷一遍。

大约用了半天时间,沃尔顿把那面墙刷完了。可是,第二天沃尔顿又沮丧地发现新刷的那面墙和相邻的墙壁又显得色调不一致,而且越看越明显。沃尔顿叹了口气,决定再去买些材料,将所有的墙重刷,尽管他知道这样做,要多花比原来近一倍的本钱,他就赚不了多少钱了,可是,沃尔顿还是决定要重新刷一遍。他心中想的是,要对自己的工作负责。

他刚把所需要的材料买回来,迈克尔就来验工了。沃尔顿向他说了抱歉,并如实地将事情和自己内心的想法说了出来。迈克尔听后,不仅没有生气,反而对沃尔顿竖起了大拇指。作为对沃尔顿工作负责的态度的奖励,迈克尔愿意资助他读完大学。最终,沃尔顿接受了帮助。后来,他不仅顺利读完大学,毕业后还娶了迈克尔的女儿为妻,进入了迈克尔的公司。10年后他成了这家公司的董事长。现在提起世界上最大的沃尔玛零售公司无人不知,可是没有多少人知道,现在公司的董事长就是当年刷墙的穷小子。一面墙改变了沃尔顿的命运,更确切地说,是他对工作负责的态度改变了他的命运。

一 哲

责任悟语

生活就像是一盒还没有打开的五味瓶,到底都有哪些滋味,需要我们自己去品尝。对于消极应付者,生活给出的味道是苦涩的;而对于那些勇于负责任、忠于职守的勇敢者,生活从来都会慷慨地送上甜美的味道。

(王 蕴)

张娟娟的奥运传奇

娟娟是个说到做到的姑娘，正如她对自己的要求——干什么都要干好。

中国女子射箭队的山东姑娘张娟娟在雅典奥运会上和队友一起获得了女子射箭团体的银牌。因为一箭之差负于了老对手韩国队，也使得她对于 2008 年更加期待。

娟娟"从小就长得结实"。到小学五年级，娟娟就长到 164 厘米，被莱西体校录取，教练选了她去掷铁饼。时间不长，教练又说："你去练个轻松的吧。"当时，莱西体校没有射箭这一项，张娟娟则被高秀英教练看中，开始练射击，为将来练射箭打下了良好的基础。后来，她遇到青岛市射箭队教练曲月风。曲月风问她愿不愿意练射箭？"射箭是啥呀？"那时的她还不知道射箭是什么呢。"练就练吧！"直到最后她又随射箭教练王国章训练。所以，娟娟有时说："不是我选的射箭，是射箭选择了我。"射箭，也成为娟娟一生的追求和情结。

1996 年 6 月，在学箭一年后，张娟娟参加山东省"希望杯"射箭比赛就拿了冠军。那次比赛设了单项距离奖、全能奖等共 10 个奖项，她一个人就拿了 8 个，脖子上沉甸甸地挂了 8 个奖牌。

在张娟娟家的客厅里，摆满了奖杯和奖牌，将相册里微笑着的张娟娟衬托得更加美丽。

娟娟是个说到做到的姑娘，正如她对自己的要求——干什么都要干好。打团体淘汰赛的时候，很多知情人，包括队友、教练都对娟娟捏了一把汗，个人赛意外失利后，她的压力太大了，她能行吗？而娟娟似乎早把前两天的事甩到一边，神情专注地进行比赛。虽与何影、杨建平相比，她的表现不是最出色，但她付出了自己的最大努力。张娟娟和队友一起，夺得了团体冠军，但她没有满足。她知道，对中国射箭来说，世界冠军固然重要，但还不够，中国射箭需要奥运奖牌。

张娟娟凭一己之力，连续克掉韩国三大高手，推翻了韩国射箭队在奥运会上延续了 24 年的统治地位，成为中国射箭队历史性英雄人物。这让射击射箭运动管理中心主任高志丹十分兴奋："我们做梦都想拿这块金牌！"

责任悟语

　　说到就要做到，要做就做最好！张娟娟用她的行动诠释了什么叫做责任、义务和使命。而这些正是支撑她做到最好，飞得更高的精神支柱。我们每个人都有机会做一个这样的人，在人生的舞台上，牢记自己的使命和职责，你也能飞得更高，看得更远。　　　（王　蕴）

杨威，责任感成就的全能冠军

我觉得我们不能再以一个很乐观，很轻松的心态去参加比赛了，而是以一个带有使命，责任的心态去参加比赛。

北京时间 2008 年 8 月 22 日，中国军团继续保持着金牌榜榜首的位置，在北京奥运会上，我们一下子涌现出了多项"梦之队"，先是举重"梦之队"，然后是体操"梦之队"，随后还有乒乓球和跳水这两支几乎可以大包大揽的队伍。

体操全能比赛中，杨威并非像大家心目中想象的那样，一帆风顺。"全能比赛当中，第一项和最后一项是很难比的，第一项上场之前会有很多想法，面对很大的压力，第一项觉得心跳很厉害，如果这一项顺利地完成下来，二、三、四、五项都会有一个比较好的开头，比较顺利地完成下来，到了最后一项，你面临已经要去拿到那枚金牌了，心跳又会剧烈地跳动起来，你就开始有想法了。"杨威说，"手发麻，脑袋发胀，四肢无力。落地之前最后一个动作都会去想。"

杨威曾说过这样一句话，让人感慨万千。"在以前我很爱笑，在2000年悉尼奥运会前后都是很爱笑，很乐观的。"杨威说，"但是随着后面承担得越来越多，背负得越来越大，渐渐地就变得不爱笑了。是突发的事件，是觉得随着我们参加的大赛越来越多，又了解到我们身上背负的担子是如何之重，所以到后面我觉得我们不能再以一个很乐观、很轻松的心态去参加比赛了，而是以一个带有使命、责任的心态去参加比赛。到那个时候，走上赛场的时候，就不会那么轻松了，就不会那么想笑了，只会以很严肃，很认真的态度去对待每一次比赛。这次比赛完了以后就会很轻松，就会觉得我们终于完成了这样一个使命、责任。"

金牌和银牌的区别有多大，只有运动员自己心里最清楚。多年前杨威就已经具备了夺冠的实力，但是命运屡屡让他与冠军擦肩而过。但杨威并不信命，为了摆脱"千年老二"的命运，他一直在努力，用行动为自己正名。

2004年雅典奥运会，一心想要蝉联男团冠军的中国队，在比赛刚刚开始就遭遇到了巨大的打击，而杨威在个人全能决赛中由于在单杠上一个掉杠的失误，丢掉了冠军。"杨威是特别有责任心的人，特别敢承担责任，那次失误，他回头就给黄玉斌教练跪下了。"杨威的女朋友杨云透露，当时失误后大家都很难过，杨威不知道怎么表达，所以到了

房间的门口，立马给黄教练跪下来了。

2004 年经历了重大挫折，杨威想过退役。他当时觉得 2004 年自己的状态很好，但是没有任何收获，非常失望，给他的打击很大。后来杨威还是坚持了下来。2005 年之后杨威状态慢慢恢复；2006 年，杨威 26 岁的时候终于夺得体操世锦赛男子全能金牌，这也是他职业生涯中的第一个男子体操全能的金牌。现在他又出现在了北京奥运会的赛场上，书写神话。

责任悟语

就像每个奥运健儿心中都有一个属于自己的神话一样，我们每个人心中也都各自描绘着属于自己的那幅美丽未来。杨威用一次次泪水和汗水交织着的自我较量，告诉我们：有了向往，就要去追求；有了梦想，就要去创造；面对压力，牢记责任，这样的人生才更精彩、美好！

（王　蕴）

一次失败的手术

值得庆幸的是，他虽然为这件事蒙受了很大的经济损失，却并没有名声扫地；相反，来找他看病的人比以前更多了。因为人们都相信他不会将婴儿当肿瘤拿掉。

有一个名医，开了一家私人诊所。他从业 20 余年，做过上千次手术，从未有过失败。许多人宁可花大价钱，也要请他看病。

一天,他接待了一个年轻的女病人,她的症状是小腹经常疼痛。名医经过检查后,发现她的子宫里有一个瘤,需要手术摘除。

手术很快安排好了。名医信心十足:手术室里有最精良的器械,他有上千次手术经验,这不过是一个小手术而已,根本不可能结束他多年来的全胜纪录!

但是,当他开始手术后,却发现一件难以置信的事情:子宫里长的不是肿瘤,而是一个胎儿。他心里咯噔一下,手僵在那里,豆大的汗珠从额头上冒出来。很显然,由于疏忽大意,他犯了一个愚蠢的错误——一个经验丰富的名医不应该犯的错误。

现在,他有两种选择,一种是:一不做,二不休,将胎儿当成肿瘤摘掉,那么,病人和病人家属将对他感激涕零,他手术成功的纪录又一次取得突破;另一种是:将病人的身体重新缝合,坦率承认自己的失误。这样做的风险是,病人家属很可能不会原谅他的过失,他将名声扫地,并蒙受重大经济损失。

名医经过几秒钟激烈的心灵挣扎,终于做出了抉择:他小心地缝好病人的身体,然后万分惭愧地对病人家属说:"对不起!我看错了,她只是怀孕,并没有长瘤。所幸及时发现,胎儿安好,一定能生下一个可爱的小宝宝。"

病人家属哪能容忍自己的亲人白挨一刀呢?他们将名医告得差点儿破产。

名医的朋友很为他不值,对他说:"你为什么不将错就错呢?那时候都由你说了算,又有谁知道!"

名医并不后悔自己当时的抉择,他淡淡地一笑:"天知道!"

值得庆幸的是,他虽然为这件事蒙受了很大的经济损失,却并没有名声扫地;相反,来找他看病的人比以前更多了。因为人们都相信他不会将婴儿当肿瘤拿掉。

责任悟语

　　名医为何坚持把自己犯错的事实告诉病人呢？当然是因为身为医生的责任感。我们不妨这样认为：让名医之所以成为名医的正是这种责任感。我们信赖这样的医生，我们也要让自己成为这样让人信赖的人。

（王　蕴）

五度复出成传奇

她已经是奥运冠军了，但她不满足。不满足的，并非名利，而是一种"还没人接上来"的责任感。

　　在雅典，冼东妹夺冠之后，给一名体育迷签名，由于字迹比较模糊，她的名字被体育迷误念成了"洗车妹"。听到这，冼东妹不急不恼，反而仰天哈哈大笑。那笑声，让人难忘。从此，每次见到冼东妹，不管是在电视里，还是在场馆内，都会想起她的笑声。拥有这样笑声的人，生活是不会亏待她的。

　　冼东妹退役过五次，又复出过五次。原本，她想生了女儿之后，从此"告别江湖"，但北京奥运"家门口儿作战"的诱惑，又让她重回赛场。如今，33岁的她成了中国奥运代表团历史上第一位"妈妈冠军"，她的第五次复出，值了！

　　冼东妹乐观的性格，让她能始终笑对人生，选择坚强。她的五次复出，可谓"金光闪闪"。手术之后，膝盖里打着钢钉，夺走八运会金牌，九运会卫冕。医生告诉她，不准再比赛了，她不听，选择主动治疗、积极恢复。为了备战雅典奥运会，将婚礼推迟。为了到北京奥运会上卫冕，她歉疚地违背了对丈夫的承诺，抛下只有100天的女儿，投入训练。

她已经是奥运冠军了，但她不满足。不满足的，并非名利，而是一种"还没人接上来"的责任感。就拿第五次复出来说，她所付出的代价，大得惊人。当时，她每天骑着自行车满街乱跑，大运动量训练后又不能多睡。更让教练动容的是，冼东妹没有叫苦。生了孩子后，她似乎更有责任感了，更成熟了……

那时，冼东妹每天最大的消遣，是训练结束后，与丈夫在网上视频聊天，看看女儿。女儿学会走路、学会说话，冼东妹都没有"参与"，这是让她最愧疚的地方。

这是一个值得尊敬的中国女性。在她的身上，有柔顺、善良的一面，更有坚强、乐观的另一面。赛后，冼东妹彻底放松了，她说："我要休息一下。"又暗示，自己大概不会再回到柔道赛场了。听到这样的话，作为朋友，感到了由衷的欣慰。冼东妹确实不应该再有第六次复出了，因为她的年龄，也因为她的责任。人生的道路，宽广得很，冼东妹完全应该选择另一个舞台，去实现自己为人妻、为人母的价值。在中国奥运的历史上，冼东妹留下的，不仅仅是两枚金牌。

李　叶

责任悟语

乐观、向上、坚强、负责……冼东妹的性格决定了她一次又一次的成功，她值得所有人肃然起敬，值得大家交口称赞。责任感让她给自己搭建了与众不同的舞台，在这里，她创造了一次又一次的奇迹。如果我们有梦想，也应该像她那样飞翔。　　（王　蕴）

平息怒浪的是小雨点

要知道，平息惊涛骇浪的不是什么巨大力量、神奇事物，而是普普通通的小雨。当细雨敲打海面时，无论多么咆哮的海浪，都会在顷刻之间变得温柔异常。

什么力量可以使波涛汹涌的大海平静下来？如果你没生长在海边，不了解海洋知识，或许一时找不到答案。要知道，平息惊涛骇浪的不是什么巨大力量、神奇事物，而是普普通通的小雨。当细雨敲打海面时，无论多么咆哮的海浪，都会在顷刻之间变得温柔异常。这，不是夸张捏造，而是实实在在的海洋规律。

社会与自然的抽象规律总是那样的相似。某种情况下，平息人与人之间怒火的不是什么大道理，仅是小善举。

我堂妹在珠海打工，2002 年经历了一次看似平凡实则大有嚼头的际遇。我堂妹工作的单位是珠海最大的酒楼，一个晚上，某顾客用这家酒楼提供的打火机点烟时，意外地把自己的眉毛烧着了。在这极度的难堪和不快之下，客人大发其火，言语说得非常难听，声称如果不赔他眉毛，不但一桌几千块钱的账不结了，而且还要将酒楼告上法庭。身为服务员的堂妹和其他人一遍遍地向他说"对不起"，可是客人依旧不依不饶。一个小时后，在酒楼老板的劝说下，顾客怒气冲冲地打折结账了事。

这位烧着眉毛的人是个很注重外表的男士，一直是这家酒楼的老顾客。那晚，堂妹看见他的左眉怒冲冲、右眉惨乎乎的样子，心里很难

过。这种忧伤的产生，是出于一种责任心。第二天休息时，堂妹上了趟街，买了一瓶毛发再生液，又捎上了一支眉笔，然后去找这位顾客在中学教书的爱人。见到她后，堂妹诚恳地把经过告诉了她，希望她能劝他试试再生液，也希望在眉毛未长出前，麻烦她给他画画眉。

一周过去了，这位顾客不但没有上诉法庭，而且又来到了酒楼。他把堂妹找他爱人送毛发再生液和眉笔的事告诉了酒楼老板，说："我是奔着这位心思细腻并且充满善心的服务员来的，就冲你们那德行，我才不会再来呢！"最后他感叹道，"老兄啊！我们这些高收入者还不如一个外地女孩有人情味呢！"

一周后，堂妹被这家酒楼提升为月薪 5000 元的餐厅主管，成为这家当地最大酒楼里打工时间最短、但提升最快的外来打工妹。

堂妹给顾客送去毛发再生液和眉笔是一个小小的善举，可这就如同细雨，能够平息大海的怒涛。

🌹 高兴宇

责任悟语

一场怒气冲冲的大风波竟被小小的善举平息，而这小小的善举绝不是来自偶然，它来源于一种对工作、对顾客、对他人的责任，来自一个善良灵魂的细心和人情味儿。对他人有爱心、有耐心、有责任感，生活不会亏待这样的人。

（王 蕴）

责　任

陈大昌百思不得其解：当年床上有一根头发丝都无法入睡的人，现在竟能如此睡在地上？

清朝同治年间，山西平遥城有家"昌盛祥"票号，东家叫陈大昌。

这年秋天，陈大昌亲自到北京分号察看经营状况。北京分号的掌柜叫徐永青，见老东家前来，不敢怠慢，立刻将陈大昌安排进京城有名的"山水楼"居住。

天子脚下，繁荣昌盛，就连"山水楼"里的床也是来自西洋的沙发床，着实令陈大昌感慨不已。陈大昌与徐永青名为主雇关系，实则情如兄弟，当晚两人共居一室，畅谈生意上的事，直到深夜才熄灯就寝。

不知过了多久，陈大昌一觉醒来，发现徐永青还在辗转反侧，忍不住问："永青兄弟，哪儿不舒服吗？""嗯，床上好像有什么东西，硌得我睡不着觉。"徐永青答道。陈大昌一听，立刻披衣下床，掌灯和徐永青一起找，经过一番折腾，徐永青终于兴奋地说："太好了，找到了！"陈大昌定睛一看，捏在徐永青手里的竟是一根头发丝，顿时憋了一肚子气。

找到头发丝之后，徐永青很快鼾声如雷。这回，轮到陈大昌失眠了。他心想，睡在这么好的床上，竟然连一根头发丝都容不下，徐永青真是骄奢淫逸啊！自此，陈大昌开始对徐永青心存芥蒂，不久便找个借口将他辞退了。

出人意料的是，徐永青走后，"昌盛祥"北京分号的生意一日不如一

日，换了两任掌柜也无济于事，陈大昌这才开始后悔当初辞掉徐永青，想再将他请回来。于是陈大昌轻车简从，来到徐永青的老家临汾乡下。徐永青不在家，家人说他到地里干活去了。陈大昌找到地头，惊讶地发现，徐永青枕着一块土疙瘩，身边放着一只泥茶壶，肚子上盖着一把芭蕉扇，正在呼呼大睡。陈大昌百思不得其解：当年床上有一根头发丝都无法入睡的人，现在竟能如此睡在地上？陈大昌耐心地守在徐永青身旁，直到他睡醒，才将心中的疑问说出。

徐永青听后哈哈大笑："那时您将万贯家财托付于我，我深感责任重大，唯恐出一点儿差错，因而寝食难安。可现在就不同了，两亩地、一头牛，老婆孩子热炕头，我什么心思也没有，当然吃得香睡得实啊！"

陈大昌一听，羞愧难当，诚邀徐永青重回"昌盛祥"，委托他为二当家，将全部生意交由他打理。自此，"昌盛祥"的生意越发兴隆，分号遍及全国。

❀ 肖 艳

责任悟语

人生的成功是靠最艰苦的努力去做好最普通的事情，人的尊严是从最微小的细节把握自己那份职责的分寸。成功的人之所以成功，也正是靠着那份敬业的责任意识，做好最本职的工作，获得最终的成功。我们在学习上，也应如此。 （王 蕴）

第十三辑

美丽心灵,职责是生命中
最耀眼的阳光

20世纪初的一位美国意大利移民叫弗兰克,经过艰苦的积累开办了一家小银行,但一次银行抢劫导致了他破产。当他决定向储户偿还那笔天文数字般的存款时,所有的人都劝他:"你为什么要这样做呢?这件事你是没有责任的。"但他回答:"是的,在法律上也许我没有责任,但在道义上,我有责任,我应该还钱。"他用30年时间偿还了所有的存款。

职责是生命中最耀眼的阳光,当你勇于担起那份责任之时,美丽的心灵也会在世间闪耀最美的光辉。

将悲悯化作责任

在他澄净而坚毅的心里,他已然把自己眼前的悲悯化成了一种神圣的责任,并不惜为其操劳一生!

在走川藏路的时候,我们途经一个叫良多的小乡镇,并在那里停歇下来,我们住在大路旁一个藏民用碎石盖起的"小旅店"里。说是旅店,实际上就是民房,房子的后头便是马棚,有几匹壮实的马在安静地立着,四下里弥散着一股清淡的马的味道。

旅店的大门口,便是宁静的街市。大门的两旁有一些藏民用手臂挽着一些藏饰在卖,他们非常地安静,像是害怕打乱这宁静的土地,连叫卖声都没有。这时, 一个背着小孩手挽着首饰的大男孩吸引了我的目光——确切地说,应该是他背上背着的那个小孩吸引了我的目光。那个孩子有一双极大极水灵的眼睛,头不停地扭转张望着, 像是一只机警的猫,又像是在帮忙寻找顾客。最后,小孩子那清澈的目光与我的目光交会时,忽然盯住了我,我仿佛是受了某种亲切的召唤一般,微笑着走了过去。

接着,那个大男孩注意到了我,微笑着和我打招呼,并用生硬的汉语问我是不是想买个藏饰。我点点头回应着, 但手就止不住伸出去抚摸他背上小孩子的脸蛋。轻轻抚摸那孩子的脸,孩子就缩起头细声笑了起来……

"你的弟弟好可爱啊!"我对大男孩说。

大男孩羞涩地低了低头,脸上两抹高原红越发显得红了起来……

接着，我开始问大男孩："你弟弟几岁了？"

"两岁半了。"

我一边与他攀谈，一边看他手臂上的首饰。最后，我看上了一个藏银的戒指，顺手戴在指尖，觉得再适合不过了。于是，我便付他钱，准备离开。我抬头离开时，猛然看见他肩背上的那双大大眼睛居然还凝视着我。我终于又忍不住捏了捏小孩的红脸蛋"你弟弟真可爱啊！"

这时，小孩却忽然躲开了，然后伏在大男孩的耳边甜甜地叫了一声："阿爸……"

我顿时惊诧了，简直有点儿不相信我的耳朵，这时，小孩又冲大男孩叫了一声："阿爸……"

我终于听到大男孩回应了一声："嗯！"

我的目光在"大男孩"和"小男孩"身上来回打量，"大男孩"的整个脸都红透了，令他那抹高原红都显得不那么明显起来。

我问男孩："这是你的儿子吗？"

男孩回答道："是的。"

"那你多大了？"

"19……"

我更加惊讶起来："你……19岁……儿子就两岁半了？"

男孩笑了笑，回顾了一眼他的儿子，然后对我说："他是我从山里捡回来的。"

这时，我想我的眼中肯定泛起了更大的好奇，令大男孩不自觉地讲了下去……

"……前年，我去山里打柴，傍晚回家的时候，经过在山路旁边的一个人家时，听到房子里不停地传出一阵阵嘶哑的婴儿的哭声，显然孩子已经哭了很久了。于是，我就叫了几声，结果都没有回应，只是孩子一直哭着。我犹豫了一下，就推门进去了。接着，我一眼就看到了一个小男孩，他躺在炕上虚弱地哭着，好像饿了很久了。我给他喂了点水，心想,他家的大人怎么这么晚还不回家啊?而后,我就转身出去找他的家人了。在门前的一条小路上,我看到了一排脚印,于是,我就寻着脚印走下去。一路上,我不停地喊着,但是始终没有回应……走着走着,我忽然看到地上满是暗红的鲜血,我的心顿时一阵抽搐;再往前几步,我看到了倒在地上的两只木桶;我再往前,就看到远处,一群狼围在一起,分食着自己的"猎物"……我忽然明白了怎么回事,我不敢再待下去了,于是回到房子抱着孩子下山了……

"后来呢?"我有些迫不及待起来。

"后来,我就带他回到了家。向乡亲们一打听,才知道这孩子是一个老人带的孤儿,可是,孩子连最后的一个亲人也给狼吃了……"

"然后,你就收养了他吗?"

"是的,我就收养了他。由于我的阿爸早就过世了,于是,我认他做'儿子'了!"

"可是,你还这么小,才19岁,连婚都没有结,怎么就愿意收养一个陌生的孩子呢?"

"为什么不愿意啊?他可是我——第一个发现的啊!既然是我第一个发现了他,那我就应该把他养大啊! 如果我都不管他,那谁管他呢?"

他的话音落下, 我的心顿然激动得战栗起来。原来, 这个大男孩——不——是这个19岁的男人,只因为是自己第一个发现这个可怜的孩子,就马上勇敢地、坚决地承担起了这抚养的责任。

原来,在他澄净而坚毅的心里,他已然把自己眼前的悲悯化成了一种神圣的责任,并不惜为其操劳一生!

这是多么圣洁而博大的爱啊! 你、我、他,这凡尘俗世间的人啊,有多少人,又见识过多少悲情之事,然而,又有几人能将眼前的悲悯化作自己神圣的责任呢?

🌸 张慕一

责任悟语

　　每个人的心中都会常怀悲悯之情，面对南方雪灾中受困人群的复杂表情，我们会为之落泪；面对四川震灾中倒塌的校舍、无人认领的同龄伙伴们的书包，我们会悲伤得久久不能平复。而此时，我们是否想过将眼前的悲悯化作自己的责任呢？用自己的力量，在可行的范围内担负起自己的责任。

　　　　　　　　　　　　　　　　　　　　　　（贾　珺）

休斯特教授做义工

年轻人，你记住，当你喜欢一件事情，就应该把帮助它做到完美当成责任。这个时候，你就拥有了去为它做一切的权利！

　　华清，是旧金山唐人街上的中国浴池的名号，它完全按照中国传统的浴池格局来建造。一大一小两个热水池子，周围墙壁上安装了很多的淋浴设备。

　　在美国，想洗个热水澡，是件很容易的事情。几乎每个家庭都拥有自己的浴室和浴缸，甚至公寓都是 24 小时热水供应。但是对于中国人来说，那样的洗澡方式总是不能让人舒心。水容易凉，要一换再换，而且没有擦背和泡澡堂子的氛围。所以到这里不久，听说华清之后，我就迫不及待地要去享受一下。水很热，几乎每个毛孔都透出了惬意。

"中国有句俗话，叫早上皮包水，晚上水包皮。是享受，很正确，不是吗？"我眯着眼睛享受的时候，听到有人跟我说话。睁开眼睛，才看到对面坐着一个蓝眼睛黄头发的外国老人。

"你好，我叫休斯特！很高兴认识你。"他主动伸出手，和我握了握。我有些奇怪，据说美国人是不会来中国浴池的，因为他们认为很多人在一个池子里很肮脏，不够卫生。

"你喜欢这里？"我直截了当地问。

休斯特笑了起来："是的，我喜欢中国的一切！"

寒暄了几句，我起来擦背洗头，休斯特依旧享受的泡在热水里，看来是个行家。到了休息室，我好奇地打听起了这个美国老人的事情。

浴池的工作人员给我倒了茶水，然后说："他是个教授。中国通，爱好中国的一切，我们浴池开业后他就来光顾。现在不但是老顾客，而且是我们的义工。"

我挑挑眉毛，来了兴趣。一个美国教授在这里做义工，他能做些什么？总不会是擦背吧。

正好奇着，看到他走了出来，穿上了内衣，然后开始忙碌。他从自己带来的箱子里拿出了一个瓶子，把液体倒进一个盆子，然后开始认真地搅拌，然后拿起拖把用这些溶液拖地。忙碌完了之后，又把一些离开的顾客的茶水杯子和水壶放进了水池，拿出了通常使用的消毒液开始清洗，然后规矩地放进了墙边的消毒柜。接下去是床单，被收到他带来的袋子里，然后取出新的换上。一切动作熟练而又敏捷，看上去就知道是训练有素的。

"雇用一个教授要多少工钱？"我问。

浴池的服务员笑了起来："免费你相信吗？"说着，他坐下来，开始给我讲休斯特的故事。这个教授第一次来这里后，挑出了不少的毛病，比如床单和薄被不是一次一洗；茶杯茶壶是循环使用，没有消毒；浴池每天要清洁，还有地面，需要用专用消毒溶液。他当时告诫我们要做好这一切,否则就让卫生机构来检查我们。可是后来他发现,那些中国人根本没有他那么挑剔。为了避免麻烦,我们也做了一些调整,可是休斯特总是摇头,说我们做得不到位。谁都没有想到,后来休斯特又来了,他提着箱子,带来了自己的东西,帮助我们做他认为不卫生的一切,而且还每天坚持把池子清洗一遍。浴池老板想过付钱,或者让他免费洗澡,可是他都拒绝了。最近他还请来了卫生部门对老顾客做了免费检查,发了健康证才能到这里洗澡。简单说,他像这里的员工,又像董事长。要知道,顾客免费检查是他掏腰包的。

听服务员这么说,我对休斯特教授的兴趣更加强烈起来,我决定,一定要和他好好交谈一次。我在中餐厅邀请了休斯特教授,我问他:"为什么要这么做?"

他笑笑说:"为了大家的健康,当然,也是想让浴池有所改变。"

"那么你不是亏了吗?"我继续问。

休斯特认真地摇摇头说:"不,年轻人,你记住,当你喜欢一件事情,就应该把帮助它做到完美当成责任。这个时候,你就拥有了去为它做一切的权利!"

那是我由衷地请一个美国老人吃的一次饭。在他那里,我得到了一种新的关于责任与权利的答案。

🌸 上善若水

责任悟语

可爱的休斯特教授让我们更深刻地领悟了"喜欢"的含义。"喜欢"不仅仅是拥有,还要付出。把"喜欢的"做到"完美的"更是我们应去承担的责任和义务,这样我们才真正有权利去"喜欢"。

(贾 珺)

承　担

瞎和尚回答："过去 7 天中，怀疑很伤人心，自己的心，还有别人的心，需要有人先承担才能化解怀疑。"

　　有一位为人非常谦虚的主管跑来向我递辞呈。我大吃一惊，因为他是一位完全以部属为重的人，以每年公司分红为例，他总是将自己的一份转给部属。失去他，将会是公司的一大损失，而且每年的考核都显示他很受部属的支持。

　　我询问原因。绕了个大圈子后，他很委婉地说出离职的原因。原因是他有一位能力很强的副手，但因为他曾对这位副手的某些企划案提出一些不同意见，可是副手却不完全认同他的看法，以至于副手有些闷闷不乐。显然，这位主管想离开，因为将心比心，他不忍看到副手有志难伸，所以他想空出位置来让副手有自己挥洒的空间，避免自己成为别人的障碍。了解后，我找来那位副手，告知他的主管要离开的事，并询问他是否知道主管离开的理由，他说他不清楚。

　　为了避免给副手太直接的冲击，我先跟他分享了一个故事。故事描述，有间庙宇，被建在一片大湖的中央，大湖一望无际，庙中供奉着传说中菩萨戴过的佛珠链子，庙里只有一艘小舟供和尚出外运送补给用，外人无路接近，把佛珠链子放在湖中庙里，更显现佛珠链子的珍贵与安全。庙里住着一位老师父，带着另外几位年纪较轻的和尚修行。直到有一天老师父召集他们说："菩萨链子不见了！"

和尚们都不敢相信,因为庙中唯一的门 24 小时都会由这几位和尚轮流看守,外人根本进不来。和尚们议论纷纷,因为他们都从和尚变成了嫌疑犯。

老师父安慰这群和尚,说他并不在意这件事情,只要拿的人能够承认犯错,然后好好珍惜这串佛珠链子,老师父愿意将链子送给喜欢的人。所以老师父给他们 7 天静思。

第一天没有人承认,第二天也没有,令人窒息的气氛一直持续到第七天,还是没有人站出来。

老师父见没有人承认便说:"很高兴各位都认为自己是清白的,表示你们的定力已够,佛珠链子不曾诱惑得了你们,明天早上你们就可以离开这里了,修行可以告一段落了。"

隔天早上,为了表示自己的清白,和尚们一大早就背着行囊,准备搭舟离开,只剩一个双眼失明的和尚依然在菩萨面前念经,众和尚心中松了一口气,因为终于有人承认拿了链子,让冤情大白。老师父一一向无辜的和尚道别后,转身询问瞎和尚:"你为什么不离开? 链子是你拿的吗? "

瞎和尚回答:"佛珠掉了,佛心还在,我为修养佛心而来! "

"既然没拿,为何留下来承担所有的怀疑,让别人误会是你拿的? "师父问道。

瞎和尚回答:"过去 7 天中,怀疑很伤人心,自己的心,还有别人的心,需要有人先承担才能化解怀疑。"

老师父从袈裟中拿出传说中的佛珠链子,戴在瞎和尚的脖子上:"链子还在,只有你学会了承担! "

说到这里,我把主管离职原因告诉了他,并提醒他:"你还没学会承担,因为别人心中有你,而你心中只有自己。"

杨基宽

承担责任并不是简单地对自己所担的职责负责，更深邃的内涵是要学会"心中有他人"，在自己没有过错的情况下，勇于站出来为团队承担责任的人，才会获得更大的成功。 （贾 珺）

金牌背后的感动和责任

这是一个奥运会冠军的情义，虽然"捐献"、"拍卖"都和金钱有点关系，但其实无法用金钱来衡量。

如果金牌的价值仅仅用金钱来衡量，那么"三金王"邹凯未必就是2008奥运会的"奖金之王"，这其中除了地域性奖金差异之外，在形象代言等奖金的"二次开发领域"，20岁的邹凯还需要一点时间来积累。

但邹凯获得的金牌，很可能是最能感动人的金牌。在表彰会上致辞时，邹凯再次提到"四川精神"。这一年，四川曾经是全中国的心脏——天灾也无法将其摧毁，它坚强的搏动，是给国人最好的告慰。"我觉得我有义务和责任去为四川夺取奥运金牌。"这是邹凯的真情告白，当一名运动员背负过多责任感时，他的发挥一般难免会打点折扣，幸运的是，邹凯最终释去所有重负。一个四川籍的奥运冠军如何表达自己对家乡的情义？体操小将邹凯给出的答案是：捐献自己刚刚夺取的自由体操金牌，拍卖所得的收入全部捐给灾区。邹凯捐献金牌的意向，倒颇有一番曲折。早在他刚刚夺得第三枚金牌（单杠项目）之际，新闻发布会上就有记者提问，问及"是否想捐金牌给灾区"，当时邹凯说："可能直接捐款的方式更好一点",当然具体捐献的数目,"还得和父母商量一下。"事后,也许考虑到拍卖金牌捐赠灾区的方式更具意义,邹凯的想法发生了一点改变。

四川体操队总教练雷鸣在接受记者采访时说:"听到小眯要捐献金牌之后,作为他的教练,我很欣慰也很高兴。这一点,我想国家队总教练黄玉斌和国家队教练白远韶的感受和我都是一样的——这孩子真的长大了!邹凯是四川培养出来的,他能够有所成就,当然有必要回报家乡。这是一个奥运会冠军的情义,虽然'捐献'、'拍卖'都和金钱有点关系,但其实无法用金钱来衡量。"

金牌就是英雄的勋章,奥运年,四川从来不缺少的,就是英雄。表彰会之后,人们都会留意奥运冠军的收入状况,那些丰厚的数字,将成为茶余饭后充满羡慕的谈资。但是别忘了,一个4岁就踏进体操房,16年如一日挥汗如雨的青年,他其实有足够的资格来享受职业生涯中的这一点甜蜜;而他身后那些倾注了毕生心血的教练员们,也有足够的资格被记上功劳簿。记得奥运会前邹凯在泸州的母亲接受记者的采访,在谈及奥运金牌之前,她反复地说一句话:"我的儿子,很少回家,苦了十几年……"

天道酬勤,如果只论"酬"而避谈"勤",其实没有任何意义。2008的四川体育,实现了很多突破,历史将记载那些坚硬的数据,也无法遗漏那些难忘的感动。

　　　　　　　　　　　　　　　　　　　　🔖 贾知若

责任悟语

青春帅气的四川小伙,北京奥运会上斩获三金,邹凯确实给刚从地震余波中走出来的国人以激励。同样,邹凯通过拍卖金牌来为家乡重建捐款,并没有使这份荣誉的光芒有所黯淡——这位刻苦训练十几年的青年,对祖国和家乡有深情,对社会和乡亲有厚意,用自己的肩膀扛起了为国争光之外的更多责任。 (贾　珺)

善良成就和谐之美

本来是一个解不开的结,因为王铁栓退了一步,整个事态变得柳暗花明、海阔天空。

在我接手办理的案件中,有这样一个赔偿案件让我一直心存感动。它让我懂得了什么是真正的善良,并看到了因为善良而换来的和谐之美。

5年前,一场悲剧降临到农民王铁栓家中。21岁的儿子,把摩托车借给朋友,结果,朋友将骑自行车的刘某撞成了植物人。肇事的朋友从此失踪,刘某的家人把王家告上法庭,王家因此承担20万元的巨额赔偿。按照街坊乡里的说法,这事本不该由王家负责,但法庭在没有证据可以证明另有肇事者的情况下,只能按判决执行。从此,王家开始了漫长的赔偿之路。

王家没有怨天尤人,推卸责任。他们抵押了房子,四处借钱,全家人收废铁、捡破烂,勒紧腰带,节衣缩食,想尽一切办法来赔偿。5年来,他们只是在每个除夕夜才包上一顿肉馅饺子,平时几乎吃不到肉。后来,刘某和妻子相继去世,刘某的三个儿子要去外地打工,他们把年迈的爷爷、失明的奶奶送到了王家。王铁栓认准一个理,如果儿子不买车,不借车,就没有这个事,出了事就要承担。王家把两个老人当亲人养,生活起居照顾得无微不至。老人受了感动,回家对孙子说:"就当你们的父亲生病死了。"主动要求法庭另作调解,王家一次性付了8万元,了结了此案。

我办理的案件有了结果，但法庭之外的故事并没有就此结束。王家在赔付了 8 万元之后，背上了沉重的债务。而这时，刘某的三个儿子又主动开始替他们还债，两个年迈的老人也和王家有了割舍不掉的情感，王铁栓干脆把他们接到家里，当自己的亲生父母来养。而刘某的三个儿子，也把王铁栓当成了异姓的父亲。两家人像一家人一样，其乐融融。

两个无辜的家庭，两种无奈的不幸，但凭着一样的善良，最后实现了动人的和谐。如果换个版本，王家凭什么要认这个茬儿？刘家为什么要善这个后？钉对钉，铆对铆，弄得两败俱伤的前例，并非没有。要说委屈，谁都有委屈的理由；要说泄愤，谁都有泄愤的办法。王家、刘家，还有肇事而失踪的朋友家，完全有可能闹得天翻地覆，也有可能结成世仇冤家。然而，闹得天翻地覆了，谁家能有好处？结成世仇冤家了，谁家能得善果？本来是一个解不开的结，因为王铁栓退了一步，整个事态变得柳暗花明、海阔天空。

圆满的结局是王铁栓用善良换来的。善良可以让一个人变得无比坚强，善良可以化解人世间喧嚣不止的纷争，它是一味良药，可以为灵魂止痛，使人心平静；它是一支画笔，可以泼墨挥毫，勾描世界的和谐之美。

朱成玉

责任悟语

法律讲的是公平，辨的是曲直，而道德则完全来自每个人内心的感知。面对争议，我们都有自己的理由要说，自己的委屈要诉、自己的愤怒要发泄。什么才是真正解决冲突的良方呢？那就是彼此的真诚与善良，对责任的主动承担。

（贾　珺）

功名与责任

最后经理发言，他提出由当初那位为演出失败承担责任的剧务上台领奖，众人只能垂头丧气地散开了。

第一次登陆月球的太空人一共有两位，除了人们所熟知的阿姆斯特朗，另一位就是他的搭档，奥尔德林。随着登月行动的成功，第一位登上月球的航天员阿姆斯特朗的名字已经随着各国新闻记者的报道传到了世界每个角落。在庆祝登陆月球成功的记者会上，一个记者突然问了奥尔德林一个很敏感的问题："阿姆斯特朗最先走出太空舱，成为登陆月球的第一个人，你会不会因此感觉有些遗憾？"面对千万观众的瞩目，奥尔德林很有风度地回答："各位，千万别忘了，回到地球时，我可是最先走出太空舱的。"他环顾四周接着说："所以我是由别的星球来到地球的第一个人。"大家在笑声中给予他最热烈的掌声。

与奥尔德林相比，很多人在功利面前总是显得那么有失风度，不过当责任来临时，这些人倒是会在第一时间内为自己推得一干二净。

一场众人期待的话剧演砸了，剧院经理非常生气，他把剧组的工作人员都叫来以便弄清楚究竟哪些方面出了问题。经理首先问导演："说说你的看法。"导演说了一大堆理由：编剧设计的台词过于拗口、服装师迟到十多分钟、灯光和美工没能按照要求工作、演员的表演还欠火候……经理听了之后说："那么作为该剧的导演，你的责任是什么呢？"

导演说："出现这样的问题与我完全无关……"没等他说完，经理就说："那么从今以后这里再也没有你什么事了。"

当剧院经理又找到编剧时，编剧称当时剧本里的所有台词都是导演亲自敲定的，至于台词是否过于拗口，编剧表示他本人并不知情。接着，服装师、灯光、美工和演员一一被剧院经理找来，他们同样有足够的理由证明自己的无辜。最后经理告诉他们此次事件必须要找出一个具体的人来负责时，他们找到了刚来到剧院不久的一名年轻的剧务。虽然经理也知道这位剧务来之前，这场话剧就已经开始排练了，但是看到年轻的剧务没有为自己辩白，经理也就无法再追究下去。

在剧院经理的亲自督促下，这场话剧又一次上演了，此次演出轰动了全市。在经验交流会上，剧院经理要求大家选出一位表现最出色的工作人员上台领奖。此时大家争相抢夺这难得的机会，互不相让，很长时间没有结果。最后经理发言，他提出由当初那位为演出失败承担责任的剧务上台领奖，众人只能垂头丧气地散开了。

面对功名利禄，人们总会迫不及待地向前冲；可是责任当前之时，人们就会忙不迭地搪塞了。在夺功邀宠与搪塞责任的不断交替中，我们得到了什么，又失去了什么？

责任悟语

鲜花、掌声、勋章、奖励，以及上述光芒背后的一系列利益，不是每个人都能拥有的。所以它常常会使朋友成为路人，亲人成为仇敌。而像失败、失误或过失等需要查明原因、追究责任的"项目"又往往使人们避犹不及，更别说是争抢了。在这种情况下，那些"困难抢着上"、"荣誉互相让"的人和事，就显得弥足珍贵，让人们不能忽略和忘记。

（贾　珺）

海中救援

这是我的责任。当有人要求救援,我们就得轮流扮演我们的角色。

几年前,在荷兰一个小渔村里,一个年轻男孩教会全世界懂得无私奉献的报偿。

由于整个村庄都靠渔业维生,自愿紧急救援队就成为重要的设置。在一个月黑风高的晚上,海上的暴风吹翻了一条渔船,在紧要关头,船员们发出了 SOS 的信号。救援队的船长听到了警讯,村民们也都聚集在小镇广场中望着海港。当救援的划艇与汹涌的海浪搏斗时,村民们也毫不懈怠地在海边举起灯笼,照亮他们回家的路。

过了一个小时,救援船通过云雾再次出现,欢欣鼓舞的村民们跑上前去迎接。当他们筋疲力尽地抵达沙滩后,自愿救援队的队长宣布,救援船无法载所有的人,只得留下其中一个;再多装一个乘客,救援船就会翻覆,所有的人都活不了。

在忙乱中, 队长要另一队自愿救援者去搭救最后留下的人,16 岁的汉斯也应声而出。他的母亲抓着他的手臂说:"求求你不要去,你的父亲 10 年前在船难中丧生,你的哥哥保罗 3 个礼拜前才出海,现在音讯全无。汉斯,你是我唯一的依靠呀!"

汉斯回答:"妈,我必须去。如果每个人都说:'我不能去,总有别人去!'那会怎么样? 妈,这是我的责任。当有人要求救援,我们就得轮流

扮演我们的角色。"汉斯吻了他的母亲，加入到队友中，消失在黑暗里。

又过了一个小时，对汉斯的母亲来说，比永久还久。最后，救援船驶过迷雾，汉斯正站在船头。船长把手围成筒状，向汉斯叫道："你找到留下来的那个人吗？"汉斯高兴得大声回答："有，我们找到他了。告诉我妈，他是我哥保罗！"

[美]杰克·坎菲尔

责任悟语

命运总是喜欢给人以各式的考验：表现不好的人，会让他遭受痛苦；表现好的人，总会给他额外的回报。这样的考验，谁也不知道它藏在生活的哪个时刻，所以，随时准备好接受它的考验吧！任何时候都做一个敢于承担责任的人，才会在面临命运的考验时交上满意的答卷！

（于露东）

没有契约的责任

有些是不需要契约的责任：如果你多为别人考虑，别人也会以同样的行动回报你。

星期天早上 10 点，我到王小龙家约他去城外的小河边钓鱼。到了住宅楼，竟看见他坐在楼道口。王小龙住在五楼，我有点吃惊，问他：

"你为什么在这里坐着?"他看着一楼 101 房,101 房门开着,他对我说:"我帮邻居看门。"

我觉得有点好笑,说:"你和邻居发了哪门子神经了? 为什么你帮邻居看门? 邻居为什么又开着门让你看?"

王小龙对我说了情况,原来是这样的:

王小龙是新搬来的住户。他平时上下班时在楼道口与邻居们都打过照面,他觉得邻居都很好。前几天,王小龙想在一楼楼道口装个报箱。装报箱要用电钻打螺钉孔,王小龙住在五楼,接电拉线没有那么方便,一楼是最方便的。所以,昨天,王小龙试探着跟一楼的邻居说,想在他那里接电。王小龙和这个邻居只见过一两回面,他晓得这个邻居住在一楼,邻居也只是知道他是刚搬到五楼来的新邻居,王小龙没想到,一楼的邻居竟满口答应了。

今天早上,王小龙想去向朋友借电钻装报箱。他从一楼经过时,见一楼的门开着,王小龙喊了两声:"有人吗?屋里有人吗?"没有人应。王小龙想进去又不敢进去,怕冒失地闯进去不礼貌。王小龙在门口往里看,房里好好的,不像是被人盗窃的样子。

王小龙转身想去借电钻了。走了几步,他又不走了。王小龙就坐在楼道口,帮邻居看门。邻居家里没人,而邻居的房门又开着,万一小偷进去了,怎么办?

我问:"那邻居知道你在帮他看门吗?"王小龙说:"我不知道。我在尽我的一份责任啊!"我愣了一下,说:"你有什么责任? 你和邻居有契约?"王小龙看了我一眼,说:"没有。"我说:"没有你尽什么责任啊?"王小龙平静地说:"我在尽一份没有契约的责任。"

霎时,我愣住了,王小龙是对的。

🌸 黄 蒙

责任悟语

俗话说:"我为人人,人人为我。"有些是不需要契约的责任:如果你多为别人考虑,别人也会以同样的行动回报你;如果你一味地自私自利,总担心别人会占了你的便宜,别人也会向你关紧他心灵的窗户。这个世界之所以如此美好,正是因为有许多王小龙这样的人在履行着没有契约的责任!

(章 杰)

财富是一种责任

让自己的财富变成别人的幸福,自己也就拥有了更多的幸福。

比尔·盖茨在《福布斯》世界富豪排行榜已经连续 6 年位居榜首,而在美国《商业周刊》杂志发布的"现代 50 位最慷慨的美国慈善家排行榜"上,比尔·盖茨也是排名第一,他的捐款总额达近 300 亿美元,占他现在财产总额的 60%。

最近,比尔·盖茨向外界公开了他的遗嘱,其中宣布把全部财产的98%留给自己创办的"盖茨基金"。"盖茨基金"创立于 1999 年 11 月,它启动的第一年,就投入 60 个捐助项目,捐献总额达 14.4 亿美元,比美国政府的捐款还要多 3 亿美元。比尔·盖茨计划每年为"盖茨基金"新注入 10 亿多美元,其中 60% 的资金将用于贫穷国家对抗疾病的项目上。当有记者问他创立"盖茨基金"的初衷是什么时,他说:"财富是

一种责任。目前全球有 28 亿人每天生活在贫困之中，有 13 亿人每天生活费不足 1 美元，有 8 亿人处于饥饿状态，有 60% 的人生活在基本卫生设施匮乏的地区。作为全球的首富，我有责任让自己的财富变成别人的幸福，为更多的人消除饥饿、贫穷和疾病。"所以早在 2000 年，在西雅图举行的一次"在发展中国家拓展电脑应用"的大会上，比尔·盖茨就语惊四座地说出了自己的观点："世界上最贫困的 8 亿人口最需要的是医疗保健，而不是手提电脑！"

正是这种让自己的财富变成别人幸福的责任感，"盖茨基金"发挥了它应有的作用，它已经使非洲一些国家的儿童疫苗接种率有了大幅度提高，平均每个儿童的接种费用从以前不足 1 美元增加到现在的 10 美元。据统计，这些疫苗挽救了大约 30 万个生命，在未来的 10 年拯救的生命将达到几百万人。

让自己的财富变成别人的幸福，自己也就拥有了更多的幸福。我想，比尔·盖茨就是这样一个幸福的人。

🌸 黄小平

责任悟语

财富或许是一些人终生都在追求的东西，甚至还使一些人处心积虑、不惜以身试法，最终却不过一日三餐、夜宿一席，甚至一枕黄粱、银铛入狱。聚敛财富的过程和结果，会使一些人感到幸福，但那只是短暂和自私的；捐献财富、回馈社会乃至世界的行为，会使很多人感到幸福，而且是永恒和无私的。（贾　珺）

第十四辑

赤子之心,在天地间
唱响英雄的赞歌

　　天下兴亡,匹夫有责。古往今来,在我们中华民族发展的每一个阶段,都有数不尽的有识之士为了国家和民族的命运而不懈奋斗。他们或运筹帷幄、或指点江山、或鞠躬尽瘁、或埋头苦干,无不心忧天下,敢为人先。历史的风雨尽管浩瀚汹涌,不能冲淡人们对英雄的敬仰;岁月的河流尽管绵长蜿蜒,无法流走人们对英雄的怀念。他们用一颗火热的赤子之心,担起了天下兴亡的责任,在天地之间唱响了一曲英雄的赞歌。

霍去病为国忘家

陛下，匈奴不灭，无以家为！豪宅，臣不能领受！

　　英雄少年霍去病，自幼腿脚利索，臂力过人，在舅父卫青的精心调教下，武艺大有长进。他使的"八面威风"拳法，一个鱼跃腾空，拳脚并举，只听一声大喊："嘿！"瞬间中心开花，木支架上的四只沙包，一下子被击穿四个大窟窿。那些陪练的武师都跷起大拇指夸奖道："霍公子身手不凡，好拳法！"

　　一天，霍去病独自外出游玩，忽见城楼口贴着一张告示：匈奴犯境，边关告急！广招天下英才，三日后校场大比武……霍去病心想：保家卫国，人人有责！他决定前去比武，从军报国。霍去病回家问母亲，但母亲要他去征求舅父的意见。不料，卫青坚决不同意："不行！战场上刀枪无情，倘有闪失，我怎么向你母亲交代？"霍去病却说："舅父，自古忠孝不能双全！现在正是孩儿立功报国的大好机会呀！"卫青又说："别再多嘴！你尚未成年，按律法规定，就是不准去！"霍去病没法，只得鼓起小嘴巴不高兴地回去了。

　　三日后，军营校场旌旗招展，人声鼎沸，擂台两旁挂着"拳打南山猛虎，脚踢北方匈奴"的条幅，汉武帝和大将军卫青一起到场观看大比武。三通鼓响，一个魁梧的大汉跳上台来，自我介绍道："在下武术刘教头，愿向各路英豪请教！"台下先后有数个青年汉子上台和刘教头比试，全都被他踢下台去。刘教头得意地说："哎，还有谁来过招？"话音刚落，忽见人群中一个黑衫人跳上台去："休得逞强，我来会你！"说着，迅速地向刘教头挥拳出击。比试刚过三招，忽听黑衫人大喊一声："嘿！"一个鱼跃腾空，飞起一脚将刘教头击倒。黑衫人赶忙拉起刘教头说："前辈，得罪啦！"顿时，台下爆发出阵阵欢呼声。接着比试跑马射箭，黑衫人又是十发全中，迎来满堂喝彩……

汉武帝接见参加比武的壮士，指着黑衫人说："这位壮士，抬起头来让朕瞧瞧！"黑衫人伏在地上说："小民不敢抬头！"汉武帝道："这是何故？""小的有欺君之罪。""朕赦你无罪！""谢皇上！"黑衫人抬头用手往嘴巴上一抹，撕去粘上的假胡子，露出一张娃娃脸——"啊！原来是霍去病！"全场一片惊诧。霍去病述说了要求从军的经过。汉武帝赞许地说："小小年纪，有如此报国大志，实在可嘉！朕恩准你啦！"从此，刚满 17 岁的少年霍去病，跟随大将军卫青前往边关，参加抗击匈奴的激烈战斗……

在一次军事会议上，霍去病提出："'不入虎穴，焉得虎子。'深入敌后，打他个措手不及！"刘教头说他过去在塞外待过数年，熟悉环境，可以带路。大将军卫青决定，拨给霍去病 300 名轻骑兵，迂回前进，准备前后夹攻，一举歼敌。

他们经过三天三夜的急行军，翻过了山谷，不料却误入了沙漠地带。霍去病问："刘教头，这是怎么一回事？"刘教头还没有答话，只见前面沙丘后出现了一小队匈奴骑兵。霍去病喊道："冲上去！""冲啊！杀啊！"……忽然天空飘来一片乌云，顷刻间狂风大作，天昏地暗……风沙过后，匈奴骑兵早已不知去向。霍去病说："糟了！我们只顾恋战，误中奸计，陷入了沙漠，怎么办？"刘教头双手一摊，说："小将军，迷路啦，我也没有办法呀！"赤日炎炎，缺水少粮，危急万分，霍去病鼓励大家说："弟兄们，坚持！坚持就是胜利！"

这时，忽见刘教头翻身上马，取出一只暗藏着的羊皮水袋，拧开盖子，一仰脖子连饮数口，叫道："汉军弟兄们！我认识路，快跟我走！要喝水活命的快去投奔匈奴单于！"霍去病大吃一惊："啊，原来他是匈奴的间谍！"立即拍马挺枪追上去……刘教头边跑边叫道："你们没命啦！快投降吧！"

"哼，无耻的卖国贼！"霍去病拉弓搭箭瞄准，只听"嗖"的一声，刘教头被射落下马。霍去病从他身上搜出一张沙漠区地图和一封密信，信上写着："诱敌深入，将汉军困在沙漠，待机招降或全歼之。"霍去病心想："好毒辣的阴谋诡计！"他将地图一扬，大声说："快！向西南方进军！"霍去病用他的智勇，从背后给了匈奴致命一击，大破匈奴军队。从此，霍去病便威名远扬。

在转战数年间，霍去病统军先后击破匈奴数十万之众，被赐封为骠骑将军。在京城长安(今陕西西安市西北)，汉武帝为他建造了一座豪华府邸，但霍去病却推辞说："陛下，匈奴不灭，无以家为！府邸，臣不能领受！"汉武帝赞道："霍去病，真英雄也！"

责任悟语

我们是国家的小主人，我们都肩负着热爱祖国、守卫祖国的责任。虽然远离了远古硝烟弥漫的战场，不再有国家分裂的悲壮，但责任仍在心上。爱护环境，不破坏公物，对身边的人有礼貌，遵守交通规则……这些都是我们应该承担的责任。

(章　杰)

天下兴亡，匹夫有责

为了保天下不亡，每一个地位低微的普通人，都应负起责任。

自从平定三藩之乱以后，清王朝在中国的统治稳定下来了。但是，还有一点叫康熙帝不大放心，这就是怕有些明朝留下来的文人心里不服。于是，他采用一个办法，开"博学鸿词科"，命令各地官员和朝廷大臣，把有学问的文人推荐给朝廷，马上封他做官。这一招果然很灵，不少全国著名的学者、文人应召到京城，做起官来了。

顾炎武是江苏昆山人，出身江南大族，他的祖父是个很有见识的人，认为读书一定要研究实际。顾炎武受祖父影响，从小喜欢读《资治通鉴》《史记》和《孙子兵法》等书，十分关心时事。后来参加科举，没有考中，就干脆下决心放弃科举，通读历代历史典籍，研究全国各地的地方志和历代名人奏章，开始编写一本重要的历史地理著作《天下郡国利病书》。

为了收集更多写书的资料，顾炎武决定到北方去，一来想考察各地的地理形势，风俗民情，二来也想找机会结交一些志同道合的朋友。在长途跋涉的艰苦环境里，始终没有放弃学术研究。一路上，他用两匹马、四匹骡子，驮着他的书箱。遇到关塞险要的地方，他就访问当地的人，了解那里的风土人情，如果跟他在书本上读到的不一样，就拿出本书核对，这样他的知识就更丰富了。

顾炎武从45岁起，用了20多年时间，在山东、山西、河北、江南来回奔走，每年差不多有一半时间住在旅店里。他还曾经和朋友一起，在雁北开垦荒地。到了晚年，他才在陕西华阴定居下来。

顾炎武从小读书有个习惯，有一点心得就记下来，后来如果发现错误，又随时修改；发现跟古人议论重复的，就删掉。这样日积月累，再加上他从调查访问得到的材料，就编成了一本涉及政治、经济、史地、文艺等内容极其广泛的书，叫做《日知录》。这书被公认为是极有学术价值的著作。在《日知录》里，他写了一段精辟的话，他认为社会的道德风气败坏，就是亡天下，为了保天下不亡，每一个地位低微的普通人，都应负起责任（原文是"保天下者，匹夫之贱，与有责焉耳矣"。"天下兴亡，匹夫有责"这句名言就是这样来的）。

跟顾炎武同时代的思想家，还有王夫之、黄宗羲，他们在学术上都有很大成就，历史上把他们合称为"清初三先生"。

责任是用心治学的严谨态度；责任是视天下为己任的大气慨。用自己的责任心将"天下兴亡，匹夫有责"这八个熠熠生辉的大字一点点地写入我们的心里，每个中国孩子责任的叠加，就是一个强大不屈的中国！

（章　杰）

为中华之崛起而读书

我教了几十年书，从未见过这样好的学生，教这样的学生，就是呕心沥血也心甘情愿。

　　敬爱的周恩来爷爷已经离开我们几十年了，但他老人家伟大的精神，为人民鞠躬尽瘁的光辉思想，永远留在了我们的心中。而这种为国家，为人民的责任感，在周恩来小的时候就已经表现了出来。

　　周恩来 12 岁那年，随大伯父在沈阳生活，进入了沈阳东关模范学校学习。在学校学习期间，周恩来勤奋刻苦、博览群书，学到了很多知识。他上课专心听讲，遵守纪律，课后认真按时完成作业，进步很快，各门功课成绩都不错，特别是作文、书法和英文，每学期他都名列第一。他的作文经常受到老师表扬，让全班同学传阅，他写的《奉天东关模范学校第二周年纪念日感言》一文，立意新颖，论述精辟，表达了强烈的爱国思想，因而轰动了全校，并在全省举办的教育成绩展览会上展示，还收入《学校国文成绩》一书。

有一位历史教师高戈吾，发现周恩来聪明、勤奋、爱国、求上进，非常喜欢他，经常借给他一些反映历史上热心变革的政治家、思想家的著作。周恩来先后阅读了陈天华的《猛回头》《警世钟》，邹容的《革命军》等著作。他还在课外读了《离骚》《史记》《汉书》等历史文学著作，他特别赞赏《岳阳楼记》中"先天下之忧而忧，后天下之乐而乐"的思想。为此，周恩来得到许多教师的赞赏，国文老师曾在他的作文上批语："教不如此，不足以言教；学不如此，不足以言学；学校不如此，不足以言学校；文章不如此，不足以言文章。"老师还感慨地说："我教了几十年书，从未见过这样好的学生，教这样的学生，就是呕心沥血也心甘情愿。"

周恩来有一个叫何殿祯的同学家在沈阳郊区的魏家楼子，这个地方是1904年到1905年日俄战争的战场。魏家楼子村后的山上还有俄国人立下的石碑，村东头的烟龙山上有日本人建造的水泥塔，残垣断壁上还可以依稀看到当年激战的累累弹痕。何殿祯的爷爷是一位富有正义感、忧国忧民的私塾先生，非常喜欢周恩来这个爱读书的孩子，这位老先生还经常带着孙子陪周恩来到烟龙山，讲述自己一生经历的风风雨雨，尤其是日俄战争带来的苦难。

曾经的日俄战争的悲惨情景和身处当时社会的现状，使周恩来从小就立下了鸿鹄之志："为中华之崛起而读书"，"为中华腾飞而努力奋斗"。

责任悟语

周恩来爷爷"为了中华之崛起而读书"，将祖国和人民视为自己的责任。今天的我们则要将"为了中华之腾飞而读书"作为自己的责任。有了这个努力的方向，我们就要从现在开始，勇敢地承担起自己的责任，在成长中积累自己的能量，用我们每个人的成功去推动祖国的伟大腾飞！

（章　杰）

数学家陈景润的故事

在科学的道路上我只是翻过了一个小山包,真正的高峰还没有攀上去,还要继续努力。

陈景润成了国际知名的大数学家,深受人们的敬重,但他并没有产生骄傲自满情绪,而是把功劳都归于祖国和人民。为了维护祖国的利益,他不惜牺牲个人的名利。

1977 年的一天,陈景润收到一封国外来信。那是国际数学家联合会主席写给他的,邀请他出席国际数学家大会。这次大会有 3000 人参加,参加的都是世界著名的数学家。大会共指定了 10 位数学家作学术报告,陈景润就是其中之一。这对一位数学家而言,是极大的荣誉,对提高陈景润在国际上的知名度大有好处。

陈景润没有擅作主张,而是立即向研究所党支部作了汇报,请求党的指示。党支部把这一情况又上报到科学院。科学院的党组织对这个问题比较慎重,因为,当时中国在国际数学家联合会的席位一直被台湾占据着。

院领导回答道:"你是数学家,党组织尊重你个人的意见,你可以自己给他回信。"

陈景润经过慎重考虑,最后决定放弃这次难得的机会。他在答复国际数学家联合会主席的信中写道:"第一,我们国家历来是重视跟世界各国发展学术交流与友好关系的,我个人非常感谢国际数学家联合会主席的邀请。第二，世界上只有一个中国，唯一能代表中国广大人民利益的是中华人民共和国，台湾是中华人民共和国不可分割的一部分。因为，目前台湾占据着国际数学家联合会我国的席位，所以我不能出席此次会议。第三，如果中国只有一个代表的话，我是可以考虑参加这次会议的。"为了维护祖国母亲的尊严，陈景润牺牲了个人的利益。

1979 年，陈景润应美国普林斯顿高级研究所的邀请，去美国做短期的研究访问工作。普林斯顿研究所的条件非常好，陈景润为了充分利用这样好的条件，挤出一切可以利用的时间，拼命工作，连中午饭也不回住处去吃。有时候外出参加会议，旅馆里比较嘈杂，他便躲进卫生间里，继续进行研究工作。正因为他的刻苦努力，在美国短短的 5 个月里，除了开会、讲学之外，他完成了论文《算术级数中的最小素数》，一下子把最小素数从原来的 80 推进到 16。这一研究成果，也是当时世界上最先进的。

在美国这样物质比较发达的国度，陈景润依旧保持着在国内时的节俭作风。他每个月从研究所可获得 2000 美元的报酬，可以说是比较丰厚的了。每天中午，他从不去研究所的餐厅就餐，其实那里比较讲究，他完全可以享受一下的，但他都是吃自己带去的干粮和水果。他是如此地节俭，以至于在美国生活 5 个月，除去房租、水电花去 1800 美元外，伙食费等仅花了 700 美元。等他回国时，共节余了 7500 美元。

这笔钱在当时不是个小数目，他完全可以像其他人一样，从国外买回些高档家用电器，但他把这笔钱全部上交给国家。他是怎么想的呢？用他自己的话说："我们的国家还不富裕，我不能只想着自己享乐。"

陈景润就是这样一个非常谦虚、正直的人，尽管他已功成名就，然而他没有骄傲自满，他说："在科学的道路上我只是翻过了一个小山包，真正的高峰还没有攀上去，还要继续努力。"

钱学森冲破阻拦毅然回国

钱学森的爱国言行,无疑地凝聚着中华民族之魂,显示了爱国对志士仁人的撼动力。

　　1947 年,刚刚 36 岁的中国科学家钱学森,被美国麻省理工学院聘为终身教授。这是一个很高的荣誉,它预示着钱学森的优厚待遇和远大前程。

　　美国为什么如此器重钱学森呢? 因为他是美国研究航空科学最高级专家冯·卡门的优秀学生,是美国最早研究火箭的组织——加州理工学院火箭研究小组的 5 成员之一。

　　在冯·卡门的指导下,火箭研究取得了重大进展,为反法西斯战争的胜利做出了贡献。在那些艰苦的日子里,钱学森显露出卓越的才能。一项在航空科学史上占有重要地位的航空科学公式:即著名的"卡门——钱公式"诞生了。这是由冯·卡门提出命题,钱学森作出结果,至今仍在航空技术研究中广泛使用的一项公式。

　　然而，当钱学森得知中华人民共和国成立的消息后，这个每时每刻都在想念祖国的科学家，沉浸在了极大的喜悦之中。钱学森在美国已经生活了 10 多年，又被誉为是"在美国处于领导地位的第一位火箭专家"，金钱、地位、声誉都有了。可他想：我是中国人，我的根在中国。我可以放弃在美国的一切，但不能放弃祖国。我应该早日回到祖国去，为建设新中国贡献自己的全部力量！他还对中国留学生说："祖国已经解放了，国家急需建设人才，我们要赶快把学到的知识用到祖国的建设中去。"

　　钱学森准备返回中国的决定，引起美国有关方面的恐慌。他们认为：钱学森的专业技术如果带回去，中国的科学技术将高速度前进。美国海军的一位领导人曾对美国负责出境的官员说："我宁可把钱学森枪毙了，也不让他离开美国！""钱学森至少值 5 个师的兵力。"

　　钱学森的回国计划受到严重的阻挠。美国官方"文件"通知他，不准离开美国。本来，他的行李已经装上了驳船，准备由水路运回祖国。可美国海关硬说他准备带回国的书籍和笔记本中藏有重要机密，诬蔑钱学森是"间谍"。其实，这些书籍和笔记本，一部分是公开的教科书，其余都是钱学森自己的学术研究记录。

　　一波未平，一波又起。几天之后，钱学森突然被逮捕，关押在一个海岛的拘留所里，受到无休止的折磨。看守人员每天晚上隔 10 分钟就进室内开一次电灯，使他根本无法入睡。钱学森的遭遇，引起加州理工学院中坚持正义的同事和学生的同情，在他们和其他正直人士的强烈抗议下，美国特务机关被迫释放了他。可对钱学森的迫害并没有停止，他们限制他的行动，监视和检查他的信件、电话等。尽管有种种限制，但钱学森没有屈服。他不断地提出严正要求：坚决离开美国，回中国去！

　　在争取回国的日子里，钱学森更加关心祖国的建设事业，经常从《华侨日报》等报刊上了解新中国的情况和中国科学家、留学生讨论建设祖国的有关问题。为了能够迅速地回国，他租房子只签订短时间的合同；家里准备了 3 只轻便的小箱子，天天准备随时可以搭飞机回中国。

5 年过去了，钱学森争取回国的斗争得到世界各国主持正义的人们的支持，更得到了中国政府的极大关怀。周恩来总理曾亲自了解他的情况，并指示参加中美两国大使级会谈的中国代表，在会谈中提出钱学森博士归国问题。

1955 年 8 月，这场外交斗争终于取得了胜利，美国政府被迫同意钱学森返回中国。

到达北京的第二天清晨，钱学森就和妻子带着两个孩子来到了天安门广场。他激动地说："我相信我一定能回到祖国。现在，我终于回来了！"

冲破重重阻拦而回国的钱学森，一头扎在了军事科学的研究中。他倾其所学，同时紧密关注国外的科学动态，不断推出科研新成果，为祖国的国防事业竭思尽智，做出了巨大的贡献，被誉为"导弹之父"，国务院还授予他"全国劳动模范"的光荣称号。

在美国定居，且被聘为终身教授，这是多少人梦寐以求的幻想，可为了祖国的繁荣富强，身为一个中国人的强烈责任感，让钱学森放弃了这一切。在经济大潮如洪水猛兽般冲击社会的今天，钱学森的爱国言行，无疑地凝聚着中华民族之魂，显示了爱国对志士仁人的撼动力。

责任悟语

中国是每一个炎黄子孙的"家"，带着每一个炎黄子孙的希望和牵挂！无论外面多么繁华，无论身在海角天涯它都是心底最深的牵挂。"家"的富强是每个人的责任，我们虽小，也有可以贡献的力量！

（章 杰）

蓄须明志爱国心

梅兰芳在抗战期间断然蓄须明志，不为民族敌人演出，代表了一代艺豪身上不屈不挠的爱国责任感。

1937年8月13日，日军进攻上海，淞沪战事爆发。日寇占领上海不久，得知蜚声世界的京剧第一名旦梅兰芳住在上海，就派人请梅兰芳到电台讲话，让其表示愿为日本的"皇道乐土"服务。梅兰芳洞察到日本人的阴谋伎俩之后，便决定尽快离沪赴港，摆脱日寇纠缠。于是他一边给日本人带口信说，最近要外出演戏，一边携家率团星夜乘船赴港。

梅兰芳来到香港后，深居简出，不愿露面。1941年12月下旬，日军侵占香港，梅兰芳苦不堪言，担心日本人会来找他演戏，怎么办？他与妻子商量后，决心采取一项大胆举措：留蓄胡子，罢歌罢舞，不为日本人和汉奸卖国贼演出。他对友人说："别瞧我这一撮胡子，将来可有用处。日本人要是蛮不讲理，硬要我出来唱戏，那么，坐牢、杀头，也只好由他了。"

1942年1月，香港的日本驻军司令酒井看到梅兰芳留蓄胡子，惊诧地说："梅先生，你怎么留起胡子来了？像你这样的大艺术家，怎能退出舞台艺术？"梅兰芳回答说："我是个唱旦角的，如今年岁大了，扮相也不好看，嗓子也不行了，已经不能再演戏了，这几年我都是在家赋闲习画，颐养天年啊！"酒井一听，十分不悦，气呼呼地走了。过了几天，酒井派人找梅兰芳，一定要他登台演出几场，以表现日本统治香港后的繁荣。正巧，此时梅兰芳患了严重牙病，半边脸都肿了，酒井获悉后无可奈何，只好作罢。翌日，梅兰芳感到事态十分严峻，香港也成了是非之地，不能久留，于是他立即坐船返沪，回到阔别三年多的上海老家。

听说梅兰芳回到上海，特务头子吴世宝提出要宴请他，并劝他做一次慰问演出。消息传来，梅兰芳心头一震，自言自语地说："才出虎穴，又入狼窝，这世道怎能让人活下去！"梅夫人见丈夫忐忑不安，茶饭不思，便说："不行的话，明天我去赴宴，与他们周旋。"

第二天，梅夫人来到汪伪政权特务机关的76号宅院。特务头子劝她说："几年不见梅老板，听说蓄起了长长的胡须，是不是为了在国民面前要个面子？我看大可不必，太太应该关心他才是。如今日本人当道，还是识相点为好。"梅夫人当即回击说："梅兰芳是个中国人，岂能出卖祖宗、放弃节操！"特务头子听后勃然大怒，指着梅夫人恶狠狠地骂起来，硬领着梅夫人去看铁门里血淋淋的刑具，接着又陪梅夫人赴宴。梅夫人坐在桌边，始终不动嘴巴，不动筷子，以沉默抗争。特务头子便伸出罪恶之手，端来一铁罐硝镪水进行威胁，梅夫人毫不畏惧，镇定自若地说："硝镪水岂能毁掉他的国格和人格！"言罢，拂袖而去。

梅夫人回到家中，向丈夫细说了这一切。梅兰芳深感局势严重。就在这关键时刻，梅夫人想起在香港以牙痛驱走日本人的经验："你放心，事到临头，我自有应急办法。"第二天，当闻听日本人要来，她便吩咐儿子从抽屉里拿出一支四联防疫针，找出针筒，要梅兰芳赶快躺在床上，注射针药。不一会儿，梅兰芳真的开始发起高烧来了。日本人来后，摸了梅兰芳滚烫的额头，只好无奈地摇着头走了。

梅兰芳在抗战期间断然蓄须明志，不为民族敌人演出，代表了一代艺豪身上不屈不挠的爱国责任感。这一事件成为神州大地感人的佳话，在中华儿女中广为传颂，极大地鼓舞了中国人民奋勇抗战的决心。

杨宗鸣

责任悟语

　　坚守气节，蓄须明志，一代艺豪向敌人展现了中国人的铮铮傲骨。捍卫民族尊严的责任使得艺术家暂时放弃了舞台，可他散发的光辉比在舞台上更加耀眼。这光辉折射出向敌人抗争的决心和毅力，也折射出一颗火红的爱国心；这光辉，比他舞台上的刹那芳华，更震撼人心更值得铭记！

（章　杰）

以身许国的王淦昌

　　我要进洞取样，一定要把气体样品取回来！不然，我没法向周总理交代，向人民交代！

　　1961 年初春，王淦（gàn）昌奉命回到北京。4 月 1 日这一天，他被告知：第二机械工业部刘杰部长要见他。他有些纳闷儿，但还是赶到了部长办公室。还未落座，部长便开门见山地说："让你领导研制战略核武器——原子弹！"王淦昌被这一决定惊呆了。

　　部长注意到了王淦昌的表情，同在场的钱三强对视了一下，说："有人卡我们，说我们离开他们的援助，10 年、20 年也休想造出原子弹来！"

　　顿时，王淦昌心中的怒火生起。他想起少年时在上海参加游行，被印度巡捕抓住，曾质问："凭什么抓我？"一番爱国言语，那位印度巡捕便放了他；他想起在德国博士毕业的时候，有人劝他留下，他说："我是中国人，在中国有我的妻子儿女。在这国难当头的时刻，我应该回去！"他想

333

起不久前从杜布纳去莫斯科的情景，当他将自己积攒的14万卢布交给刘晓大使时，动情地说："国家有难，不应尽点儿心意？"……王淦昌正在遐想之时，刘杰亲切地靠近他，加重语气说："我们要争这口气！"

王淦昌静听着，期待部长进一步指示。但部长的话戛然而止。此时此刻，王淦昌忽然说出积压他心头多年的一句话："我愿以身许国！"

第二天，王淦昌化名"王京"，去核武器研究院报到。1975年10月27日，中国进行第二次平洞核试验，取样组报告超剂量问题。基地指挥部召开紧急会议，王淦昌焦急地打破沉默，斩钉截铁地说："我要进洞取样，一定要把气体样品取回来！不然，我没法向周总理交代，向人民交代！"

这时朱光亚站起来："那怎么行？你要是去取样，我们都得去坐牢。"

后来，第二批、第三批取样队进场归来，还是没有取回样品。此时，已是第二天了。王淦昌又来到洞口，和朱光亚等人继续研究，终于提出新方案。当两瓶气体样品取出后，便飞车送到化验室。时间分分秒秒过去了。正在大家万分着急之时，化验结果出来了。有人喊："气体样品符合要求！"顿时整个试验区一片欢腾。年近七旬的王淦昌也和年轻人一样兴奋。他来到取样组，被人们簇拥着，共庆这来之不易的胜利。盛情之下，王老一一同大家握手，不停地说："谢谢啦，谢谢啦！"就这样，他转着圈儿同他们握手，竟握了三遍。在场的人们欢声雷动。王老匆匆告别，便小跑似的走出帐篷，又到另一个地方致谢。

责任悟语

中华文化之所以可以传承千年，之所以历尽磨难还重新崛起，都是因为有着像王淦昌这样的中国人，为了国家的强大以身许国，担负起了一个中国学者的责任。这份责任绝不仅在他们这代人的心中，它犹如血液，贯穿我们每个炎黄子孙的灵魂。我们今天的求知，也是为了中国明天更好的腾飞！

（章　杰）